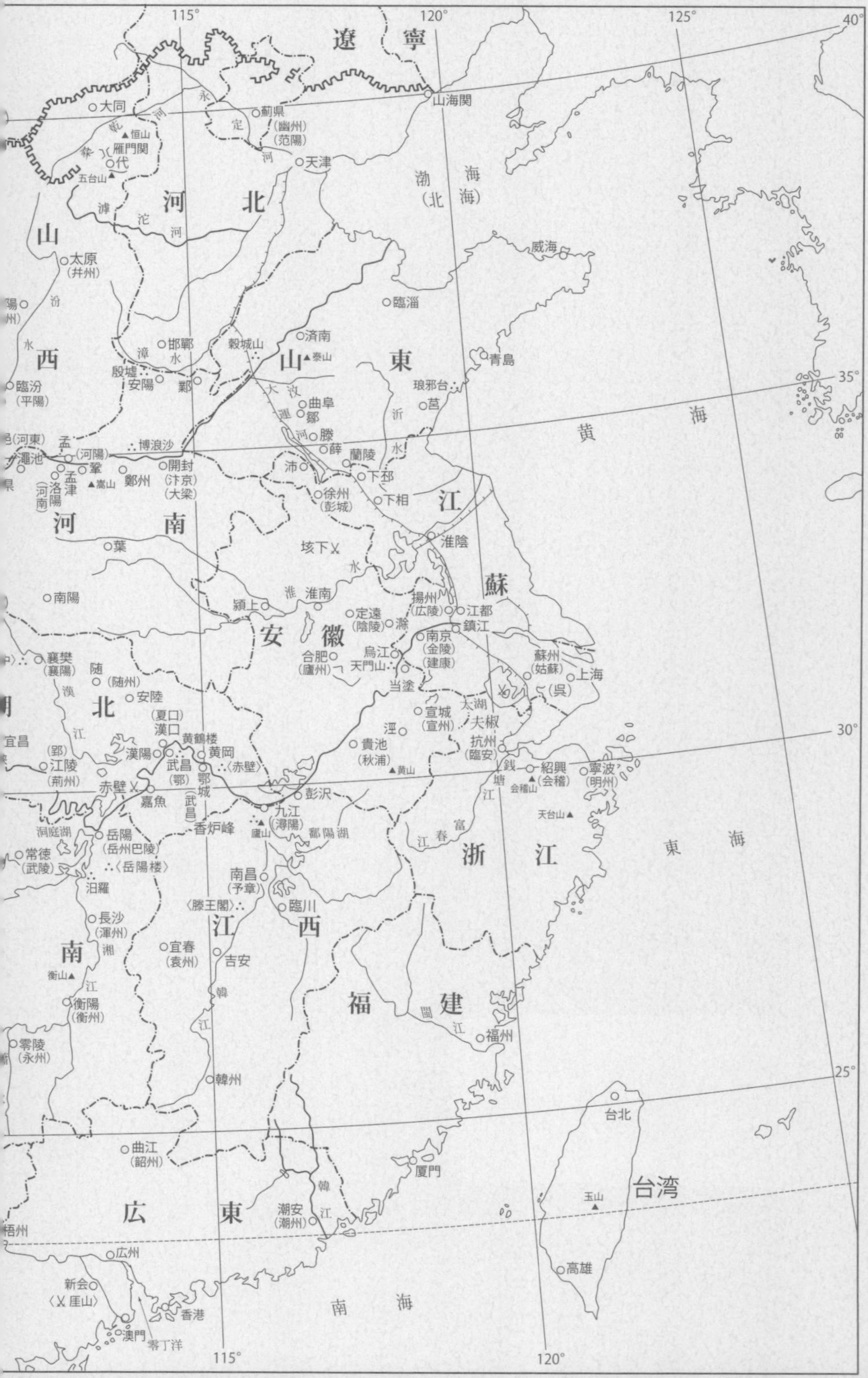

115°
120°
125°
40°
遼
寧
大同
桑
乾
河
永
定
河
薊県
(幽州)
(范陽)
山海関
恒山
雁門関
代
五台山
天津
渤
海
(北
海)
滹
沱
河
河
北
山
西
太原
(并州)
汾
水
陽
州
威海
臨淄
済南
邯鄲
漳
水
毅城山
泰山
山
東
青島
殷墟
安陽
鄴
臨汾
(平陽)
35°
大
汶
運
河
曲阜
鄒
琅邪台
莒
沂
水
黄
海
(河東)
澠池
孟
(河陽)
博浪沙
滕
薛
蘭陵
孟津
洛陽
(河南)
鞏
嵩山
鄭州
開封
(汴京)
(大梁)
沛
徐州
(彭城)
下邳
下相
県
江
河
南
淮陰
葉
垓下
水
淮
蘇
南陽
潁上
淮南
定遠
(陰陵)
滁
揚州
(広陵)
江都
鎮江
安
徽
合肥
(廬州)
烏江
天門山
南京
(金陵)
(建康)
蘇州
(姑蘇)
上海
(呉)
襄樊
(襄陽)
随
(随州)
安陸
漢
江
北
当塗
太湖
宣城
(宣州)
夫椒
(夏口)
漢口
涇
30°
宜昌
(郢)
江陵
(荊州)
漢陽
黄鶴楼
武昌
(鄂)
黄岡
(赤壁)
鄂
城
(武昌)
貴池
(秋浦)
黄山
杭州
(臨安)
銭
塘
江
紹興
(会稽)
会稽山
寧波
(明州)
赤壁
嘉魚
彭沢
九江
(潯陽)
廬山
鄱陽湖
天台山
洞庭湖
岳陽
(岳州巴陵)
(岳陽楼)
香炉峰
富
春
江
浙
江
東
海
常徳
(武陵)
汨羅
南昌
(予章)
(滕王閣)
臨川
長沙
(潭州)
湘
江
西
南
宜春
(袁州)
吉安
衡山
江
衡陽
(衡州)
韓
江
福
建
閩
江
福州
零陵
(永州)
韓州
25°
台北
曲江
(韶州)
厦門
韓
江
台湾
玉山
広
東
潮安
(潮州)
梧州
広州
新会
(崖山)
香港
澳門
零丁洋
南
海
高雄
115°
120°

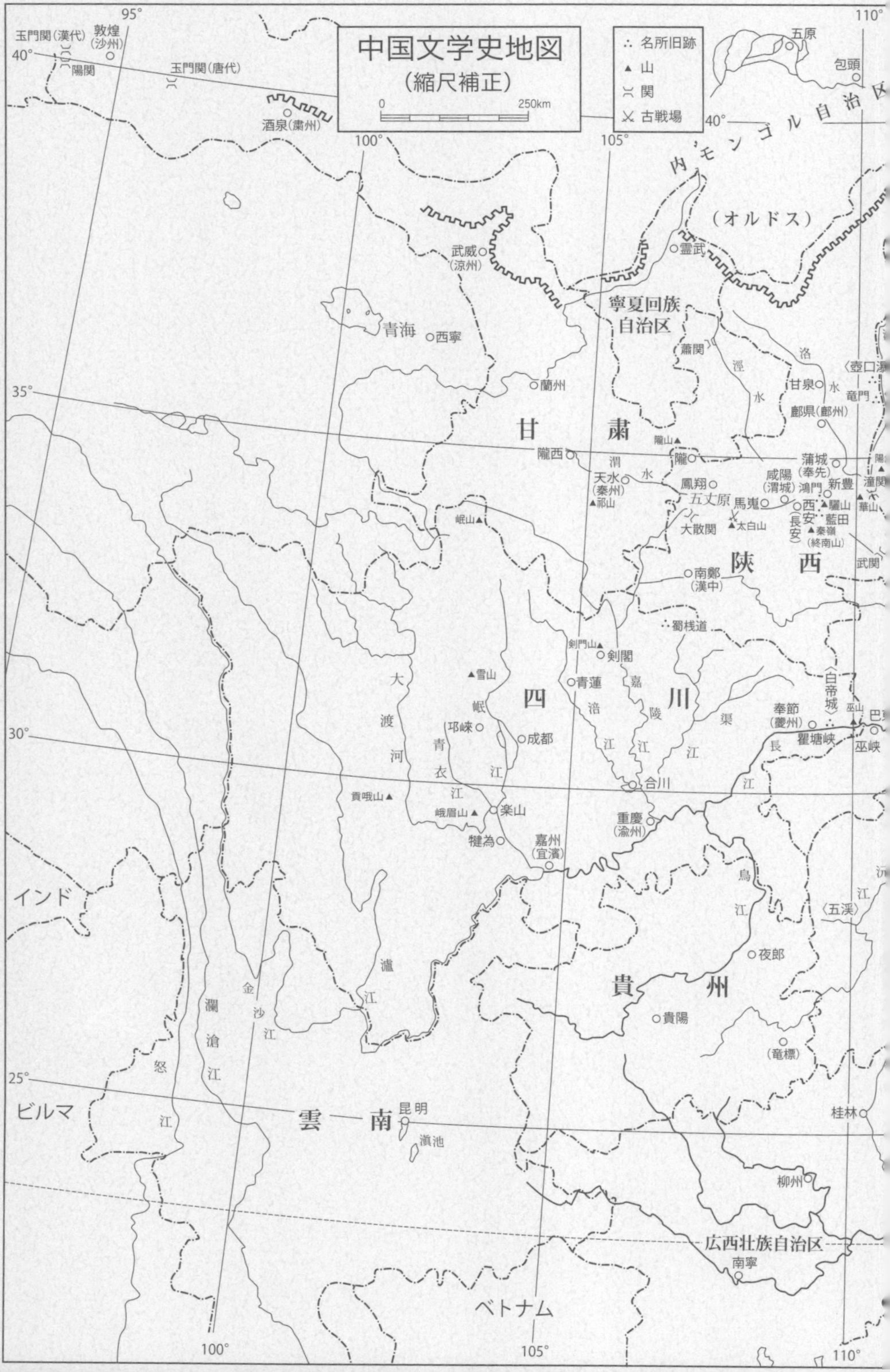
中国文学史地図
（縮尺補正）
0
250km
∴ 名所旧跡
▲ 山
関
古戦場
95°
100°
105°
110°
40°
35°
30°
25°
玉門関（漢代）
敦煌
（沙州）
陽関
玉門関（唐代）
酒泉（粛州）
五原
包頭
内モンゴル自治区
（オルドス）
霊武
武威
（涼州）
寧夏回族
自治区
青海
西寧
蕭関
涇
水
洛
水
甘泉
〈壺口瀑
竜門
鄜県（鄜州）
蘭州
甘
粛
隴山
隴
隴西
渭
水
天水
（秦州）
祁山
鳳翔
五丈原
大散関
馬嵬
太白山
咸陽
（渭城）
鴻門
西
安
（長安）
驪山
新豊
藍田
秦嶺
（終南山）
蒲城
（奉先）
潼関
華山
陽
武関
岷山
南鄭
（漢中）
陝
西
蜀桟道
剣門山
剣閣
雪山
青蓮
嘉
陵
江
四
川
大
渡
河
岷
江
邛峡
成都
青
衣
江
涪
江
渠
江
〈白帝城〉
奉節
（夔州）
巫山
巴東
瞿塘峡
巫峡
長
江
合川
貢嘎山
峨眉山
楽山
重慶
（渝州）
犍為
嘉州
（宜賓）
烏
江
〈五渓〉
沅
江
夜郎
インド
瀘
江
金
沙
江
瀾
滄
江
怒
江
貴
州
貴陽
（竜標）
桂林
ビルマ
雲
南
昆明
滇池
柳州
広西壮族自治区
南寧
ベトナム

心にとどく漢詩百人一首

渡部英喜

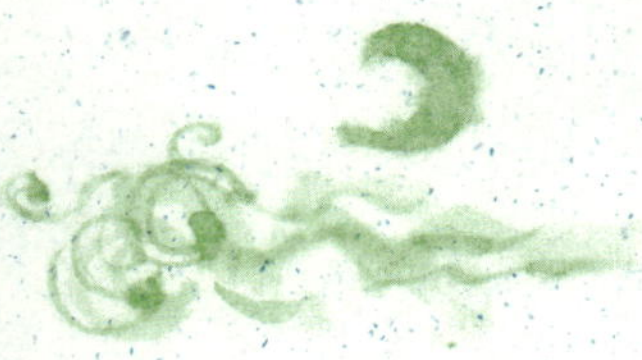

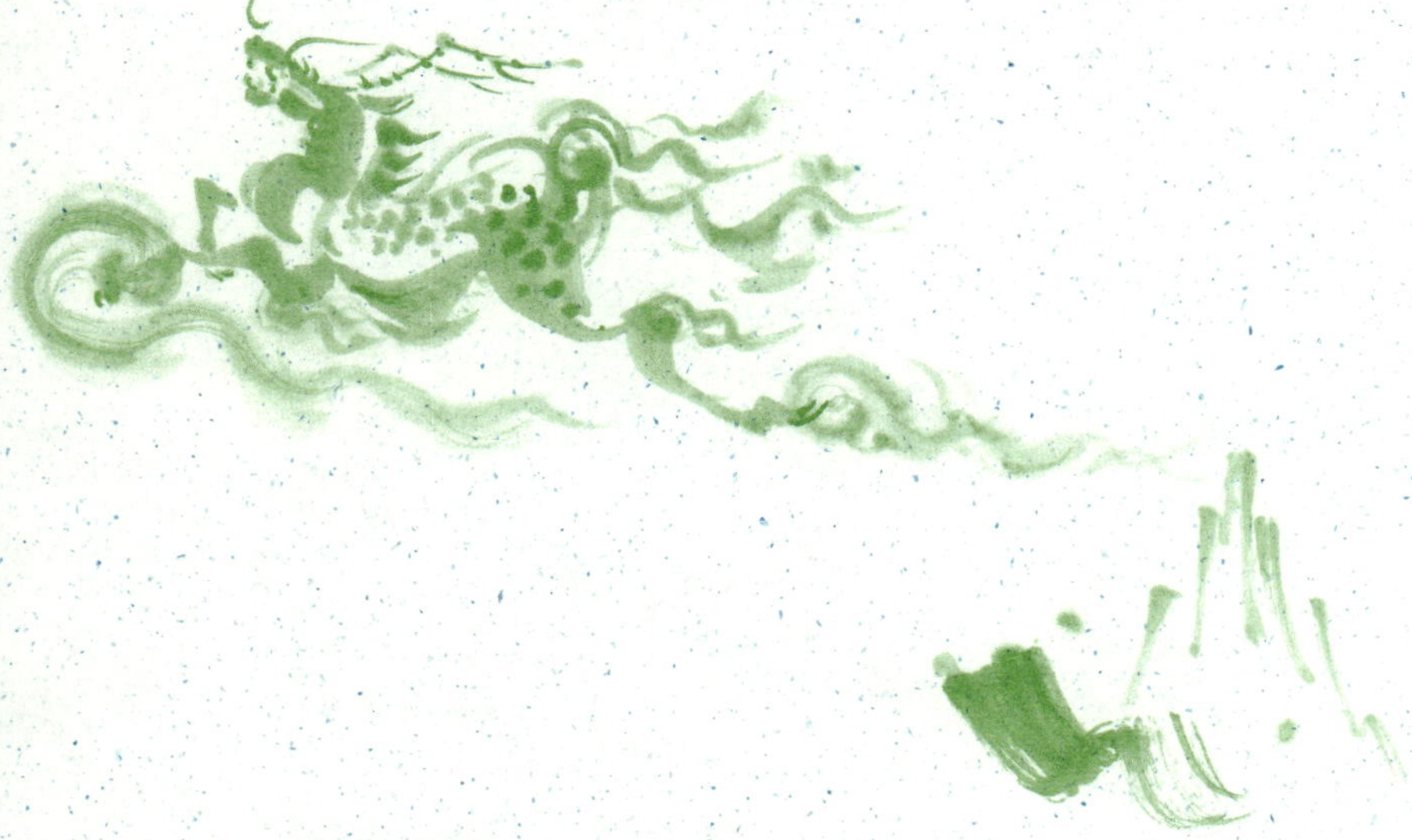

亜紀書房

はじめに

書店の新潮選書が並ぶ一角に、拙著『漢詩百人一首』を仲間入りさせていただいたのは、一九九五年の春、四月のことでした。本書は、その新潮選書を基に、新たに詩を選び直し、大幅に手を加えてまとめたものです。

そもそも、「百人一首」というくくりで漢詩のアンソロジー（珠玉詞華集）を編もうと考えたのは、現代の日本人、ことに若い人々に漢詩に慣れ親しんでほしいと思ったからです。

日本には、和歌のアンソロジーとしての『小倉百人一首』があります。鎌倉時代の文暦二（一二三五）年に成立して以来、現在まで変わらず日本人に親しまれてきました。

漢詩も、古くから親しまれ、日本の文化・教養の基礎として位置づけられてきたのですが、近年は、若い世代になかなか浸透していないと感じることが多くなりました。古臭い、小難しいという印象があるのではないでしょうか。

もしも、漢詩の「百人一首」があれば、多くの人にとってもっと身近なものになるのではないか。そう考えて、漢代から清代にいたるまでの著名な詩人たちのなかから百人を選び、詩人の代表作の中から一首を選んで、アンソロジーに仕立て上げました。

本書では、収録作は古体詩（古詩・楽府《がふ》など）、近体詩（絶句・律詩・排律など）に限定し、詞はのぞくことにしましたが、北宋の女流詞人である李清照の「如夢令」だけは残しました。女性の詩人の作品が少なかったためです。

一人一首を選ぶにあたっては、できるかぎり高等学校の教科書に採録されているもので、私自身が感動したもの、というのを基準としました。そのうえで、李白や杜甫など一首にしぼることが困難な場合は、私が詩跡にたたずんで感動したものを最優先にしました。輞川《もうせん》や白居易草堂址などの、なかなか撮影できない貴重な写真も掲載しています。

かつての風景を思い浮かべつつ、漢詩のイメージを膨らませていただければと思います。

百首をただ並べるのも芸がないかと思い、「緑」「紅」「黄」「白」「玄」の五つの章に分けました。たとえば、「紅」では、赤い花や紅葉といった色と直接結びつくものだけでなく、情熱、熱気、朱夏など、色からイメージする感情や情景、季節、雰囲気を踏まえています。各章二十首というしばりを設けたため、若干、こじつけめいているかな、と思うところがないわけではありませんが、さまざまな色のイメージをそれぞれの章でお楽しみください。

また、漢詩をより楽しんでいただくために、コラム、年表、地図も収録しました。

評論家の加藤周一氏は、世界最高の詩歌といわれる漢詩に触れることが、「日本語の水準を落とさないために必要である」、だから「一日に漢詩一つ読むことにしている」と、一海知義氏（神戸大学名誉教授）との対談で述べています（『漢字　漢語　漢詩』かもがわ出版）。漢詩が脈々といまに生きる秘密を明かしているような言葉です。
どこからページを開いていただいてもけっこうです。
漢詩の豊かさ、味わい深さがみなさまの「心にとどく」ことを願っています。

渡部英喜

心にとどく漢詩百人一首

目次

黄の章

白の章

玄の章

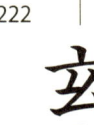

コラム

【押韻の記号について】

本書では、平韻字には◎を、仄韻字には●を付しています。また通韻の平韻には□△、通韻の仄韻には■▲の記号を用いました。

【天宝年間について】

天保年間（七四二～七五六）は、年次表記を「年」ではなく「載」とするのが正しいのですが、煩雑になるため、本書では「年」で通しています。

緑の章

見えぬ微風を香りでとらえた爽やかな絶句

高駢《こうべん》

七言絶句・下平声七陽の韻

山亭夏日　　山亭夏日《さんていかじつ》

緑樹陰濃夏日長◎
楼台倒影入池塘◎
水精簾動微風起
一架薔薇満院香◎

緑樹《りょくじゅ》陰《かげ》濃《こま》やかにして夏日《かじつ》長《なが》し
楼台《ろうだい》影《かげ》を倒《さかしま》にして池塘《ちとう》に入《い》る
水精《すいしょう》の簾《れん》動《うご》いて微風《びふう》起《お》こり
一架《いっか》の薔薇《しょうび》満院《まんいん》香《かんば》し

夏の日は長く　日差しが強く
木々の葉は濃い日陰をつくる
高殿は池の水面に
影をさかさに映す
水晶の簾《すだれ》が
かすかな風に動き
棚いっぱいに咲く薔薇の香りが
部屋の隅々まで漂ってきた

高駢《こうべん》（八二一?〜八八七）は晩唐の詩人です。字《あざな》は千里《せんり》。幽州《ゆうしゅう》（北京市）の人です。南平《なんぺい》郡王《ぐんおう》・高崇文《こうすうぶん》の孫で、文学を好んで多くの文士と交際したばかりでなく、乗馬弓剣に習熟していました。朔方節度使《さくほうせつどし》の朱叔明《しゅしゅくめい》に仕えて、司馬《しば》となり、ついで侍御史《じぎょし》となりました。一本の矢で並び飛ぶ二羽のオオワシを射落としたことから「落雕侍御《らくちょうじぎょ》」と賞賛されま

山亭は山の別荘。「山居」となっているテキストもある。
楼は高殿。
池塘は池。

した。安南《あんなん》（ベトナム）を征して功績をあげ、天平《てんぺい》、剣南《けんなん》、鎮海《ちんかい》、淮南《わいなん》の節度使に任ぜられ、黄巣《こうそう》の乱（八七五）で名をあげましたが、乱後、天下をうかがう野心を抱いて朝命に背き、兵権を奪いとられました。失意のなかで神仙思想に凝り、最後は謀られて殺されてしまいます。

前半の二句は、夏の強烈な日差しの中に、緑陰や水面に映る楼閣を描きだし、涼味を感じさせています。起句は照りつける夏の日差しが長く、強いのですが、木陰が涼しげに感じられると詠んでいます。「陰濃」は木の葉が青々と茂っているという意味ですが、夏の日差しが強いことを表現しています。また、「夏日長」にも日差しが強いというニュアンスが含まれています。続く承句は池の水面にさかさまに影を落としている高殿の涼しげなさまが詠じられています。

後半の二句には、この作品の中心的役割を果たす「微風」が詠い込まれています。前半には動きのあるものは表現されていません。ところが、後半はかすかな簾の動きから風のあることを視覚でとらえています。その風に乗ってバラの甘い香りが部屋のすみずみまで広がっていきます。それを嗅覚でとらえ、夏の暑苦しさを一時的にせよ解放しているのです。微風はバラの香りを残して去っていきますが、清涼感だけが残ります。爽やかな絶句です。

水精は水晶。
院は部屋だが、庭という説もある。なお、結句はテキストによって、「満架薔薇一院香」となっているものもある。

張説に激賞されたみごとな対句

王湾《おうわん》

次北固山下

北固山《ほっこさん》の下《もと》に次《やど》る

五言律詩・下平声一先の韻

客路青山外
行舟緑水前◎
潮平両岸闊
風正一帆懸◎
海日生残夜
江春入旧年◎
郷書何処達

客路《かくろ》青山《せいざん》の外《ほか》
行舟《こうしゅう》緑水《りょくすい》の前《まえ》
潮《うしお》平《たい》らかにして両岸《りょうがん》闊《ひろ》く
風《かぜ》正《ただ》しゅうして一帆《いっぱん》懸《かか》る
海日《かいじつ》残夜《ざんや》に生《しょう》じ
江春《こうしゅん》旧年《きゅうねん》に入《い》る
郷書《きょうしょ》何《いず》れの処《ところ》にか達《たつ》せん

旅路は青山の外へと続き
小舟は緑の長江を進んでいく
長江の水は平らかに満ち
岸はますます広がり
順風を受けた白い帆が
一つ高く上げられている
まだ明けきらぬ夜
日が海から昇り
年の瀬の長江のあたりは
もう新年のようだ
故郷へ出した手紙は　いまごろ
どのあたりまで行っているのだろう

帰雁洛陽辺◎

帰《き》雁《がん》洛《らく》陽《よう》の辺《ほとり》

北へ帰る雁は　もう洛陽あたりに着いているだろうに……

王湾《おうわん》（生没年不詳、一説に六九三〜七五一？）は盛唐の詩人です。字《あざな》はわかりません。洛陽（河《か》南《なん》省洛陽市）の人です。先天《せんてん》元（七一二）年か、開元《かいげん》元（七一三）年の進士で、滎陽《けいよう》（河南省）の主簿《しゅぼ》、洛陽の尉《い》などを歴任しました。『唐詩選』に三首残されています。

北固山は、鎮江の北にあって地勢も険固であることから名づけられました。

前半の四句は、海潮の影響の大きい北固山あたりの長江の風景が詠われます。首聯・頷聯は対句仕立ての構成です。頸聯・尾聯も対句を用いています。

後半の四句では、北固山のもとに碇泊した翌朝の様子が詠われます。頸聯は年の暮れの早朝だというのに、江南にある北固山のもとは暖かく春のような雰囲気が漂っていると詠っています。この聯は杜審言《としんげん》の「雲霞海を出でて曙《あ》け　海柳江《かいりゅうこう》を度《わた》って春なり」（「晋《しん》陵《りょう》の陸丞《りくじょう》の早春遊望《ゆうぼう》に和す」詩／一六四頁参照）と並んで有名な対句で、宰相の張説《ちょうえつ》（一一八頁参照）に激賞されたほどです。

尾聯は蘇武《そぶ》の故事（五八頁コラム参照）を意識させながら、作者の故郷（洛陽）を偲んでいます。

次は碇泊すること。
北固山は鎮江《ちんこう》（江蘇《こうそ》省）の北一キロ、長江を臨む山をさす。
青山は北固山。
緑水は長江の川面。
潮平は海水の影響を受けて水が満ちている様子。
風正は順風。
海日は海から太陽が上ること。
江春は長江沿いは暖かいので春の気配が漂うこと。
旧年は年の暮れ。
郷書は故郷への手紙。
帰雁は北に帰る雁。

湖を美女にたとえる発想の妙

蘇軾《そしょく》

七言絶句・上平声四支の韻

飲湖上初晴後雨

水光瀲灩晴方好
山色空濛雨亦奇◎
欲把西湖比西子
淡粧濃抹総相宜◎

湖上《こじょう》に飲《いん》す初《はじ》めは晴《は》れて後《のち》は雨《あめ》ふれり

水光瀲灩《すいこうれんえん》として晴《は》れて方《まさ》に好《よ》く
山色空濛《さんしょくくうもう》として雨《あめ》も亦《ま》た奇《き》なり
西湖《せいこ》を把《と》って西子《せいし》に比《ひ》せんと欲《ほっ》すれば
淡粧濃抹《たんしょうのうまつ》総《すべ》て相宜《あいよろ》し

さざなみが日の光にきらめき
晴れた西湖の景色は美しいが
山が霧雨にけむる西湖の眺めも
またすばらしい
この西湖をいにしえの美女・
西施にたとえてみれば
薄化粧でも厚化粧でも似合うように
西湖は晴れても雨でも趣がある

蘇軾《そしょく》（一〇三六～一一〇一）は北宋の詩人で、字《あざな》は子瞻《しせん》、号は東坡《とうば》といいます。眉州眉山《びしゅうびざん》（四川省）の人です。二十二歳で弟の蘇轍《そてつ》とともに進士に及第しました。神宗《しんそう》の時、王安石（一二〇頁参照）の新法に反対して黄州《こうしゅう》（湖北省）に流されます。黄州での流謫《るたく》生活が蘇軾の人生と文学の転換期になりました。神宗が崩じて哲宗《てっそう》が即位すると都に召還されました

湖上は西湖《せいこ》のほとり。杭州《こうしゅう》市街（浙江《せっこう》省）の西にある周囲一七キロの湖。
瀲灩は広々と波をた

が、再び政争の犠牲となって恵州《けいしゅう》（広東省）に流され、さらに海南島《かいなんとう》（海南省）に左遷されました。徽宗《きそう》の時、恩赦にあい、海南島を出て常州（江蘇《こうそ》省常州市）までやって来ましたが、そこで病にかかって世を去りました。

詩も詞もよくしました。散文では〈唐宋八大家〉の一人に数えられ、父（蘇洵《そじゅん》）と弟（蘇轍《そてつ》）とともに〈三蘇〉と称されています。

蘇軾の詩は、わが国の鎌倉から室町にかけて五山の僧侶に大きな影響を与えました。

蘇軾は書画にもその才能を発揮しています。ことに竹（朱竹など）を描いた作品は有名です。

西湖（杭州）のほとりにある蘇軾像

この詩は熙寧《きねい》六（一〇七三）年、通判《つうはん》として在任中につくられた作品で、西湖《せいこ》の美しさを詠った詩として人口に膾炙《かいしゃ》しています。二首の連作で、この詩はその二首目にあたります。山が朝日に輝く時から、雨に煙る夕方まで、西湖のほとりで宴会が催されたことを第一首から窺い知ることができます。

前半の二句は対句仕立てにし、水光と山色、晴と雨の景色を対照的に描きだしています。ことに「雨も亦た奇なり」という表現には、蘇軾の美

たえているさま。

方はいまこそ〜である。

山色は山の景色。

空濛は霧雨に煙るさま。

西子は春秋時代の美女、西施《せいし》のこと。西施は美人の代名詞としてしばしば詩中に用いられる。

淡粧は薄化粧。

濃抹は厚化粧。

早朝の西湖の風景

に対する多様性を見る思いがします。また、耳に快く響く「瀲灩（レンエン）」や「空濛（クウモウ）」という畳韻語《じょういんご》を使って、語調を整えています。

後半の二句は、美女・西施《せいし》を借りて、美しい西湖をみごとに詠い上げています。蘇軾の詩にはしばしば比喩が用いられます。晴れた西湖を西施の厚化粧に、霧雨に煙る様子を西施の薄化粧にたとえ、そのどちらも風情があってよいと表現しています。湖と女性という異質な美の対比は奇抜な着想です。ここにこの詩の面白さがあります。

杭州は年中、曇りがちなところだといわれています。ですから、晴れても雨でも蘇軾には新鮮だったのでしょう。

巧みに用いられた句中対による暗示の妙味

韓偓《かんあく》

七言絶句・下平声六麻の韻

尤渓道中

尤渓道中《ゆうけいどうちゅう》

水自潺湲日自斜◎
尽無鶏犬有鳴鴉◎
千村万落如寒食
不見人煙空見花◎

水《みず》は自《おのずか》ら潺湲《せんかん》日《ひ》は自《おのずか》ら斜《なな》めなり
尽《ことごと》く鶏犬《けいけん》無くして鳴鴉《めいあ》有《あ》り
千村万落《せんそんばんらく》寒食《かんしょく》のごとし
人煙《じんえん》見えず空《むな》しく花《はな》を見《み》る

川の水は自ずからさらさらと流れ
日は自ずから西に傾く
このあたりは鶏や犬の姿もなく
ただ烏だけが鳴いている
どの村もひっそりと静まり返り
まるで寒食節のようだ
竈《かまど》の煙も見えず
花だけがやけに目立っている

尤渓は福建省中部を流れる谷川。
道中は旅の途中。
自はそれ自身でという意味。

韓偓《かんあく》（八四四～九二三）は晩唐の詩人です。字《あざな》は致堯《ちぎょう》（または致光《ちこう》）。号は玉山樵人《ぎょくざんしょうじん》といいました。京兆万年《けいちょうまんねん》（陝西《せんせい》省西安市）の人。龍紀《りゅうき》元（八八九）年の進士で、天復《てんぷく》年間（九〇一～九〇四）に左拾遺《さしゅうい》、翰林《かんりん》学士、中書舎人《ちゅうしょしゃじん》、兵部侍郎《へいぶじろう》などを歴任しましたが、権力者の朱全《しゅぜん》忠《ちゅう》（のち梁《りょう》の太祖）に逆らって濮州《ぼくしゅう》（山東省）の司馬《しば》に左遷されました。のち、天佑《てんゆう》二（九

○五）年、長安（陝西省西安市）に呼び戻されましたが、それに応じることなく、閩《びん》（福建省）の王審知《おうしんち》のもとに身を寄せて没しました。福建省の泉州《せんしゅう》の西六キロの南安《なんあん》県豊州鎮《ほうしゅうちん》に円甑《えんそう》状の墓があります。

韓偓の詩は唐末期の激動の世に対する慷慨《こうがい》激昂を詠うものが多いようですが、艶情を詠んだ「香奩《こうれん》集」もあります。

この詩には韓偓自身の注がついており、「庚午《こうご》の年」とあります。庚午の年は後梁《ごりょう》の開《かい》平《へい》四（九一〇）年にあたります。作者は沙《さ》県（福建省）から尤渓《ゆうけい》県にいたる途中、いくつもの村を通りすぎ、荒廃した村々を目の当たりにして、感慨を催してつくったのです。

前半の二句は、句中対《くちゅうつい》を用いた句づくりをしています。句中対というのは上四字と下三字が対をなしていることです。当句《とうく》対《つい》ともいいます。

起句の「水自潺湲／日自斜」は「自」をくり返して対応させています。なお、「自」は人の世の興亡とはかかわりがないということを意味します。荒廃を暗示している句です。

承句の「尽無鶏犬／有鳴鴉」は「尽無」と「有」の対応です。「鶏犬」は『老子』や陶淵明（一三二頁参照）の「桃花源記」以来、平和な世界にはつきものの動物として描かれます。その犬や鶏の姿がまったく見えないのは戦乱によって荒廃しているからです。

結句も句中対を用いています。「不見人煙／空見花」は「不見」と「空見」が対応しています。村里の炊事の煙がないのも荒廃している証拠です。一方、「花」は花の咲く時期がめぐってくると、観賞する人がいてもいなくてもひとりでに花をつけます。それが悲し

潺湲は水の流れの擬声語。
鶏犬は平和な村里を象徴する動物。
寒食は冬至から数えて百五日目の寒食節のこと。火をたくことが禁ぜられ、冷たい物を食べる風習がある。
人煙はかまどの煙のこと。

いのです。

この句は杜甫（一九四頁参照）の「時に感じては花にも涙を濺《そそ》ぎ　別れを恨んでは鳥にも心を驚かす」（「春望」詩）という対句を想起させます。

転句の「千村万落」は「千万村落」と同じで、「千も万もの村落」という意味です。こうした句づくりを互文法《ごぶんほう》と呼んでいます。

全編をとおして寂しく荒れた村里が詠われています。感情を現わす表現が一語もないことで、かえって作者の憤りが伝わってくるのです。

寒食節の由来

寒食節の由来は古く、周王朝まで遡ることができます。

春秋時代、介子推《かいしすい》は晋の文王に献身的に仕えましたが、文王は介子推を疎んずるようになります。介子推は文王のもとを去り、介山に隠れ住みました。後悔した文王は介子推に山から下りてくるように願ったのですが、どうしても山から出て来ようとしません。文王はその山に火を放ちました。介子推が火を避けて出てくると思ったからです。ところが、介子推は木を抱いたまま焼け死んでしまったのです。

悲しんだ文王は、この日に火を焚くことを禁じました。これが寒食節の起源です。

「半壁の天下」で安逸をむさぼる人々を嘆く

林升《りんしょう》

題臨安邸

臨安《りんあん》の邸《てい》に題《だい》す

山外青山楼外楼◎
西湖歌舞幾時休◎
暖風薫得游人酔
直把杭州作汴州◎

山外《さんがい》の青山楼外《せいざんろうがい》の楼《ろう》
西湖《せいこ》の歌舞《かぶ》幾時《いくとき》か休《や》まん
暖風薫《だんぷうくん》じ得《え》たり游人《ゆうじん》の酔《よ》い
直《ただ》ちに杭州《こうしゅう》を把《と》って汴州《べんしゅう》と作《な》す

七言絶句・下平声十一尤の韻

山のかなたにも青々とした山が続き
高殿の向こうにまた高殿が見える
湖のほとりでは
歌や踊りが止むことはない
暖かい風が
遊興にふける人々に吹きつける
この仮の都・杭州を　かつての都・
汴州のように思っているのだ

臨安は南宋の都、現在の杭州《こうしゅう》（浙江《せっこう》省）。**邸**は宿屋。**西湖**は杭州市街の西

林升《りんしょう》（生没年不詳）は南宋の詩人です。淳熙《じゅんき》年間（一一七四～一一八九）に生存していたようですが、詳しいことはわかりません。

一一二六年、金に攻め入られて、北宋の都・汴京《べんけい》（河南《かなん》省開封《かいふう》市）は陥落しました。一一二九年に杭州《こうしゅう》（浙江《せっこう》省）が臨安府《りんあんふ》に昇格し、紹興《しょうこう》八（一一三八）年には正式に南宋の国都

北宋時代の地図

汴京陥落後、南宋時代の地図

になりました。それ以来、杭州は南宋の政治・経済・文化の中心となり、終日、人々の雑踏で大変なにぎわいを見せていました。「半《はん》壁《ぺき》の天下」（異民族の金に領土の北半分を取られたこと）となってしまった人々は、失地回復を国是としていなければならないはずです。それなのに、いまや歌に踊りにと遊興三昧にふけっていると詩人は嘆いています。

　太平に安住して、安逸をむさぼる人々を痛烈に批判しているのです。

にある湖。

薫得は吹きつけるという意味で、得は助辞。

把は〜をばという意味。

汴州は国都で、汴京《べんけい》ともいう。現在の開《かい》封《ふう》市（河《か》南《なん》省）。

飾り気がなく遊牧民らしいのびやかな歌

斛律金《こくりつきん》

雑言古詩・換韻

敕勒歌　敕勒《ちよくろく》の歌《うた》

敕勒川
陰山下●
天似穹廬籠蓋四野●
天蒼蒼◎
野茫茫◎
風吹草低見牛羊◎

敕勒《ちよくろく》の川《かわ》
陰山《いんざん》の下《もと》
天《てん》は穹廬《きゆうろ》に似《に》て四野《しや》を籠蓋《ろうがい》す
天《てん》は蒼蒼《そうそう》たり
野《の》は茫茫《ぼうぼう》たり
風《かぜ》吹《ふ》き草《くさ》低《た》れて牛羊《ぎゆうよう》見《あら》わる

勅勒の川は
陰山山脈のふもとを流れ
大空はパオのように
平原を覆い尽くしている
空は抜けるように青く澄み
平原ははてしなく広がっている
吹き渡る風に草は低くなびき
放牧された牛や羊が姿を現わす

斛律金《こくりつきん》（四八八～五六七）は北斉《ほくせい》の武将です。姓は斛律。字《あざな》は阿六敦《あろくとん》。トルコ系北方遊牧民の出身です。北斉を建国した東魏《とうぎ》の高歓《こうかん》（のちの神帝《しんてい》）に信頼されていました。「敕勅歌」は楽府題《がふだい》です。これはもともとトルコ系の民歌でしたが、東魏の時代に斛律金によって漢訳されたものであるといわれています。北朝の民歌は全部で七十首ほど残されています。

訳者の斛律金は、高歓に従って、西魏《せいぎ》に攻め込みました。その城壁を攻撃している最中に、高歓は病気にかかってしまいます。噂を打ち消すため、高歓は病をおして、将兵の前に姿を現わして、安心させました。その折に、高歓は斛律金にこの「敕勒の歌」を歌わせ、自分も唱和したと言い伝えられています。

この作品は三字、八字、七字というように字数が不揃いで、飾り気のない詠い方をしていますが、スケールの大きい詩です。三句目の、大空を丸いパオ（テント）の屋根と見ているのは、いかにも遊牧民らしい着想です。

なお、この「敕勒の歌」は清の沈徳潜《しんとくせん》撰の『古詩源《こしげん》』に載せられています。『古詩源』は、漢、魏、晋、南北朝を経て、隋までの著名な詩や楽府などを時代順、作家別に配列した古詩の選集です。

勅勒はトルコ系の民の住んでいる中国の北方。
陰山は山脈の名。内モンゴル自治区の中部を一〇〇〇キロにわたって横断している山脈で、海抜一五〇〇～二〇〇〇メートル、最高峰は二三六四メートル。
穹廬は丸屋根のパオ(テント)。
籠蓋はすっぽりと覆うこと。
蒼蒼は空が青々としていること。
茫茫は広く果てしないさま。
見は現われる。

雁に問いかけながら春の夜の風物を詠う

銭起《せんき》

七言絶句・上平声十灰の韻

帰雁　帰雁《きがん》

瀟湘何事等閑回◎
水碧沙明両岸苔◎
二十五絃弾夜月
不勝清怨却飛来◎

瀟湘《しょうしょう》より何事《なにごと》ぞ等閑《とうかん》に回《かえ》る
水《みず》は碧《みどり》に沙《すな》明《あき》らかなり両岸《りょうがん》の苔《こけ》
二十五《にじゅうご》絃《げん》夜月《やげつ》に弾《だん》ずれば
清怨《せいえん》に勝《た》えずして却飛《かえりと》ぶらん

雁は美しい瀟湘の地を見捨て
なぜ北に帰っていくのだろうか
水は緑に澄み　砂は白く光り輝き
岸の苔も美しいというのに
月夜の晩に
湘水の女神が弾く二十五弦の瑟《しつ》の
清らかで哀切に満ちた調べに
耐えかねて飛んでいくのだろう

銭起《せんき》（生没年不詳）は中唐の詩人です。字《あざな》は仲文《ちゅうぶん》。呉興《ごこう》（浙江《せっこう》省）の人です。天宝《てんぽう》十（七五一）年に進士に及第しました。校書郎《こうしょろう》、藍田県県尉《らんでんけんけんい》、尚書考功郎中《しょうしょこうこうろうちゅう》などを歴任しました。

李益《りえき》（二一八頁）、盧倫《ろりん》（二二二頁）らとともに、〈大暦《たいれき》の十才子《じっさいし》〉の一人と称されまし

瀟湘は「瀟湘八景」の一つ「瀟湘の夜雨」で名高いところ。瀟も湘も川の名前で永州（湖南省）

た。また、詩の分野では郎士元《ろうしげん》とともに、〈銭郎《せんろう》〉と並称されました。『唐詩選』には五首収められています。銭起は清談（俗世を離れた高尚な談話）を大切にしました。

詩題の「帰雁」は北に帰る雁という意味です。

前半の二句は、北に帰る雁に対する作者の問いかけになっています。風光明媚な瀟湘《しょうしょう》を見捨ててまで北に帰る雁への問いかけとは面白い発想です。

後半は、前半の問いかけへの答えです。作者が答えているのか、雁が答えているのかはわかりません。

前半の二句が作者の自問であるのは明らかですが、後半は自答という説もあれば、雁が帰ったあとの作者の思いという説もあります。

琴《きん》より大型の二十五絃の瑟《しつ》は、哀調を帯びた音色を奏でるようです。雁は、月夜の晩に湘水の女神が弾く恨みを込めたような瑟の調べに耐えかねて飛び去っていくのです。

湘霊鼓瑟の故事

銭起が科挙を受験しようと都に上る途中、月夜の晩に旅館で独吟していると「曲終って人見えず　江上数峰青し」と吟詠している声が聞こえてきました。銭起が不思議に思って外に出てみても、人影はありません。

翌年の科挙（進士）の試験に、詩題が「湘霊鼓瑟」と出題されました。銭起が前年書き留めておいた句を用いて提出したところ、みごと及第したということです。

で合流して洞庭湖《どうていこ》に注ぎ込んでいる。ここでは瀟湘の下流全域をさす。

何事はどうして。

等閑はなおざりにする。

二十五絃は瑟《しつ》。瑟は琴《きん》の大型のもの。

弾夜月は「湘霊鼓《しょうれいこ》瑟《しつ》」の故事（銭起自身の体験）を踏まえている。

却飛来は瀟湘の地から飛び去ること。

来は助字。

繊細な感覚で女性の哀しみを詠い上げる

薛濤《せつとう》

五言絶句・通韻

春望詞　春望《しゅんぼう》の詞《し》

風花日将老◎
佳期猶渺渺○
不結同心人
空結同心草◎

風花《ふうか》日《ひ》に将《まさ》に老《お》いんとするに
佳期《かき》猶《な》お渺渺《びょうびょう》
結《むす》ばず同心《どうしん》の人《ひと》
空《むな》しく結《むす》ぶ同心《どうしん》の草《くさ》

風に舞い散る花は
日ごとに移ろいゆくのに
あなたと会う約束の日は
なおはるかに遠い
心を同じくするあなたとは
結ばれぬまま
むなしく草を同心結びにして
思いを込める

風花は風に舞い散る花。
佳期は約束の日時。
渺渺は水がはるかに広がるという意味で

薛濤《せつとう》（七六八？～八三一？）は中唐の女流詩人です。字《あざな》は洪度《こうど》。もとは長安の良家の娘でしたが、父に従って成都《せいと》（四川省成都市）に移り住みました。父の死後も、母と成都に留まった薛濤は妓女になり、元稹《げんじん》（六七頁参照）、劉禹錫《りゅううしゃく》（二〇三頁参照）などの文人らと交際しました。また、武元衡《ぶげんこう》の上奏によって校書郎《こうしょろう》を授けられたといいます。

晩年は浣花渓《かんかけい》のほとりに住み、絶句を書くのに適した「薛濤箋《せっとうせん》」という詩箋を製作したと伝えられています。今日、成都の望江楼《ぼうこうろう》公園に詩箋を漉《す》いた「薛濤井《せっとうせい》」が残されていますが、これは後世のものであり、もともとは浣花渓のほとりにあったはずです。

詩題の「春望の詞」の「詞」は、宋代以降に流行った詩余（楽譜に合うように文字を埋めて歌詞をつくる）でなく、「行」「吟」「曲」などと同じ意味で、「春の眺めのうた」と訳せばいいでしょう。

春の風に舞い散る花が日ごとに色褪せていくという自然現象を借りて、自分もその花と同じように老けていく、それなのにあなたと会える時ははるかに遠いと嘆いています。晩春の風物に託して、恋い慕う相手と結ばれたいと願う悲痛な声が聞こえてくるようです。

薛濤の「春望詞」は四首の連作です。ここに取り上げた絶句は第三首目で、惜春の情が詠われています。薛濤は絶句を得意としていますが、この作品も女性らしい繊細な感覚で女性の悲しみがみごとに詠い込まれています。

あるが、ここでは遠くはるかな様子をいう。

結同心草の同心とは夫婦の固い契りをいい、同心草は草を同心結びにすること。

参考

佐藤春夫は、一九二九（昭和四）年、『車塵集《しやじんしゆう》』（武蔵野書院）という漢詩訳詩集を出しました。そのなかで、「春望詞」を下のように訳しています。

春のをとめ

しづ心なく散る花に
なげきぞ長きわが袂
情けをつくす君をなみ
つむや愁ひのつくづくし

〈南宋の三大詩人〉が詠むのどかな春の村里

陸游《りくゆう》

七言律詩・上平声十三元の韻

遊山西村　山西《さんせい》の村《むら》に遊《あそ》ぶ

莫笑農家臘酒渾◎
豊年留客足鶏豚◎
山重水複疑無路
柳暗花明又一村◎
簫鼓追随春社近
衣冠簡朴古風存◎
従今若許閑乗月

笑《わら》うこと莫《な》かれ農家《のうか》の臘酒《ろうしゅ》の渾《にご》れるを
豊年客《ほうねんかく》を留《とど》むるに鶏豚《けいとん》足《た》れり
山重水複《さんちょうすいふく》路《みち》無《な》きかと疑《うたが》うに
柳暗花明《りゅうあんかめい》又《ま》た一村《いっそん》
簫鼓追随《しょうこついずい》して春社《しゅんしゃ》近《ちか》く
衣冠簡朴《いかんかんぼく》にして古風《こふう》存《そん》す
今《いま》より若《も》し閑《しず》かに月《つき》に乗《じょう》ずるを許《ゆる》さば

農家が師走に仕込んだ酒が
にごり酒だと笑わないでほしい
豊年だったから　客をもてなす
鶏や豚はたっぷりあるではないか
山は幾重にも連なり　川は曲がり
行き止まりかと思ったとき
柳が暗く茂り明るい花が咲いていた
こんなところにも村があったのだ
かけあう笛や太鼓が響いてくるのは
春祭りが近いからだろう
村人の衣装は質素で
昔風の感じが残っている
これからも月明かりを頼りに
気ままに訪ねてもいいのなら

拄杖無時夜叩門◎

杖《つえ》を拄《つ》き時《とき》無《な》く夜《よる》に門《もん》を叩《たた》かん

杖をついてやって来て
夜中に門をたたくだろう

臘酒は十二月に仕込み、春に飲む酒をいう。

簫は笛。

春社は立春から五度目の戊《ぼ》の日（つちのえ）の春の祭り。

陸游《りくゆう》（一一二五〜一二〇九）は南宋の詩人です。字《あざな》は務観《むかん》。放翁《ほうおう》は号です。越州山陰《えつしゅうさんいん》（浙《せつ》江《こう》省紹興《しょうこう》市）の人です。

陸游の生まれた翌年、北宋の都・汴京《べんけい》（河南《かなん》省開封《かいほう》市）は金の進入で落ち、陸一家は戦乱を避けて逃避行を続け、陸游が九歳の時に故里の越州山陰に帰りました。この時、都は

陸游像

臨安《りんあん》（杭州《こうしゅう》）に移っていました。

二十九歳の時、科挙に応じ、省試に一位で及第しましたが、時の宰相・秦檜《しんかい》の妨害で殿試《でんし》に失敗しました。秦檜の死後、寧徳《ねいとく》（福建省寧徳県）の主簿《しゅぼ》になり、紹興三十二（一一六二）年には召されて枢密院編修官《すうみついんへんしゅうかん》となりました。その後、各地の通判《つうはん》を経て、淳熙《じゅんき》二（一一七五）年に范成大《はんせいだい》（一一二頁参照）の幕官となり、成都《せいと》（四川省）に赴きましたが、翌年、退官しました。提挙福建常平茶《ていきょふつけんじょうへいさ》塩公事《えんこうじ》となって各地を回っていましたが、水害に遭った農民に独断で官米を放出したことで罷免され、帰郷しました。そこで、権知《けんち》厳州《がんしゅう》（浙江省）、軍器少監《ぐんきしょうかん》などを歴任します。紹熙《しょうき》元（一一九〇）年に光宗《こうそう》が即位すると、主戦論者の陸游は免職されました。七十八歳の時、実録院同修撰《じつろくいんどうしゅうせん》兼同修国史《どうしゅうこくし》となり、国史の編纂にあたりました。その後、秘書監《ひしょかん》、宝謨《ほうぼ》閣待制《かくたいせい》となり、八十五歳で世を去りました。

陸游はおよそ一万首という多くの作品を残し、范成大、楊万里《ようばんり》（一〇四頁参照）とともに〈南宋の三大詩人〉といわれています。

陸游が隆興府《りゅうこうふ》（南昌《なんしょう》）の通判の職を罷免されて、山西村に帰郷したのは乾道《けんどう》二（一一六六）年四月、四十二歳の時でした。

この作品は帰郷してから一年後に書かれたものです。ある有力な村人から春祭りに招待され、その喜びを率直に詠ったものです。

首聯は素朴な村人の言葉をそのまま書き綴っています。多少、新酒は濁っていますが、酒肴の鶏肉も豚肉も十分にあるというもてなしでした。

頷聯は評判の高い対句です。山が重なり、川が縦横に流れている風景、柳が暗いばかりに茂り、花が明るく咲いている春景色は江南の情景を余すところなく描きだしています。なお、この対句は流水対《りゅうすいつい》です。流水対というのは二句で一つの意味をなす対句のことです。

頸聯も対句の構成です。村人の着ている衣冠は質素なものでしたが、春祭りは昔ながらの風俗を残していると詠っています。

陸游は古風な村祭りが気に入ったようです。尾聯では、月明かりに乗じて、気の向いた時にやって来て、夜中に門をトントンと叩いてもかまわないでしょうねと詠っています。この村里がよほど気に入ったのでしょうか。

漢詩の形式　漢詩の基礎知識①

漢詩は大きく、唐代以前の古体詩とそれ以後の近体詩に分けられます。

古体詩は、句数も押韻《おういん》（125頁コラム参照）も平仄《ひょうそく》（85頁コラム参照）も、しばりが比較的ゆるやかです。

近体詩は大きく、四句からなる絶句と、八句からなる律詩とに分けられます。いずれも句数、押韻、平仄に厳密なルールがあり、これにのっとってつくらなければなりません。

近体詩（今体詩）
- 絶句
  - 五言絶句（六言絶句）
  - 七言絶句（小律）
  - ―4
- 律詩
  - 五言律詩
  - 七言律詩
  - ―8
  - 五言排律（長律）（七言排律）
  - ―10以上
- 偶数句尾（七言では第一句尾も）
- 一韻到底（平韻の一韻だけ）
- 一定

名詞の並列が醸しだすしみじみとした味わい

許渾《きょこん》

七言絶句・下平声十一尤の韻

秋思　秋思《しゅうし》

琪樹西風枕簟秋◎
楚雲湘水憶同遊◎
高歌一曲掩明鏡
昨日少年今白頭◎

琪樹《きじゅ》の西風《せいふう》枕簟《ちんてん》の秋《あき》
楚雲《そうん》湘水《しょうすい》同遊《どうゆう》を憶《おも》う
高歌《こうか》一曲《いっきょく》明鏡《めいきょう》を掩《おお》う
昨日《さくじつ》の少年《しょうねん》今《いま》は白頭《はくとう》

美しい木に秋風が吹き渡り
枕や高筵《たかむしろ》にも秋の気配が感じられる
かつて友と遊んだ楚国の雲や
湘江の流れを思いだす
声高らかに一曲歌い　鏡に映る
わが姿を見て鏡を覆ってしまった
昨日までの紅顔の少年が
白髪まじりの老人になっていたから

許渾《きょこん》（?～八五四?）は晩唐の詩人です。潤州丹陽《じゅんしゅうたんよう》（江蘇《こうそ》省）の人です。字《あざな》は用晦《ようかい》、または仲晦《ちゅうかい》といいました。初唐の宰相・許圉師《きょぎょし》の子孫です。太和《たいわ》六（八三二）年の進士で、当《とう》塗《と》（安徽《あんき》省）や太平《たいへい》（山西省）の県令を歴任しましたが、病気のため罷免されました。その後、潤州司馬《じゅんしゅうしば》、監察御史《かんさつぎょし》、虞部員外郎《ぐぶうんがいろう》を経て、睦州《ぼくしゅう》（浙江《せっこう》省）、郢州《えいしゅう》（湖北省）の刺史《しし》にな

琪樹は美しい樹木。
西風は秋風。
枕簟は枕と高筵《たかむしろ》。
楚雲は楚国に出ていた雲。

りましたが、病のため潤州の丁卯橋《ていぼうきょう》のほとりに隠棲しました。

許渾は晩唐前半期の代表的詩人の一人で、懐古詩にすぐれた作品を残しています。

詩題の「秋思」は楽府題《がふだい》です。テキストによっては「秋日」となっているものもあります。

前半の二句は郢州刺史時代を回想して詠っているものといわれています。しかし、「楚雲湘水」は湖南省付近の情景ですが、許渾が湖南の湘水のほとりに赴任したという事実はありません。湘水にもっとも近いのは郢州ですから、郢州時代を回想してつくったものというのが通説になっています。

起句の「枕簟の秋」は、枕も高筵《たかむしろ》もひんやりとした秋の気配が感じられるということを意味しています。

承句には、許渾の詩の特徴の一つといわれている「水」字が使われています。許渾は水という漢字を頻用したので、後世の人々に「許渾千首湿れる」と評されました。

後半は難しい詩語は一つもありません。いつのまにか、紅顔の美少年も白髪頭の老人になってしまったと嘆いています。明るく澄んだ鏡に映るわが姿を見るにしのびなく、鏡を覆い隠してしまったのです。こういう憂いは李白（二一一頁参照）の「秋浦《しゅうほ》の歌」詩や張九齢《ちょうきゅうれい》の「鏡に照らして白髪《はくはつ》を見る」詩（二四八頁参照）に通じるところがあります。

結句は、「昨日」「少年」「今」「白髪」と普通名詞をポンポンと並べただけの構成ですが、それが余韻を生みだし、しみじみとした味わいの作品になっています。

湘水は湖南省を北上して洞庭湖《どうていこ》に注ぐ湘江《しょうこう》。

美しければ美しいほど無情に映る光景

韋荘《いそう》

七言絶句・上平声八斉の韻

金陵図　金陵《きんりょう》の図《ず》

江雨霏霏江草斉◎
六朝如夢鳥空啼◎
無情最是台城柳
依旧烟籠十里堤◎

江雨《こうう》霏霏《ひひ》として江草《こうそう》斉《ひと》し
六朝《りくちょう》夢《ゆめ》のごとく鳥《とり》空《むな》しく啼《な》く
無情《むじょう》は最《もっと》も是《こ》れ台城《だいじょう》の柳《やなぎ》
旧《きゅう》に依《よ》って烟《けむり》は籠《こ》む十里《じゅうり》の堤《つつみ》

長江に霧のような春雨が降り
川辺の草は青々としている
六朝の栄華は夢のように消え
いまはただむなしく鳥が鳴くばかり
もっとも薄情なのは
変わらず芽吹く宮城の柳
十里の堤は　いまも昔のままに
春雨でけむっている

韋荘《いそう》（八三六〜九一〇）は晩唐の詩人です。字《あざな》は端己《たんき》。諡《おくりな》は文靖《ぶんせい》。京兆杜陵《けいちょうとりょう》（陝西《せんせい》省西安市）の人です。乾寧《けんねい》元（八九四）年に進士に及第して、校書郎《こうしょろう》を授けられましたが、唐が滅亡してしまいます。のち、王建《おうけん》の建国した後蜀《こうしょく》に招かれ、掌書記《しょうしょき》を経て、宰相になりました。韋荘の成都での住まいは杜甫（一九四頁参照）の旧宅である浣花《かんか》草堂《そうどう》でした。

金陵はいまの江蘇《こうそ》省の南京市で、六朝《りくちょう》の国都。
江は長江。
霏霏は雨や雪などが

黄巣《こうそう》の乱（八七五）の惨状を見聞して詠じた長篇叙事詩「秦婦吟《しんぷぎん》」は有名で、当時の人は〈秦婦吟秀才〉と呼んで賞賛しました。また、韋荘は詩人であるとともに、詞人としても名を知られています。

「金陵の図」とは金陵の風景を描いた絵です。金陵の台城あたりが描かれたその絵を見て、詠ったのがこの詩です。

前半は感傷的に描かれています。起句は「江雨霏霏」「江草斉」と句中対《くちゆうつい》で詠いだしています。ことに、「草」には『楚辞』以来、荒れ果てているというイメージがつきまといます。雑草や川面に春雨が降り注いでいるのですから、寂しい感じが漂っています。承句は華やかだった六朝《りくちよう》の貴族文化も夢のように消え果て、いまは聞く人もいないのに鳥がうるわしく鳴いていると詠んでいます。

後半は柳をとおして「はかなさ」を詠い上げています。柳は春になれば青々と芽吹き、人の世の興亡に関係なくその営みをくり返しています。それを、情がないというのです。しかし、無情なのは柳だけではありません。草にも、鳥にも情がありません。六朝が滅んで三百十年がたっても、老樹になった柳は昔ながらに芽吹き、青い靄《もや》のような春雨にけむって美しい姿を見せています。人事の興亡に比べて、自然は悠久です。自然が美しければ美しいほど無情に映るのです。

しきりに降ること。
六朝は二二二～五八九年。呉、東晋、宋、斉《せい》、梁《りよう》、陳《ちん》の六つの王朝をいう。
台城は魏晋《ぎしん》の時期には皇帝の禁城をいった。
烟は春雨にけむること。
籠は覆い包むこと。
十里堤は都の北にある玄武湖の長堤をいう。

清玲の趣を持った別れの絶句

楊巨源《ようきょげん》

七言絶句・上平声四支の韻

折楊柳

折楊柳《せつようりゅう》

水辺楊柳麹塵糸◎
立馬煩君折一枝◎
惟有春風最相惜
慇懃更向手中吹◎

水辺《すいへん》の楊柳《ようりゅう》麹塵《きくじん》の糸《いと》
馬《うま》を立《と》め君《きみ》を煩《わずら》わして一枝《いっし》を折《お》る
惟《た》だ春風《しゅんぷう》の最《もっと》も相惜《あいお》しむ有《あ》り
慇懃《いんぎん》に更《さら》に手中《しゅちゅう》に向《む》かって吹《ふ》く

水辺の柳が芽吹き
黄緑色の糸のようだ
馬を止めて
君にその枝を手折ってもらった
すると春風が
柳の枝との別れを惜しむかのように
ていねいに
君の手の中にまで吹き込んできた

楊巨源《ようきょげん》（七七〇？〜？）は中唐の詩人です。字《あざな》は景山《けいざん》。蒲中《ほちゅう》（山西省蒲《ほ》県）の人です。一説に河中《かちゅう》（山西省永済《えいさい》県）の人ともいわれています。貞元《ていげん》五（七八九）年の進士で、張弘靖《ちょうこうせい》の従事《じゅうじ》を経て、太常博士《たいじょうはかせ》、礼部員外郎《れいぶいんがいろう》、国子司業《こくししぎょう》などを歴任しました。

声律に意を用いた詩をつくり、絶句には清冷の趣があるとされています。なお、白居易

折楊柳は楽府題《がふだい》で、別れの時に歌う楽曲の名。
麹塵は麹《こうじ》のカビの色。

（二三四頁参照）や元稹《げんじん》（六七頁参照）とも交際がありました。

この詩は別れを主題にしていますが、手の中にある手折られた柳の小枝に春風が吹き、その情景が別れを惜しむかのようだというところにポイントがあります。送別の際、中国では見送る人が柳を手折って輪にして贈り、旅の無事を祈る習慣がありました。ところが、この詩では見送る立場の人、つまり、作者が柳の小枝を折らず、旅立つ人に小枝を折ってもらっています。小枝を手折った人の手の中にまで春風が懇ろに吹き込んで、小枝をやさしく揺すっているのです。それが別れを惜しんでいるようだと詠っています。この細かい視点がこの詩の見どころです。別れゆく人への惜別の情を直接詠み込まず、春風と柳の小枝に寄託したところに、感情の深まりが感じられます。

また、柳の新芽を「麴塵の糸」ととらえた表現もすばらしいと思います。

句と聯　漢詩の基礎知識②

絶句では、第一句を起句、第二句を承句、第三句を転句、第四句を結句と呼びます。

律詩では、はじめの二句を首聯《しゅれん》、つぎの二句を頷《がん》聯《れん》、つぎの二句を頸聯《けいれん》、最後の二句を尾《び》聯《れん》と呼びます。

ちなみに、江戸時代の陽明学者、頼山陽は、絶句の起承転結をつぎのように説明しています。

起句　京の糸屋の三条の娘　〈詠い起こし〉
承句　姉は十六　妹は十四　〈承けて発展〉
転句　諸国大名は　弓矢で殺す〈場面の転換〉
結句　糸屋の娘は　目で殺す　〈三句を承けて結び〉

立はとどめること。
慇懃は懇《ねんご》ろに、ていねいにという意味。

畳みかけて用いる反語が絶望を表わす

項羽《こうう》

七言古詩・換韻

垓下歌　垓下《がいか》の歌《うた》

力抜山兮気蓋世●
時不利兮騅不逝●
騅不逝兮可奈何◎
虞兮虞兮奈若何◎

力《ちから》は山《やま》を抜《ぬ》き気《き》は世《よ》を蓋《おお》う
時《とき》に利《り》あらず騅《すい》逝《ゆ》かず
騅《すい》の逝《ゆ》かざる奈何《いかん》すべき
虞《ぐ》や虞《ぐ》や若《なんじ》を奈何《いかん》せん

わが力は山を引き抜くほど強く
意気は天下を覆いつくすほどだ
だが　時勢が悪くなり
愛馬の騅までも進もうとしない
騅が進まなければどうしようもない
愛しい虞よ　虞よ
お前をどうしよう

項羽《こうう》（前二三二～前二〇二）は西楚《せいそ》の覇王です。名は籍《せき》。字《あざな》は羽《う》。下相《かそう》（江蘇《こうそ》省宿遷《しゅくせん》県）の人です。項氏は代々楚《そ》の将軍の家柄でした。劉邦《りゅうほう》（一七一頁参照）と覇権を争いましたが、垓下《がいか》（安徽《あんき》省霊璧《れいへき》県）で破れ、烏江《うこう》（安徽省和《か》県）に至って自決しました。

『楚辞』の形式を踏まえたこの歌は、垓下に追いつめられた項羽がつくったものです。

垓下は安徽《あんき》省霊璧《れいへき》県の東南にある地名。
抜山は山を引き抜くほどの力。
蓋世は意気が高いこ

包囲している人々がすべて楚地方の歌を歌っています。「四面楚歌」の歌声を聞いた項羽は、すべての人々が漢の劉邦に味方しているのだと思い込み、敗北を覚悟して、陣中で酒盛りを開き、愛人の虞美人《ぐびじん》を相手にこの歌を詠みました。

前半の二句は、自身の才能や気概は大きいが、時勢が悪くなったと嘆いています。そのうえ、「騅逝かず」と詠じています。ともに戦ってきた愛馬の騅までが進もうとしないことは、敗戦を強く暗示しています。

項羽の辞世の詩に唱和して自殺した虞美人と項羽の像

後半の二句も「騅不逝」で始まり、最後に「虞や虞や若を奈何せん」と結んでいます。

英雄にも涙があります。『史記』の「項羽本紀」に、「歌うこと数闋《すうけつ》、美人これに和す。項王泣《なみだ》数行下《すうこうくだ》る。左右皆泣き、能《よ》く仰ぎ視るものなし」と記載されています。

また、後半には反語の「奈何」がくり返して用いられています。畳みかけて用いる反語が絶望的な雰囲気を醸しだしています。

なお、詩題が「抜山操《ばつさんそう》」となっているテキストもあります。

と。

騅はあしげの馬の意味で、項羽の愛馬の名。

可奈何は反語。何としたらよいだろうか、どうしようもないという意味。

虞は項羽の愛人の名。

「詩中に画あり」と称される詩人の名詩

王維《おうい》

五言絶句・上声二十二養の韻

鹿柴　鹿柴《ろくさい》

空山不見人
但聞人語響●
返景入深林
復照青苔上●

空山《くうざん》人《ひと》見《み》えず
但《た》だ人語《じんご》の響《ひび》き聞《き》こゆ
返景《へんけい》深林《しんりん》に入《い》る
復《ま》た照《て》らして青苔《せいたい》に上《のぼ》る

静まり返った山中に人影は見えない
ただ話し声がかすかに聞こえてくる
夕日が深い林の中に差し込んできて
再び青い苔を照らしだして移りゆく

鹿柴は野鹿が入り込まないようにする柵。
空山は人気のない静かな山。

王維《おうい》（六九九～七五九。一説では七〇一～七六一）は盛唐の詩人です。字《あざな》は摩詰《まきつ》。〈詩仙〉と称えられた李白（二一一頁参照）、〈詩聖〉と敬われた杜甫（一九四頁参照）と並んで〈盛唐の三大詩人〉に数えられています。王維は敬虔な仏教信者ということと、詩そのものに仏教的色彩が濃いことから、〈詩仏《しぶつ》〉と称されました。

王維は太原《たいげん》（山西省太原市）の人です。神童の誉れも高く、詩、音楽、書、絵画などにその才を発揮しました。

十五歳の時、科挙の準備のために都・長安に上り、二十一歳の若さで進士に及第します。順調に出世していましたが、安禄山《あんろくざん》の乱（七五五）で反乱軍につかまり、むりやり官職に就けられました。乱の平定後、反乱軍の職に就いたことが問題にされましたが、一つ違いの弟・縉《しん》の嘆願運動で、官職を下げられただけの軽い処分ですみました。その後は尚書右丞《しょうしょゆうじょう》という高い地位にまでのぼりつめました。

山水を愛し、陶淵明（一三一頁参照）の影響を受けて高い風韻の詩をつくりました。な

輞川への入り口。右の山は華子崗《かしこう》

返景は夕陽。景は影。
復はそしてという意味ではなく、再びの意。

お、清代の「神韻派」は王維を祖としています。

詩題の「鹿柴」は輞川《もうせん》二十景の一つです。輞川は陝西《せんせい》省西安市の東南五〇キロの藍田《らんでん》県に属し、その県城からさらに十数キロ西南の方向に行ったところにあります。軍事施設があり、まだ一般には開放されていません。

当時、輞川の里には長安の貴族の別荘が多く、王維も別荘を所有していました。別荘とは荘園のことです。山も川も、それに湖もある輞川は王維のお気に入りの地で、公務の合間にやって来ていたようです。

これまで「鹿柴」は鹿を飼うための柵であるとか、野鹿の侵入を防ぐためにつくられた柵であると考えられてきましたが、この王維の「鹿柴」詩を読むかぎり、鹿のことが詠じられていません。しかし、裴迪《はいてき》の同題の「鹿柴」詩には「但《た》だ麕麚《くんか》の跡《あと》有り」とあり、野鹿とのかかわりがあるのはまちがいなさそうです。

仏教を深く信仰している王維は、仏教の世界では聖地である「鹿野苑《ミガダーヤ》」を意識しているのかもしれないと、鈴木修治氏が『唐詩の世界』（日本放送出版協会）で指摘しています。鹿野苑は釈尊がはじめて説教した場所です。そう考えると、「空山」と詠いだす「空」が気になります。仏教語の「空」には「世の中のすべてのものごとは因縁によって生じる仮の姿で実体がない」という意味です。『王維詩索引』（采華書林）を繙《ひもと》くと、「空」の用例が九十三例もあり、うち二例の「空山」は「空林」の八例に次いで二番目に用例が多いのです。そうであれば、「鹿柴」詩の静寂な世界の描写は、清澄なる極楽浄土の世界を詠じたものと考えるべきでしょう。

前半の二句は芭蕉が捻った「古池や蛙飛び込む水の音」の句境であり、梁《りょう》の王籍の詠う「鳥啼《な》いて山更《さら》に幽《ゆう》なり」（「若耶渓《じゃくやけい》に入《い》る」詩）と同じで、静寂なる世界が詠じられています。つまり、聴覚をとおして、深閑とした情景が詠まれているのです。唐代の話し声は現代中国語よりも低音であったらしく、ひそひそと話す話し声がかすかに聞こえてくるのですが、そんな低い声を配することによって、静寂さをいっそう引き立たせています。

後半の二句は、鹿柴に太陽の光が二度差し込んできたことを詠じています。鹿柴は、輞川のほかの山々と比べて抜きん出て高くなっています。返景とは、朝方、朝日を浴びた青苔が、夕方になって再び夕陽を浴びている状態を詠じたものです。日中は深い林に日光がさえぎられていたのですが、太陽が西に傾いた時、斜陽が深い林の中に差し込み、さらに太陽が西に傾いていくにつれ、斜陽は再び青い苔を照らし出しながら移動していき、深い林の奥まで差し込んできたのです。

夕暮れの雲に悲愁の情を詠う懐古詩

荊叔《けいしゅく》

五言絶句・下平声十二侵の韻

題慈恩塔

漢国山河在
秦陵草樹深◎
暮雲千里色
無処不傷心◎

慈恩塔《じおんとう》に題《だい》す

漢国山河《かんこくさんが》在《あ》り
秦陵草樹《しんりょうそうじゅ》深《ふか》し
暮雲千里《ぼうんせんり》の色《いろ》
処《ところ》として心《こころ》を傷《いた》ましめざるは無《な》し

漢の国には
昔のままの山や河が残っており
秦の始皇帝の陵にも
青々と草木が生い茂っている
夕暮れ時の雲は
千里の彼方にまではてしなく広がり
どこを見ても
心が傷まないところはない

荊叔《けいしゅく》（生没年不詳）は晩唐の詩人です。どういう人であるか、まったくわかりません。詩は「慈恩塔に題す」を残すだけです。詩の風格の高さから杜甫（一九四頁参照）、李白（二一一頁参照）の活躍した盛唐の詩人とする説もありますが、詩全体に漂う無常感から晩唐の詩人と見られています。

慈恩塔は西安（陝西《せんせい》省西安市）の慈恩寺境内にある大雁塔《だいがんとう》。大雁塔は三蔵法師がインドから持ち帰っ

懐古の詩です。慈恩塔から眺めた風景に人間の無常を感じとって詠っています。

前半の二句は杜甫の「国破れて山河在り　城《しろ》春にして草木《そうもく》深し」という「春望」詩の首聯を踏まえ、対句や互文法《ごぶんほう》という技巧をみごとに用いて結句へと発展させています。山河や草木の詩語は悠久の自然であり、漢国や秦陵の詩語は人間の築いたものです。その対比から、栄華を誇った漢国や秦陵などは自然の中に埋没してしまう、夢や幻でしかなかったと詠うのです。

なお、互文法とは起句の「山河在」が「漢」「秦」の両方の国にかかり、承句の「草樹深」も「漢」「秦」にかかることをいいます。

後半は、はてしなく広がる夕暮れ時の雲という転句の「暮雲千里の色」が悲哀の情を呼び起こし、結句に至って、さらに悲愁の情が無限に広がっていきます。

詩の背景はわかりませんが、衰退した晩唐の雰囲気が伝わってきます。

大雁塔の雄姿

た経典（千三百三十五巻）と仏像を保存するために、永徽《えいき》三（六五二）年に建設した高さ六四・一メートルの七層の磚《せん》塔《とう》。

漢国は漢の国都という意味と同時に、唐の都・長安を意味する。

秦陵は秦の始皇帝陵。西安の東郊にある。

辺境での困惑と哀しみを詠い込む

張敬忠《ちょうけいちゅう》

七言絶句・上平声四支の韻

辺詞　辺詞《へんし》

五原春色旧来遅◎
二月垂楊未掛糸◎
即今河畔氷開日
正是長安花落時◎

五原《ごげん》の春色《しゅんしょく》　旧来《きゅうらい》遅《おそ》し
二月《にがつ》垂楊《すいよう》未《いま》だ糸《いと》を掛《か》けず
即今《そっこん》河畔《かはん》　氷《こおり》開《ひら》くの日《ひ》
正《まさ》に是《こ》れ長安《ちょうあん》花《はな》落《お》つるの時《とき》

もともと五原は
春の訪れが遅いところだが
春の盛りの二月だというのに
柳はまだ芽ぶいてもいない
ようやく黄河のほとりの氷が
溶ける日が来た
ちょうど長安では
牡丹《ぼたん》の花が散っているころだろう

張敬忠《ちょうけいちゅう》（生没年不詳）は初唐の詩人です。字《あざな》も出身地もわかりません。監察御史《かんさつぎょし》の時、朔方道《さくほうどう》大将軍・張仁愿《ちょうじんげん》に召され、北辺で突厥《とっけつ》との戦いに従軍し、景竜《けいりゅう》二（七〇八）年の受《じゅ》降城《こうじょう》をめぐる三つの戦いで活躍したようです。のちに、吏部《りぶ》郎中《ろうちゅう》を経て、開元《かいげん》四（七一六）年に平盧《へいろ》（遼寧省《りょうねい》）節度使《せつどし》になりました。詩は二首残っているだけです。

辺詞は国境の歌という意味。
五原は、寧夏《ねいか》回族《かいぞく》自治区の塩池《えんち》や、山西省大同《だいどう》などとい

辺境の地にある五原《ごげん》地方は、仲春の二月だというのにまだ柳さえも芽吹いていないと詠じています。五原はもともと春の訪れが遅いということを噂に聞いて知っていたのですが、実際に体験してみると想像よりも苛酷だったのです。そうした驚きと困惑と哀しみを詠い込んでいます。

「二月の垂楊」と詠う承句は、読者に黄緑色をした柳眼《りゅうがん》（柳の芽）をイメージさせます。「未だ糸を掛けず」と否定していますが、鮮明なイメージが残像として残り、春を待つ気持ちがいっそう強く伝わってきます。

後半の二句は対句仕立ての構成ですが、注目しなければならないのは「氷」と「花」という異質なものを対比させている点です。異質なものの対比で辺境の遅い春の訪れをいっそう強調するとともに、起句の「五原春色旧来遅し」を意識させるのです。

また、「開」と「落」の動詞の使い方も面白いと思います。「開」は明るいイメージを抱かせますが、ここではまだまだ春はほど遠いというマイナスの感じが漂っています。一方の「落」はプラスのイメージに作用しています。

辺塞での体験をみごとに詠い上げたすばらしい絶句です。

う説もあるが、詩題の「辺詞」と転句の「河畔」（黄河のほとり）から、内蒙古自治区にある五原がふさわしい。
旧来はもともと。
二月は旧暦の二月。
楊は柳。
掛糸はしだれた枝に芽が出ること。
即今はただいま。
河畔は黄河のほとり。
氷開は氷が溶けること。
正是はちょうど～であるという意味。
花は唐代では牡丹をさす。

自然の悠久と対比された人の世の無常さ

李華《りか》

春行寄興

春行《しゅんこう》興《きょう》を寄《よ》す

七言絶句・上平声八斉の韻

宜陽城下草萋萋◎
澗水東流復向西◎
芳樹無人花自落
春山一路鳥空啼◎

宜陽城下《ぎようじょうか》草萋萋《くさせいせい》
澗水東流《かんすいとうりゅう》して復《ま》た西《にし》に向《む》かう
芳樹《ほうじゅ》人《ひと》無《な》く花《はな》自《おのずか》ら落《お》ち
春山一路《しゅんざんいちろ》鳥《とり》空《むな》しく啼《な》く

宜陽の郊外は荒れ果てて
草が生い茂り
谷川の水は東へ
それからまた西へと流れていく
かぐわしい木々のもとには
人影もなく　花はひとりでに散る
春の山路では
鳥がむなしくさえずっている

李華《りか》（?～七六六?）は盛唐の詩人です。字《あざな》は遐叔《かしゅく》。趙州賛皇《ちょうしゅうさんこう》（河北《かほく》省）の人です。開《かい》元《げん》二十三（七三五）年の進士で、監察御史《かんさつぎょし》、右補闕《うほけつ》を歴任しました。安禄山《あんろくざん》の乱（七五五）のとき、宜陽《ぎよう》で賊軍に捕らえられ、そのうえ賊軍の鳳閣舎人《ほうかくしゃじん》に就いたことで、乱の平定後、杭州司戸参軍《こうしゅうしこさんぐん》に左遷されたため、職を捨てて江南に隠棲しました。詩は二十九首し

春行寄興は春の日に行楽し、感興を詠んだもの。
宜陽城は洛陽の西南にある町。

か残されていませんが、散文の「古戦場を弔《とむら》う文」は有名です。

この絶句は、宜陽で捕らえられ、鳳閣舎人の職を与えられたころの作品だろうと思われます。

安禄山の乱によって荒れ果てた宜陽の町と自然（草、谷川、花、草）とを対比させて詠っています。

春浅き宜陽の風景

前半は、春がめぐってくれば、昔のままに草が芽吹き、青々と茂る草の間を谷川の水が東へ西へと流れていることを詠じています。

後半は、人の世にかかわりもせず、自然は花を咲かす時期がくれば美しい花を咲かせ、鳥ものどかにさえずると詠んでいます。自然は悠久不変ですが、人間の世界は移ろいやすく、無常なものであるということです。ことに、「自」「空」の二字には作者の寂しい気持ちが込められています。

萋萋は草が盛んに生い茂るさま。
澗水は谷川の水。
芳樹は花の咲いた木のこと。

宋詩らしい機知に富んだ作品

戴益《たいえき》

七言絶句・通韻

探春　春《はる》を探《さぐ》る

終日尋春不見春○
杖藜踏破幾重雲◎
帰来試把梅梢看
春在枝頭已十分◎

終日《しゅうじつ》春《はる》を尋《たず》ねて春《はる》を見《み》ず
杖藜《じょうれい》踏破《とうは》す幾重《いくちょう》の雲《くも》
帰来《きらい》試《こころ》みに梅梢《ばいしょう》を把《と》って看《み》れば
春《はる》は枝頭《しとう》に在《あ》って已《すで》に十分《じゅうぶん》

一日中　春の景色を訪ね歩いたが
どこにも見あたらない
アカザの杖をつき　幾重にも重なる
雲を踏み越えて歩いた
家に戻って
ためしに梅の枝をとってみると
もうすでに
春は枝先にやって来ていた

戴益《たいえき》（生没年不詳）は宋の詩人であるという以外、詳しいことは何もわかっていません。「春を探る」詩一首だけが伝えられて、名が知られているのです。

前半は、清貧の士が春を尋ねて奥山まで出かけたことを詠っています。しかし、どこを尋ねても春の気配は感じられません。

終日は一日中。「尽日」となっているテキストもある。
藜はアカザ科の一年草本。茎が軽くて固

後半は、前半を承けて詠われています。「幾重の雲を踏み越えて」春を探しに出かけたと大袈裟に詠んだ前半を承け、実は、春は庭の梅の枝先の蕾にやって来ていたと小さくとらえています。ここの大小の対比が面白いのです。宋詩らしく機知に富んだ作品です。

宋代は禅が盛んでした。真理は案外手近なことにあるものだという仏家の悟りの境地を詠ったものとして有名な詩です。

なお、承句が「芒鞋踏遍隴頭雲（芒鞋《ぼうあい》踏み遍《あまね》し隴頭《ろうとう》の雲）」となっているテキストもあります。そうであれば、「藁靴《わらぐつ》を履いて梅林を求めて歩き回った」という意味になります。芒鞋は藁を編んでつくった藁靴で、隴頭は梅花のことです。後半との対比を考えると、人知れず山奥深く分け入った雰囲気がにじみでている「杖藜踏破す幾重の雲」の句のほうがスケールが大きいような気がします。

また、転句が「帰来適過梅花下（帰来適《たま》たま過ぐ梅花の下《もと》）」となっているテキストもあります。

いので杖にするが、この杖を使うのは清廉な高士というイメージがある。

幾重雲は山奥深く分け入ったことを意味する。

幼なじみとの間をつなぐ「十年灯」の思い出

黄庭堅《こうていけん》

七言律詩・下平声十蒸の韻

寄黄幾復　黄幾復《こうきふく》に寄《よ》す

我居北海君南海
寄雁伝書謝不能◎
桃李春風一杯酒
江湖夜雨十年灯◎
持家但有四立壁
治病不蘄三折肱◎
想得読書頭已白

我《われ》は北海《ほっかい》に居《お》り君《きみ》は南海《なんかい》
雁《かり》に寄《よ》せ書《しょ》を伝《つた》えんとして能《あた》わざるを謝《しゃ》す
桃李《とうり》春風《しゅんぷう》一杯《いっぱい》の酒《さけ》
江湖《こうこ》夜雨《やう》十年《じゅうねん》の灯《ともしび》
家《いえ》を持《じ》して但《た》だ四立《しりつ》の壁《かべ》有《あ》るのみ
病《やまい》を治《おさ》むるに三《み》たび肱《ひじ》を折《お》るを蘄《もと》めず
想《おも》い得《え》たり書《しょ》を読《よ》んで頭《こうべ》已《すで》に白《しろ》く

私は北海のほとりに
君は南の海辺にいる
雁に手紙を託そうとしたが
それもできずにいる
若かりし日　春風の吹く桃李のもと
君と酌み交わした酒が思いだされる
以来十年　雨の夜にともした灯は
いまもともっているだろうか
いまは家をもったものの
壁があるだけの貧乏暮らしだ
相変わらずの貧乏暮らしを
しなくてもよいものを
白髪になっても読書に励む
君の姿が目に浮かぶ

隔渓猿哭瘴煙藤◎

渓《たに》を隔《へだ》てて猿《さる》は哭《こく》せん瘴煙《しょうえん》の藤《ふじ》に

瘴気込める対岸の藤にすがって鳴く
猿の声を聞いているのだろうか

杜甫草堂（成都）にある黄庭堅像

黄庭堅《こうていけん》（一〇四五～一一〇五）は北宋の詩人です。字《あざな》は魯直《ろちょく》。山谷道人《さんこくどうじん》や涪翁《ふおう》は号。諡《おくりな》は文節《ぶんせつ》先生です。洪《こう》州文寧《しゅうぶんねい》（江西《こうせい》省）の人です。二十三歳で科挙に及第し、中央の国子《こくし》監《かん》教授、校書郎《こうしょろう》、起《き》居舎人《きょしゃじん》や地方の知事を歴任しました。

詩文は蘇軾《そしょく》（一八頁参照）に学び、秦観《しんかん》、張耒《ちょうらい》、晁補之《ちょうほし》とともに、〈蘇《そ》門《もん》四学士〉と呼ばれました。とりわけ、詩に長じて〈蘇《そ》黄《こう》〉の称があり、江西詩派の祖と仰がれました。また、書にも秀でており、蔡襄《さいじょう》、蘇軾、米芾《べいふつ》とともに〈北宋の四大家〉と呼ばれています。

作者自身の注には「乙丑《いっちゅう》年、徳平鎮《とくへいちん》作」とあります。乙丑年は元豊《げんぽう》八（一〇八五）年ですから、四十一歳の作品ということになります。

この詩の見どころは、第三句と第四句の対句にあります。「桃李」「春風」「一杯酒」「江

黄幾復は幼友達。
北海は渤海湾。作者は徳平《とくへい》県（山東省）で知事をしていたので、北海といった。
南海は南シナ海で、黄幾復が知事をしていたのは四会《しかい》県（広東省）であるため、南海といった。
寄雁伝書は雁に手紙を託すこと。蘇武《そぶ》の故事による。
桃李は桃とスモモ。
四立壁は家具がなく、壁ばかりが目につくことで、赤貧の形容。
治病不蘄三折肱は相

湖」「夜雨」「十年灯」というようにポンポンと名詞を並べただけで、説明がありません。名詞を並べただけの手法は、白居易（二三四頁参照）あたりに源を発しているといわれています。余韻の漂う印象的な手法です。

第三句は桃や李の花が咲き乱れ、爽やかな春風の吹くころ、同郷の幼友達の黄幾復《こうきふく》と酒を酌み交わした過去のことを思いだして詠っています。

第四句の「江湖夜雨」は過去を詠い、「十年灯」は現在を詠っています。十年というのは実数ではなく、二人の別離の期間が長いということを意味しています。「十年灯」は面白い言い方です。二人を繋ぐのはともり続けるだろう灯火なのです。

蘇武の故事

蘇武《そぶ》は天漢《てんかん》元（前143?～前60）年、匈奴《きょうど》に使《つかい》して留められ、北海のほとりに移されて、草実を食うなどの辛苦をなめましたが、留まること19年、匈奴と和解するにおよんで帰国しました。匈奴に捕われたとき、蘇武は武帝への手紙を雁の足に結びつけて送りました。この故事から、手紙という意味の「雁帛《がんぱく》」という語句が生まれました。

変わらずの貧乏暮らしをいう。

瘴煙は沼地に立ち込める毒気の靄《もや》。

互いの旅立ちに情感込めて詠う

鄭谷《ていこく》

七言絶句・上平声十一真の韻

淮上与友人別
揚子江頭楊柳春◎
楊花愁殺渡江人◎
数声風笛離亭晩
君向瀟湘我向秦◎

淮上《わいじょう》にて友人《ゆうじん》と別《わか》る
揚子《ようす》江頭楊柳《こうとうようりゅう》の春《はる》
楊花《ようか》愁殺《しゅうさつ》す江《こう》を渡《わた》るの人《ひと》を
数声《すうせい》の風笛離亭《ふうてきりてい》の晩《ばん》
君《きみ》は瀟湘《しょうしょう》に向《む》かい我《われ》は秦《しん》に向《む》かう

揚子江ほとりの柳は
春の色に彩られ
風に舞い散る柳の花が
揚子江を渡る旅人の心を悩ます
風に流れる笛の音色がいくつか響く
宴亭の夜
君は南の瀟湘へ
私は北の秦の地へと向かう

淮上は淮河《わいが》のほとり。**揚子江**は長江下流域、揚州《ようしゅう》あたりをさします。

鄭谷《ていこく》（生没年不詳。一説に八四二？〜九一〇？）は晩唐の詩人です。字《あざな》は守愚《しゅぐ》。袁州宜春《えんしゅうぎしゅん》（江西《こうせい》省）の人です。光啓《こうけい》三（八八七）年の進士です。都官郎中《とかんろうちゅう》に就き、鄭都官と称されました。「鷓鴣《しゃこ》」（キジ科の鳥）という七言律詩が評判になり、〈鄭鷓鴣〉と呼ばれるようになりました。

離別詩の変形です。離別詩には作者が旅立つ人に贈る送別詩と、旅立つ人が留まる人に贈る留別詩《りゅうべつ》がありますが、この詩は作者も友人もそれぞれが旅立ち、まったく別の方向に旅立っていくのです。

前半の二句は、南に向かう友人の心を推し量っています。晩春に乱れ飛ぶ柳の花（柳《りゅう》絮《じょ》）は漂白の旅人と似ており、君を深い憂いに沈ませることだろうと思いやっています。しかし、「揚子」「楊柳」「楊花」、あるいは、「江頭」「渡江」という同音のくり返しで、軽やかなリズム感を引きだし、明るい響きの音調が別れの場面の重苦しい雰囲気を振り払っています。

前半の二句には「楊柳」「楊花」という別れにつきものの柳が詠い込まれています。見送る人が柳を手折って輪（環）にして渡したといいます。「環」と「還」とは意味が違いますが同音で、同音の字は意味も通じると考えています。これを音通といいます。つまり、輪（環）には、もとに戻ってきて（還）ほしいという願いが込められているのです。

後半に詠まれている笛の音色は、惜別の曲「折楊柳」を連想させます。前半の「楊柳」「楊花」の詩語が「数声の風笛」に呼応しているのです。そして、結句にいたって、「瀟湘」と「秦」を対比させることによって交情の断絶を暗示しています。

あらわに惜別を詠わないことで、かえって離別の情が言外に溢れでています。

楊花は柳絮《りゅうじょ》（柳の綿）のこと。

瀟湘は瀟江《しょうこう》と湘江《しょうこう》で、湖南省の南部一帯をさす。

秦は都・長安（陝西《せんせい》省西安市）。

紅の章

墨絵のような風景が一転、鮮やかに

杜牧《とぼく》

山行　山行《さんこう》

七言絶句・下平声六麻の韻

遠上寒山石径斜◎
白雲生処有人家◎
停車坐愛楓林晩
霜葉紅於二月花◎

遠《とお》く寒山《かんざん》に上《のぼ》れば石径斜《せっけいなな》めなり
白雲生《はくうんしょう》ずる処人家有《ところじんかあ》り
車《くるま》を停《とど》めて坐《そぞろ》に愛《あい》す楓林《ふうりん》の晩《くれ》
霜葉《そうよう》は二月《にがつ》の花《はな》よりも紅《くれない》なり

人気のない山を上っていくと
石の小道が斜めに続いていた
道の先　白雲が湧く頂近くには
人家が見える
車を止めさせ黄昏時の楓香樹の林を
なにげなく眺めていると
霜にあたって赤く色づいた葉が
仲春に咲く花より鮮やかに見える

杜牧《とぼく》（八〇三～八五二）は晩唐の詩人です。字《あざな》は牧之《ぼくし》、号を樊川《はんせん》といいました。京兆万《けいちょうまん》年《ねん》（陝西《せんせい》省西安市）の人です。祖父の杜佑《とゆう》は中唐の宰相であり、『通典《つてん》』の著者として知られています。太和《たいわ》二（八二八）年の進士に及第し、さらに上級の賢良方正科《けんりょうほうせいか》にも及第しました。弘文館校書郎《こうぶんかんこうしょろう》を経て、江西観察使《こうせいかんさつし》であった沈伝師《しんでんし》に招かれて洪州《こうしゅう》（江西省南昌《なんしょう》）へ

山行は山歩き。**寒山**は人気のない山。**石径**は石の多い小道。

赴き、その後、淮南節度使《わいなんせつどし》の牛僧孺《ぎゅうそうじゅ》の招きで揚州《ようしゅう》（江蘇《こうそ》省）に赴任しました。太和九（八三五）年に監察御史《かんさつぎょし》に抜擢されて中央に戻りました。会昌《かいしょう》二（八四二）年以降、黄州《こうしゅう》（湖北省）、池州《ちしゅう》（安徽《あんき》省）、睦州《ぼくしゅう》（浙江《せっこう》省）の各刺史《しし》を歴任したあと、都に戻りましたが、願いでて、大中《たいちゅう》四（八五〇）年に湖州《こしゅう》（江蘇省）刺史になりました。大中六（八五二）年、中書舎《ちゅうしょしゃ》人《じん》になって亡くなりました。

李商隠（六五頁参照）とともに晩唐の詩壇を代表する杜牧は、センスのよい七言絶句を数多く残していますが、死ぬ間際に詩文の大半を焼き捨ててしまったそうです。杜甫を〈老杜《ろうと》〉というのに対して、杜牧は〈小杜《しょうと》〉と呼ばれました。

詩題の「山行」は山歩きという意味ですが、秋の山歩きは、清明（冬至から百七日目）ごろに行なわれる春の踏青と相対しています。

前半の二句は俗気を離れた気高い境地が詠われています。昔から雲は山の峰や洞穴の石や岩に触れて湧きでるものとされてきました。「白雲」は「紅於」に対する色彩語です。この「白雲」には仙境という意味があります。斜めに続く石ころの多い坂道を目でたどっていくと、頂近くに人家がありました。作者の見ている人家は白い雲の湧く峰のあたりにあるのですから、その人家は世俗を離れた高尚な人（隠者）が棲む家という意味が込められています。

後半の二句は眼下の世界が詠われています。いまでも峨眉山《がびさん》、廬山《ろざん》、黄山《こうざん》などで見られる輿《こし》（籠《かご》）ではなく、馬車に乗って山歩きをしています。秋の夕暮れはつるべ落としとい

坐は何とはなしにという意味。

楓はカエデではなく、楓香樹《ふうこうじゅ》。中国原産のマンサク科の落葉樹。

紅於は「形容詞＋於」で比較を表わし、～よりも赤いという意味。

います。紅く色づいた葉が夕陽を浴びるといっそう色鮮やかになります。暗くなるまでの一瞬のその光景を見るためには、馬車がふさわしいのです。江南地方は丘のような低い山が多く、馬車で紅葉狩りができます。

結句の「霜葉は二月の花よりも紅なり」は、「千里《せんり》鶯《うぐいす》啼《な》いて緑紅《みどりくれない》に映《えい》ず」（「江南の春」詩）と並んで人口に膾炙《かいしゃ》した杜牧の名句ですが、この詩の妙味は「霜葉」と「二月の花」という異質のものの対比にあります。霜に打たれていっそう赤味を増した紅葉は、二月に咲く花よりもなおいっそう赤いというのです。

最近は、ここの二月は「春二カ月」であろうという説も出てきました。もし、そうであれば「にげつ」と読まなければなりません。

対比といえば、前半は墨絵のような風景が詠われているのに対し、後半は一転して華やいだ感じになっています。

なお、モミジのことを「紅於《こうお》」といいますが、出典はこの結句にあります。

〈獺祭魚〉と呼ばれた詩人の名詩

李商隠《りしょういん》

五言絶句・上平声十三元の韻

楽遊原　楽遊原《らくゆうげん》

向晩意不適
駆車登古原◎
夕陽無限好
只是近黄昏◎

晩《ひぐれ》に向《なんな》んとして意《い》適《かな》わざれば
車《くるま》を駆《か》って古原《こげん》に登《のぼ》る
夕陽《せきよう》無限《むげん》に好《よ》し
只《た》だ是《こ》れ黄昏《こうこん》に近《ちか》し

夕暮れ時
心がめいってきた
車を走らせて
いにしえの高台に登ってみた
沈みゆく夕陽は
かぎりなく美しい
ただ　そこには　黄昏の夕闇が
しだいに迫ってきている

李商隠《りしょういん》（八一三～八五八）は晩唐の詩人です。字《あざな》は義山《ぎざん》。号は玉谿生《ぎょくけいせい》です。懐州河内《かいしゅうかだい》（河《か》南《なん》省）の人です。開成二（八三七）年の進士ですが、役人生活は不遇でした。

詩は温庭筠《おんていいん》と並び称され〈温李《おんり》〉、また、杜牧（六二頁参照）と並んで〈李杜《りと》〉と称されました。律詩にすぐれた作品を残す李商隠は好んで典故を用い、独特の詩風をつくりだし

楽遊原は西安市の東南にある標高四五五メートルの高台。都でもっとも高いところ。唐の長安城の建

ています。また、参考書をやたらに広げて詩文をつくったことから、後世の人々に〈獺祭《だっさい》魚《ぎょ》〉（かわうそが獲った魚を並べるように、参考書を並べて詩をつくった）と呼ばれました。

李商隠の詩は唐末五代にかけて流行し、宋初の楊億《ようおく》、銭惟演《せんいえん》らの西崑体《せいこんたい》（宋初の一詩風。崑体ともいう）の祖になっています。

この詩は五言絶句の傑作ですが、作詩された時期については、わからないとする説と会《かい》昌《しょう》四、五（八四四、五）年のころにつくられたとする説があります。最近では大中《たいちゅう》十（八五六）年の作品ではないかともいわれています。私は最晩年の大中十年を支持します。

楽遊原には、正月晦日と三月三日（上巳《じょうし》の節句）、それに九月九日（重陽《ちょうよう》の節句）に着飾った人々や文人墨客が大勢集まって酒盛りをしたところです。また、一人で登って、時間や時代（王朝）の移り変わりを嘆いたところでもあったようです。

作者は一人で楽遊原に登り、真っ赤に染まったかぎりなく美しい夕陽を眺めています。美しい夕陽もしだいに光を失っていきます。その夕陽に、作者は滅びゆく唐王朝の行く末と自身の心や肉体を重ね合わせて見ていたようです。安禄山《あんろくざん》の乱（七五五）以降、急速に衰えた唐王朝の行く末を考えると、ただただ嘆息するばかりでした。楽遊原は古くは秦漢以来幾多の王朝の興亡を見続けてきた古原だったからです。

なお、起句は仄字《そくじ》の五字だけを並べて詠んでいます。そこに、作者の心の乱れと嘆きを感じとることができます。

設時に、楽遊原の西北部は城内に組み込まれた。前漢の宣帝《せんてい》が神爵《しんしゃく》三（前五九）年に廟《びょう》を建て、楽遊と名づけてからその呼び方が定着した。

古原は楽遊原。

只是はしかしという意味。

黄昏はたそがれ。

華やかな昔日の雰囲気が寂しさを際立たせる

元稹《げんじん》

五言絶句・通韻

行宮　行宮《あんぐう》

寥落古行宮◎
宮花寂寞紅◎
白頭宮女在
閑坐説玄宗○

寥落《りょうらく》たり古《いにしえ》の行宮《あんぐう》
宮花《きゅうか》寂寞《せきばく》として紅《くれない》なり
白頭《はくとう》の宮女《きゅうじょ》在《あ》り
閑坐《かんざ》して玄宗《げんそう》を説《と》く

ひっそりと寂れ果てた
昔の離宮
その庭に
赤い花が寂しそうに咲いている
白髪頭の宮女が一人
静かに座り
玄宗皇帝の在りし日のことを物語る

元稹《げんじん》（七七九〜八三一）は中唐の詩人です。字《あざな》は微之《びし》。河南《かなん》（河南省洛陽市《らくようし》）の人です。九歳で詩をつくり、十五歳で明経科《めいけいか》に合格した秀才でした。しかし、権力者などと衝突して、官途は多難でした。元和元《げんな》（八〇六）年に左拾遺《さしゅうい》になって、鋭い時局批判を行ない、河南の尉《い》に左遷されたり、元和四（八〇九）年、監察御史《かんさつぎょし》の時には宦官《かんがん》の仇士良《きゅうしりょう》と争い、

行宮は離宮。
寥落はさびれてひっそりしているさまで、双声《そうせい》（リョウラク）。

顔に傷をつけられたうえ、江陵《こうりょう》（湖北省）に放逐され、また、通州《つうしゅう》（四川省）に流されました。のち同中書門下平章事《どうちゅうしょもんかへいしょうじ》にまで上りつめましたが、人々の反感を買い、失脚しました。最後は節度使として赴いた武昌《ぶしょう》（湖北省）で病没しました。

白居易《はくきょい》（二三四頁参照）とともに通俗的なわかりやすい新詩風を開き、「元和体《げんなたい》」（元和は年号）と呼ばれましたが、当時は「元軽白俗」（元稹は軽々しく、白居易は俗っぽい）と酷評されました。諷諭《ふうゆ》詩や感傷詩に多くの傑作があります。また、唐代伝奇小説の名作『会真《かいしん》記《き》』（別名『鶯鶯伝《おうおうでん》』）を残しています。

当時は白居易の「長恨歌《ちょうごんか》」詩をはじめ、玄宗《げんそう》と楊貴妃《ようきひ》の恋物語を詠い、語ることが流行っていたようです。作者は荒れ果てた昔の行宮《あんぐう》を訪ね、栄華のはかなさに対する甘い感傷を詠っています。

前半の二句は廃園と化した行宮の描写です。「寥落」「古」「寂寞」の詩語は寂しいイメージを抱かせます。さらに、「寥落（リョウラク）」「寂寞（セキバク）」は音声面でも寂しさを深めるのに効果的な詩語です。また、「行宮」「宮花」「紅」と華やかな詩語を並べて、昔日の栄華を伝えています。荒れた庭に咲く赤い花が昔日の雰囲気を伝えて印象的ですが、それがかえって寂しさを際立たせているのです。

後半の二句は白髪の宮女を登場させています。この宮女は行宮で艶を競った美女であったはずです。その宮女が静かに座って、玄宗皇帝と楊貴妃のロマンスを語るのです。物語の内容はわかりませんが、それが余韻を生んでいます。

宮花は離宮の庭に咲く花。
寂寞は寂しいことで、畳韻（セキバク）。
閑坐は静かに座る。
説は物語ること。
玄宗は唐王朝六代目の皇帝・李《り》隆基《りゅうき》。

古今の絶唱と呼ばれる清楚な律詩

林逋《りんぽ》

七言律詩・通韻

山園小梅

山園《さんえん》の小梅《しょうばい》

衆芳揺落独暄妍○
占尽風情向小園◎
疎影横斜水清浅
暗香浮動月黄昏◎
霜禽欲下先偸眼
粉蝶如知合断魂◎
幸有微吟可相狎

衆芳揺落《しゅうほうようらく》して独《ひと》り暄妍《けんけん》たり
風情《ふうじょう》を占《し》め尽《つ》くして小園《しょうえん》に向《む》かう
疎《そ》影《えい》横斜《おうしゃ》して水《みず》清浅《せいせん》
暗香浮《あんこうふ》動《どう》して月《つき》黄昏《こうこん》
霜禽《そうきん》下《くだ》らんと欲《ほっ》して先《ま》ず眼《め》を偸《ぬす》み
粉蝶《ふんちょう》如《も》し知《し》らば合《まさ》に魂《こん》を断《た》つべし
幸《さいわ》いに微《び》吟《ぎん》の相狎《あいな》るべき有《あ》り

多くの花々が散ったあと
ただ梅だけがあざやかにほころび
この小園の風情を
独り占めにしている
梅のまばらな影が
西湖《せいこ》の澄み切った浅瀬に斜めに落ち
ほのかな花の香りが
月影淡き黄昏に漂う
霜降るころ　小鳥たちは地上に舞い
降りながら梅をこっそり眺めている
白い蝶は　梅の花が咲いているのを
知ったら驚くだろう
幸いにも　詩を吟じる小さな声が
梅の花と打ち解け合った

西湖に浮かぶ孤山にある林逋の墓

孤山にある林逋ゆかりの放鶴亭

不須檀板与金尊◎

須《もち》いず檀板《だんばん》と金尊《きんそん》とを

——拍子木も立派な酒樽も
この場には不用だ

林逋《りんぽ》（九六七～一〇二八）は北宋の詩人です。字《あざな》は君復《くんぷく》。諡《おくりな》は和《わ》靖《せい》先生。銭塘《せんとう》（浙江《せっこう》省杭《こう》州《しゅう》）の人です。はじめ、江《こう》（江蘇《こうそ》省）、淮《わい》（安徽《あんき》省）あたりを放浪していましたが、西湖《せいこ》の

衆芳は多くの花。
喧妍は鮮やかに美しいこと。

中にある海抜三八メートルの孤山の北麓に廬《いおり》を結び、二十年間市街には出ませんでした。終身仕えず、妻も娶らず、梅を三百余株も植え、鶴を飼育して孤山に隠れ住んだので、〈梅妻鶴子《ばいさいかくし》〉と呼ばれました。行書や画にも巧みでした。

この詩は詩題に「小梅」と「梅」字を使っていますが、それ以外は梅という詩語は一つもありません。

古来、梅の花を詠った詩は数多くありますが、この「山園の小梅」が古今の絶唱といわれています。二首連作で、この詩はその第一首目にあたります。

この詩の見どころは「疎影横斜して水清浅　暗香浮動して月黄昏」の対句にあります。この対句は欧陽脩《おうようしゅう》（八八頁参照）に激賞されたことで、広く天下に広まり、後世の詩人にも影響を与えています。西湖の清らかな水辺に斜めに映る梅の影。黄昏時に出た淡い月影にほのかに漂う梅の香り。この対句には、林逋の高潔な人格がにじみ出ているようです。「疎影」「暗香」は梅の代名詞にもなりました。

なお、黄庭堅《こうていけん》（五六頁参照）は、欧陽脩が激賞した対句よりも「雪後の園林纔《わず》かに半樹《はんじゅ》　水辺《すいへん》の籬落《りらく》忽《たちま》ち横枝《おうし》」（「梅花　其の一」詩）の対句のほうが上であると賞賛しています。どちらも清楚な詠いぶりで、綺麗な対句だと思います。

疎影は水面に映る梅の枝。

暗香はどこからか漂ってくる花の香り。

霜禽は霜の下りたころに飛ぶ鳥。

偸眼はこっそり見ること。

粉蝶は白い蝶、モンシロチョウだろう。

合は「まさに～べし」と読み、当然そうであるはずだという意味。

断魂は非常に驚くこと。

狎は打ち解けること。

檀板はニレ科の落葉高木でつくった拍子木。日本のマユミはニシキギ科の落葉低木で、別種。

金尊は立派な酒樽。

イメージを重ねてのどかな春の気分を詠う

厲鶚《れいがく》

七言絶句・上平声一東の韻

春寒　春寒《しゅんかん》

漫脱春衣浣酒紅◎
江南三月最多風◎
梨花雪後酴醾雪
人在重簾浅夢中◎

漫《みだ》りに春衣《しゅんい》を脱《だつ》して酒紅《しゅこう》を浣《あら》う
江南三月《こうなんさんがつ》最《もっと》も風《かぜ》多《おお》し
梨花《りか》の雪後《せつご》酴醾《とび》の雪《ゆき》
人《ひと》は重簾浅夢《ちょうれんせんむ》の中《うち》に在《あ》り

なんとなく春の衣を脱ぎ
酒のしみを洗い流した
江南地方の三月は
風がもっとも多い季節だ
雪のように梨の花が散り落ちたあと
トキンイバラが雪のように咲き始め
私は二重の簾のなかで　うつらうつら
快い夢をむさぼっている

厲鶚《れいがく》（一六九二～一七五二）は清代の詩人です。字《あざな》は太鴻《たいこう》。樊榭《はんしゃ》と号しました。銭塘《せんとう》（浙《せっ》江《こう》省杭州《こうしゅう》）の人です。康熙《こうき》五十九（一七二〇）年の挙人。宋代文学の研究家で、『宋詩紀事』を著わしました。

詩題の「春寒」は、晩秋よりもきびしい春の寒さをいうようです。

春寒は春の寒さ。
浣は洗う。
酒紅は酒のしみで赤くなった衣服。
酴醾は白色重弁の花

前半の二句は江南の晩春の風物を詠んでいます。酒がしみて赤くなった衣服を洗い、夏服に衣替えしたことを詠っているのです。

後半は「梨花雪後」と「酴醾雪」の句中対《くちゅうつい》を用いた技法で始まり、「重簾」と「浅夢」の対語《ついご》の技法で結んでいます。重簾には春寒のイメージが重なりますし、浅夢にはうつらうつらという、のどかな春の気分が漂っています。

また、くり返し用いられている「雪」字の言葉のあやも面白いと思います。

江南の野に咲くノバラ

をつける落葉灌木のトキンイバラ。

重簾は二重の簾。

鋭い観察力が涼味を描きだした名句

王世貞《おうせいてい》

避暑山園　暑《しょ》を山園《さんえん》に避《さ》く

七言絶句・下平声九青の韻

残杯移傍水辺亭◎
暑気衝人忽自醒◎
最喜樹頭風定後
半池零雨半池星◎

残杯《ざんぱい》移《うつ》し傍《そ》う水辺《すいへん》の亭《てい》
暑気《しょき》人《ひと》を衝《つ》いて忽《たちま》ち自《おのずか》ら醒《さ》む
最《もっと》も喜《よろこ》ぶ樹頭風定《じゅとうかぜさだ》まるの後《のち》
半池《はんち》の零雨《れいう》半池《はんち》の星《ほし》

残り酒を手に
水辺のあずまやに席を移したが
人を衝くような蒸し暑さに
たちまち酔いが醒めた
そんななかで　とりわけ嬉しいのは
梢に吹く風が止んだあと
池の半面には夕立の残り雨が降り
もう半面には星が映る眺めだ

山園は山荘。
残杯は残り酒。
零雨は降り残りの雨。

王世貞《おうせいてい》（一五二六～一五九〇）は明代の詩人です。字《あざな》は元美《げんび》。号は弇山人《えんさんじん》といいました。鳳州《ほうしゅう》も別号です。太倉《たいそう》（江蘇《こうそ》省）の人です。嘉靖《かせい》年間（一五二二～一五六六）の進士です。刑部主事《けいぶしゅじ》を経て、刑部尚書《けいぶしょうしょ》になりました。李攀龍《りはんりょう》とともに古文辞《こぶんじ》を唱えて〈李王〉と称されました。また、李攀龍、謝榛《しゃしん》、梁有誉《りょうゆうよ》、宗臣《そうしん》、徐中行《じょちゅうこう》、呉《ご》国倫《こくりん》とともに〈嘉靖の後七《ごしち》子《し》〉と称せられました。秦漢の文を模範にした古文辞は、わが国の荻生徂徠《おぎゅうそらい》らに大きな影響を与えました。

この絶句は、山荘での避暑を詠ったものです。前半の二句はムッとするような暑さが詠われています。場所ははっきりわかりませんが、山荘のどこかの部屋で酒を飲んでいたのです。そこがあまりにも暑かったので、風の吹き渡る水辺のあずまやに涼を求めて、酒を携えて席を移しました。ところが、予想に反して、水辺に建つあずまやは山荘の中よりも暑かったのです。「残杯」という詩語には「僅かしか残っていない酒」というイメージがあります。ですから、作者は相当量の酒を飲んでいたのです。その酔いまでが醒めてしまうほどですから、きびしい暑さだったことが想像できます。

後半は夕立のあとの涼しい様子が描かれています。風が止んだあとに夕立があったのです。夕立という詩語は、直接使われていませんが、「零雨」や「星」から夕立があったことが推測できます。その夕立が上がるころ、残りの雨がパラパラと池の半分に落ち、残りの半分の水面には星が映っていたのです。「池の半分が雨、残りの半分が星影」という詠いぶりは名句です。詩人の鋭い観察力によって、夕立後の涼味がうまく詠われています。

前半に詠まれた酷暑は後半の涼しさを際立たせるための舞台装置です。また、「星」が詠まれたことで、いつしか夜になったことがわかり、時間が刻々と推移していることも表現されています。平易な詩語を用いながら、山荘の避暑の様子がみごとに描きだされています。

機知に富んだ表現で思想への弾圧を諷刺

章碣《しょうけつ》

七言絶句・上平声六魚の韻

焚書坑

竹帛煙消帝業虚◎
関河空鎖祖竜居◎
坑灰未冷山東乱
劉項元来不読書◎

焚書坑《ふんしょこう》

竹帛《ちくはく》煙《けむり》消《き》えて帝業《ていぎょう》虚《むな》し
関河《かんが》空《むな》しく鎖《とざ》す祖竜《そりょう》の居《きょ》
坑灰《こうかい》未《いま》だ冷《ひ》えざるに山東《さんとう》乱《みだ》る
劉項《りゅうこう》元来《がんらい》書《しょ》を読《よ》まず

焼かれた書物の煙が消えるとともに
始皇帝の大事業もむなしく消えた
ただ函谷関《かんこくかん》と黄河が　いたずらに
始皇帝の宮殿を取り囲んでいる
穴の中の灰がまだ冷めきらぬうちに
函谷関の東が乱れ始めた
覇権を争った劉邦《りゅうほう》も項羽も
もともと書物を読まない人たちだ

章碣《しょうけつ》（八三七～?）は晩唐の詩人です。銭塘《せんとう》（浙江《せっこう》省杭州《こうしゅう》）の人です。乾符《けんぷ》年間（八七四～八七九）に進士に及第しましたが、その後は知られていません。二十六首の詩が残されています。

秦の始皇帝の焚書を諷刺した作品です。結句は機知に富んだ詠い方です。始皇帝は学問

焚書坑は前二一三年に秦の始皇帝が万巻の書物を焼き捨てた穴。焚書坑は渭南《いなん》市と西安市三橋鎮《さんきょうちん》の二

驪山《りざん》の北麓の洪慶村《こうけいそん》に残る坑儒谷。いまも首のない死体が見つかる

や思想を弾圧したのですが、秦を討つために蜂起したのは儒者ではなく、書物の嫌いな劉邦《りゅうほう》（一七一頁参照）であり、項羽（四二頁参照）だということを皮肉っています。それにしても面白い表現です。

坑儒焚書の図（『官版帝鑑円説　五』）

カ所にある。いまも炭化した書物が出土する。

竹帛は書物。

帝業は秦の始皇帝の統治をさす。

関河は函谷関《かんこくかん》と黄河。

祖竜は秦の始皇帝。

山東は函谷関の東をいうが、ここでは劉《りゅう》邦《ほう》（一七一頁参照）と項羽（四二頁参照）の出身地をさす。

劉項は劉邦と項羽。

女性の心情と生活を愛らしい詩に

王建《おうけん》

五言絶句・下平声七陽の韻

新嫁娘　新嫁《しんか》の娘《じょう》

三日入厨下　三日《みっか》厨下《ちゅうか》に入《い》り

洗手作羹湯◎　手《て》を洗《あら》って羹湯《こうとう》を作《つく》る

未諳姑食性　未《いま》だ姑《こ》の食性《しょくせい》を諳《そら》んぜず

先遣小姑嘗◎　先《ま》ず小姑《しょうこ》をして嘗《な》めしむ

嫁いで三日目　厨房に入り
手を洗ってスープをつくった
まだ姑の味の好みがわからないので
小姑に味見をしてもらったの

新嫁娘は新妻、**娘**は既婚の女性をいう。**羹湯**はスープ。**諳**は知り尽くすこと。

王建《おうけん》（?～八三〇?）は中唐の詩人です。字《あざな》は仲初《ちゅうしょ》。潁川《えいせん》（河南《かなん》省）の人です。大暦《たいれき》十（七七五）年の進士で、渭南《いなん》の尉《い》、侍御史《じぎょし》を経て、陝州《せんしゅう》（河南省陝県）の司馬《しば》となりました。のち、国境地帯に従軍したあと、咸陽原上《かんようげんじょう》に住みました。

韓愈《かんゆ》（一九八頁参照）の門下生として張籍《ちょうせき》（二〇六頁参照）とともに楽府《がふ》に長じ、〈張王の楽府〉と称されました。また、宮中の事情に通じた『宮詞百編《きゅうしひゃっぺん》』は有名です。

素朴な詠いぶりは、かえって新妻の初々しさを引きだしているようです。

前半の二句は、新婚三日目で厨房に立った様子が詠じられています。承句の「手を洗って羹湯を作る」と詠んでいますが、このなにげない動作のなかに、気を引き締めてやろうという新妻の心が込められているようです。

後半の二句は、新妻の不安な心理が詠い込まれています。姑の好みにこだわるのは新妻の評価がそれで決まるからです。そこで、新妻は機転をきかせて、夫の妹にこっそり味見をしてもらうのです。

新妻の気配りがよく表われています。宮中の女性の心情や生活を詠うのに才を発揮した王建らしい作品です。

姑は夫の母。
食性は食事の好み。
小姑は夫の妹。

悠々自適の暮らしを歓ぶ

袁枚《えんばい》

七言絶句・下平声一先の韻

銷夏詩　銷夏《しょうか》の詩《し》

不著衣冠近半年◎
水雲深処抱花眠◎
平生自想無官楽
第一驕人六月天◎

衣冠《いかん》を著《つ》けざること半年《はんねん》に近《ちか》し
水雲深《すいうんふか》き処《ところ》花《はな》を抱《いだ》いて眠《ねむ》る
平生自《へいぜいおのずか》ら想《おも》う無官《むかん》の楽《たの》しみ
第一人《だいいちひと》に驕《おご》る六月《ろくがつ》の天《てん》

宮仕えをやめて
半年近くになる
水に囲まれ雲がたなびくところで
静かに花に抱かれて眠っている
無位無官の生活を楽しもうと
かつては毎日思っていた
だから　炎天下にあくせくしない
この暮らしをまず人に誇りたい

袁枚《えんばい》（一七一六〜一七九七）は清代の詩人です。字《あざな》は子才《しさい》。号は簡斎《かんさい》。随園《ずいえん》先生と呼ばれました。銭塘《せんとう》（浙江省杭州《せっこうしょうこうしゅう》）の人です。乾隆四《けんりゅう》（一七三九）年の進士で、地方官を歴任しましたが、四十歳で官を退き、南京の小倉山《しょうそうざん》に随園を築いて、詩をつくり、書物を読むだけの気ままな生活を送りました。詩風は自由でのびやかで、性霊《せいれい》説（二四七頁コラム参照）を

銷夏は夏の暑さをしのぐこと。
不著衣冠は役人生活を辞めること。

唱えました。袁枚の詩は当時の人々によく読まれました。

鎖夏は夏の暑さをしのぐという意味ですが、この詩は四十歳で退職し、無位無官になった袁枚の悠々自適の境遇を楽しく詠っています。

まず、役人生活から足を洗って六カ月になろうとしていると詠いだしています。四十歳で官を退いた袁枚は、随園で悠々自適に暮らしていました。ことに、文名の高い袁枚のもとには女弟子が五十数名も集まっていたということです。その様子を詠ったのが、承句の「水雲深き処花を抱いて眠る」ではないかと思われます。「花を抱いて眠る」の花は女性かもしれません。

後半は、炎天下の旧暦六月にあくせく働かなくてもよいことを喜んでいます。南京は「中国の三大ストーブ」（南京、武漢、重慶をいう）と呼ばれる地域の一つで、夏は四十度以上の日が続きます。こんな日には家でのんびりと過ごしたいと思っていたのでしょう。

こうした悠々自適な生活に袁枚はあこがれていたのです。その思いが叶った喜びが伝わってきます。

王朝の衰微を四季の移り変わりに託して

阮籍《げんせき》

五言古詩・上声四紙の韻

詠懐詩

詠懐詩《えいかいし》

嘉樹下成蹊
東園桃与李●
秋風吹飛藿
零落従此始●
繁華有憔悴
堂上生荊杞●
驅馬舍之去

嘉《か》樹《じゅ》下《もと》に蹊《こみち》を成《な》す
東園《とうえん》に桃《もも》と李《すもも》と
秋風《しゅうふう》飛藿《ひかく》を吹《ふ》けば
零落《れいらく》此《こ》れより始《はじ》まる
繁華《はんか》に憔悴《しょうすい》有《あ》り
堂上《どうじょう》に荊杞《けいき》生《しょう》ず
馬《うま》を駆《か》りて之《これ》を舍《す》てて去《さ》り

美しい木の下には小道ができる
春の訪れた園には桃や李の花が咲く
だが秋風が豆の葉を吹き飛ばすころ
草木は枯れしぼみ始める
にぎわいのあとには衰退が来るように
堂の上にも雑草が生い茂る
馬を走らせ俗世を捨てて

去上西山趾●
一身不自保
何況恋妻子●
凝霜被野草
歳暮亦云已●

去《ゆ》きて西山《せいざん》の趾《ふもと》に上《のぼ》る
一身《いっしん》すら自《みずか》ら保《やす》んぜず
何《なん》ぞ況《いわ》んや妻子《さいし》を恋《こ》わんや
凝霜《ぎょうそう》は野《や》草《そう》を被《おお》う
歳《とし》暮《く》れて亦云《またここ》に已《や》みぬ

あの伯夷《はくい》らの住んだ首陽山《しゅようざん》に行こう
わが身さえ守ることができないのに
どうして妻子らにかまっておれよう
凍てついた霜が野の草を覆いつくし
年が暮れれば　すべてが終わる

阮籍《げんせき》（二一〇〜二六三）は三国時代の魏の詩人です。字《あざな》は嗣宗《しそう》。陳留尉氏《ちんりゅういし》県（河南省《かなん》）の人です。司馬懿《しばい》に仕えて、散騎常侍《さんきじょうじ》となりました。のち懿の子・司馬昭《しばしょう》に仕えて従事中郎《じゅうじちゅうろう》、歩兵校尉《ほへいこうい》になりました。老荘を好み、清談にふけった阮籍は〈竹林の七賢〉の中心人物です。

阮籍の生きた時代は魏晋の交代期にあたっていました。魏の王朝を奪いとろうとしていたのが司馬昭です。そんな中で多くの知識人が殺害されました。阮籍は戸を閉めて、本を

嘉樹は美しい樹木、立派な樹木のこと。
東は春。
藿は豆の葉。
零落は草木が枯れしぼむこと。
繁華はにぎわい。

阮籍（「竹林七賢図」部分／南京博物館蔵）

読み続けて何カ月も姿を現わさなかったり、山野を歩き回って、何日も帰宅しなかったりしました。気の合う友人には青眼で接し、気に食わない人には白眼をもって避けていました。また、司馬昭が息子の嫁として阮籍の娘を迎えようとしていた時、阮籍は六十日間も大酒を飲み続けて話を逸らしていたそうです。こうした奇行は阮籍の処世術だったのでしょう。

「詠懐詩」は五言詩八十二首と、四言詩三首からなるきわめて大かがりな連作です。この連作がすべて同じ時期につくられたとは考えられませんが、人生の矛盾、孤独の悲哀、魏王朝の衰えを悲しむ詩が多く、どれも同じ基調で詠われています。

この詩は魏王朝が司馬昭に奪いとられようとしている過程が、春から冬までの四季の移り変わりに託して詠われています。第七句と第八句の「馬を駆りて之を舎てて去り　去きて西山の趾に上る」とは、目前に展開している混乱に見切りをつけて、周の伯夷、叔斉の兄弟が隠れ住んだ首陽山に走るのが道だということです。

「詠懐詩」は、鬱屈した感情を折にふれて告白した詩の先駆けとなりました。陶淵明（一

荊杞は雑草。司馬昭《しばしょう》をさす。

西山は首陽山のこと。伯夷《はくい》と叔斉《しゅくせい》が西山に登り、薇《わらび》を採ったことに由来する。

凝霜は凝り固まった霜。

三一頁参照）の「飲酒」二十首をはじめ、陳子《ちんす》昂《ごう》（二六四頁参照）の「感遇」三十八首、李白（二二一頁参照）の「古風」五十九首などは、阮籍の「詠懐詩」の流れを汲むものとして知られています。

平仄　漢詩の基礎知識③

漢字は声調（音の高低のパターン）によって、平字《ひょうじ》と仄字《そくじ》に分けられます。

平字は、高低のない発音の字で、上平声《じょうひょうしょう》と下平声《かひょうしょう》に分かれています。仄字は、高低の変化がある発音の字で、上声《じょうしょう》、去声《きょしょう》、入《にっ》声《しょう》に分かれています。

平声、上声、去声、入声を合わせて「四声」といいます。

絶句、律詩では、第一句の二字目が平字なら平起こり、仄字なら仄起こりの配列で、詩をつくっていかなければなりません。

つじつまが合わないことを「平仄《ひょうそく》が合わない」といいますが、これは漢詩のこの作詩法からきている言葉なのです。

●近体詩の平仄式

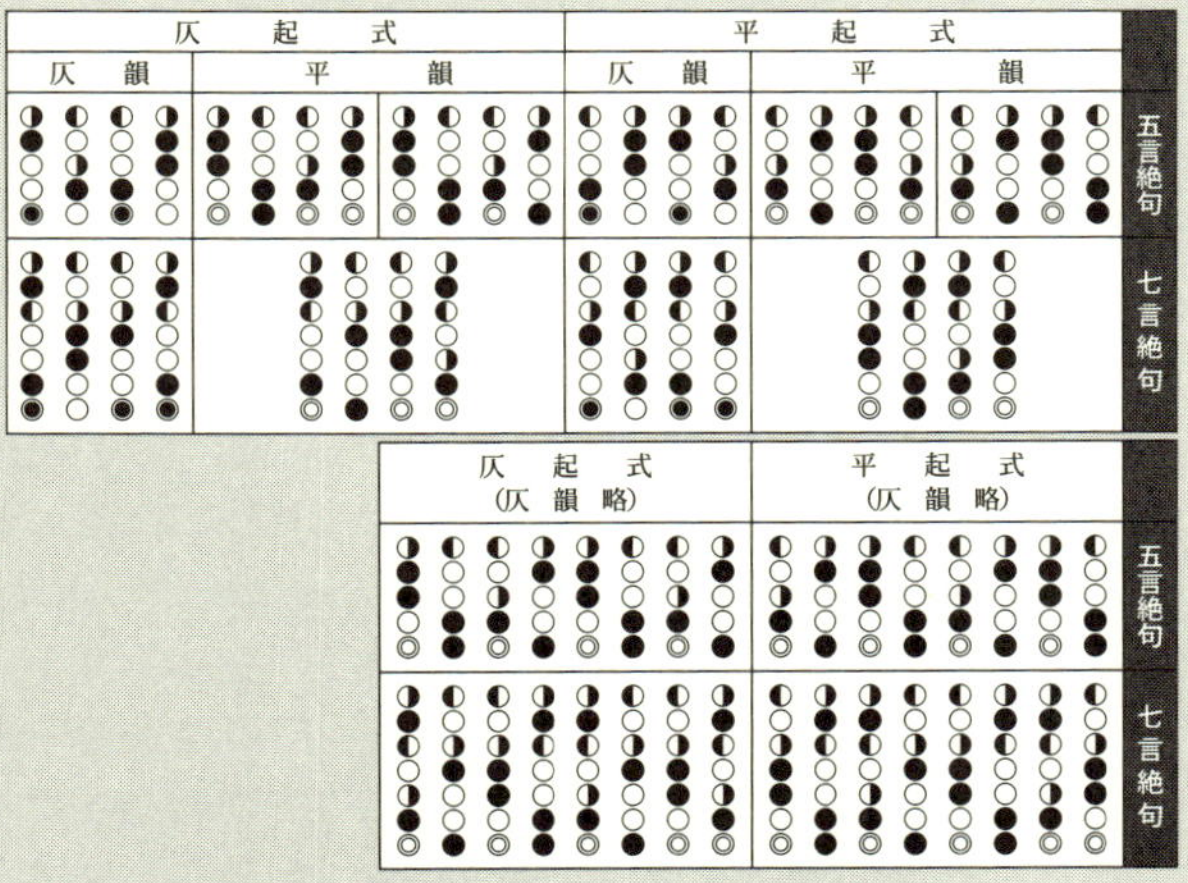

＊○は平声、●は仄声、◎は平韻字、◉は仄韻字、◐は平または仄（平が原則）、◑は仄または平（仄が原則）を表す。

一人ひっそりと長夜を耐える女性の悲しみ

謝朓《しゃちょう》

五言古詩・入声十三職の韻

玉階怨

夕殿下珠簾
流螢飛復息●
長夜縫羅衣
思君此何極●

玉階怨《ぎょくかいえん》

夕殿珠簾《せきでんしゅれん》を下《お》ろし
流螢《りゅうけい》飛《と》んで復《ま》た息《いこ》う
長夜羅衣《ちょうやらい》を縫《ぬ》い
君《きみ》を思《おも》って此《こ》れ何《なん》ぞ極《きわ》まらん

暮れなずむ宮殿は
真珠の簾《すだれ》を下ろして静まり返り
蛍が飛んできては
簾にとまって休んでいる
秋の夜長
宮女は一人薄絹の衣を縫って過ごす
あなたを思い続ける切なさは
どうしようもない

謝朓《しゃちょう》（四六四～四九九）は斉《せい》の詩人です。字《あざな》は玄暉《げんき》。陽夏《ようか》（河南《かなん》省）の人。名門貴族の「陽夏の謝氏」の一族です。号は謝宣城《しゃせんじょう》。中書郎《ちゅうしょろう》、宣城太守《せんじょうたいしゅ》、尚書吏部郎《しょうしょりぶろう》などを歴任しました。江祐《こうゆう》らが始安王《しあんおう》・遥光《ようこう》を即位させようとした時、謝朓を誘いましたが、仲間に加わることがなかったので、遥光の怒りにふれて、獄に投じられ、獄中で亡くなりました。

玉階怨は楽府題《がふだい》。君主に見捨てられた宮女の悲しみを詠じたもの。

夕殿は夕暮れの宮

殿。
流螢は夏を過ぎて飛んでいる螢。
羅衣は薄絹の衣。

若くして学を好み、五言詩に長じ、梁《りょう》の学者・沈約《しんやく》（四四一〜五一三）は「二百年来、此《こ》の詩無し」とたたえ、唐代の李白（二一一頁参照）は「一生首《こうべ》を低《た》る謝宣城」といい、南宋の厳羽《げんう》は「謝朓の詩は已《すで》に全篇《ぜんぺん》唐人に似るもの有り」というように、鋭い美意識を持った謝朓の詩は、唐代に完成した絶句の形式に近いものといわれています。謝霊運《しゃれいうん》（二一五頁参照）を〈大謝《たいしゃ》〉というのに対して、謝朓は〈小謝《しょうしゃ》〉と呼ばれました。

寵愛を失った宮女の嘆きを詠じた閨怨《けいえん》詩（女性が男性を思って詠う詩）です。閨怨詩の源は漢代の「古詩十九首」まで遡ることができます。この詩は梁の徐陵《じょりょう》の編纂した『玉台新詠《ぎょくだいしんえい》』にも収められています。『玉台新詠』は漢代から梁代までの詩を集めたものです。

起句は、簾を下ろしているのですから、男性（天子）に捨てられていることを暗示しています。お声のかからない宮女は、簾の内側でひっそりと息をこらし、薄絹の衣服を縫いながら秋の夜長を過ごしているのです。悲しみがひしひしと伝わってくるようです。

参考

李白（二一一頁参照）にも同題の「玉階怨」詩があります。宮殿に白露が降り、薄絹の靴下を濡らしますが、天子からお呼びがかからず、冴え渡る月を一人眺める宮女の姿を描いています。

玉階怨　玉階怨《ぎょくかいえん》

玉階生白露　玉階《ぎょくかい》に白露《はくろ》生《しょう》じ
夜久侵羅襪●　夜久《よるひさ》しゅうして羅襪《らべつ》を侵《おか》す
却下水晶簾　水晶《すいしょう》の簾《れん》を却下《きやつか》して
玲瓏望秋月●　玲瓏《れいろう》秋月《しゅうげつ》を望《のぞ》む

五言絶句・入声六月の韻

ただ一人、過ぎ去ろうとする春を惜しむ

欧陽脩《おうようしゅう》

豊楽亭遊春

豊楽亭遊春《ほうらくていゆうしゅん》

紅樹青山日欲斜◎
長郊草色緑無涯◎
遊人不管春将老
来往亭前踏落花◎

紅樹《こうじゅ》青山《せいざん》日《ひ》斜《なな》めならんと欲《ほっ》し
長郊《ちょうこう》の草色《そうしょく》緑《みどり》涯《はて》無《な》し
遊人《ゆうじん》は管《かん》せず春《はる》の将《まさ》に老《お》いんとするを
亭前《ていぜん》に来往《らいおう》して落花《らっか》を踏《ふ》む

七言絶句・下平声六麻の韻

赤い花咲く木と青々と芽吹く山に
日が傾こうとしている
広々とした田野も若草に被われて
緑がはてしなく続いている
行楽を楽しむ人々は
過ぎようとする春に気もとめず
豊楽亭の前を行ったり来たりして
落ちた花びらを踏みしだいていく

欧陽脩《おうようしゅう》（一〇〇七～一〇七二）は北宋の詩人です。字《あざな》は永叔《えいしゅく》。酔翁《すいおう》や六一居士《りくいつこじ》は号です。死後、文忠《ぶんちゅう》と諡《おくりな》されました。吉州盧陵《きつしゅうろりょう》（江西《こうせい》省吉安《きつあん》県）の人です。四歳で父と死別し、母親の鄭氏に育てられましたが、貧しくて、荻の茎で地面に字を書いて勉強したそうです。天聖《てんせい》八（一〇三〇）年の進士で、滁州《ちょしゅう》（安徽《あんき》省）、揚州《ようしゅう》（江蘇《こうそ》省）、潁州《えいしゅう》（安徽省）の知州《ちしゅう》、翰《かん》

豊楽亭は安徽《あんき》省滁《ちょ》県の豊山に建つ亭。
遊春は春の行楽。
紅樹は真っ赤な花をつけた樹木。

林学士《りんがくし》、参知政事《さんちせいじ》、太子少師《たいししょうし》などを歴任しました。〈唐宋八大家〉の一人で、北宋中期の文壇の領袖でした。はじめは駢文《べんぶん》（九七頁コラム参照）に親しんでいましたが、韓愈《かんゆ》（一九八頁参照）の散文にふれてからは古文復興に力を注ぎました。詩も詞もよくしました。蘇軾《そしょく》（一八頁参照）は欧陽脩を「大道を論ずれば韓愈に似たり。事を論ずれば陸贄《りくし》に似たり。紀事は司馬遷に似たり。詩文は李白（二一一頁参照）に似たり」と評しています。

この惜春を詠う詩は慶暦《けいれき》七（一〇四七）年の晩春、滁州知州の在任中につくられた三首の連作の第三首目です。豊楽亭は豊年を楽しむことができるのにちなんで名づけられた亭ですが、前半はその豊楽亭からの眺めです。「紅樹」と「青山」の色彩の対比は杜甫（一九四頁参照）の「山青くして花然《も》えんと欲す」（「絶句」詩）を意識させます。

後半は、散り敷く花びらを踏みながら遊びに夢中の行楽の人々。それに対して、過ぎ去ろうとしている春を惜しんでいるのは作者だけと詠います。

なお、欧陽脩には亭の建立を述べた名文「豊楽亭の記」もあります。

青山は樹木が芽ぶいて青々とした山。

長郊は広々と連なる野原。

遊人は行楽する人。

不管は気にしない。

来往は行ったり来たり。

異国情緒たっぷりの快作

王翰《おうかん》

七言絶句・上平声十灰の韻

涼州詞　涼州詞《りょうしゅうし》

葡萄美酒夜光杯◎
欲飲琵琶馬上催◎
酔臥沙場君莫笑
古来征戦幾人回◎

葡萄《ぶどう》の美酒《びしゅ》夜光《やこう》の杯《はい》
飲《の》まんと欲《ほっ》すれば琵琶《びわ》馬上《ばじょう》に催《うなが》す
酔《よ》うて沙場《さじょう》に臥《ふ》すとも君《きみ》笑《わら》うこと莫《な》かれ
古来《こらい》征戦《せいせん》幾人《いくにん》か回《かえ》る

葡萄の旨酒を
夜光のグラスに注ぎ
飲もうとすると　せきたてるように
琵琶が馬上でかき鳴らされる
私が酔って砂漠に倒れて伏しても
どうか笑わないでおくれ
古来　戦に行って生還した者が
どれだけいるかわからないのだから

王翰《おうかん》（六八七?～七二六?）は盛唐の詩人です。字《あざな》は子羽《しう》。并州普陽《へいしゅうしんよう》（山西省太原《たいげん》）の人です。景雲《けいうん》元（七一〇）年の進士ですが、官吏にはならず、自由奔放に生きたようです。宰相の張説《ちょうえつ》（一一八頁参照）に招かれて、秘書省正字《ひしょしょうせいじ》になり、兵部駕部員外郎《へいぶがぶいんがいろう》に抜擢されました。張説の失脚後は汝州《じょしゅう》（河南《かなん》省）長史《ちょうし》に左遷され、続いて仙州（河南省）の別駕《べつが》に

涼州詞は涼州（甘《かん》粛《しゅく》省武威《ぶい》）あたりで歌われていた西域《せいいき》の歌曲。

葡萄美酒は葡萄のう

出されましたが、飲酒と放蕩が過ぎて、道州（湖南省）の司馬《しば》に流され、そこで没しました。

王翰の詩人としての名声は天下にとどろいていました。現存の詩は十四首残すだけですが、高適《こうせき》（一三五頁参照）、岑参《しんじん》（一二三頁参照）とともに〈辺塞詩人《へんさいしじん》〉と呼ばれています。

「涼州詞」は楽府題《がふだい》で、二首連作の一首目です。開元《かいげん》年間（七一三～七四一）に、郭知運《かくちうん》が塞外《さいがい》の楽府を集めて玄宗《げんそう》皇帝に献上した時の曲譜を「涼州宮調曲《きゅうちょうきょく》」といいました。涼州

「夜光杯」として販売されている玉杯

西安の陝西博物館に展示されている、夜光杯と思われるガラスの杯

ま酒。
夜光杯はガラス製の杯。一説に白玉でつくられた杯。
琵琶は五弦の琵琶（西域の楽器）。
催はうながす。
沙場は砂漠の戦場。
君は読者一般をさすが、涼州詞を聞く人という説もある。
莫は禁止を表わし、～するなという意。
幾人回はどれだけの人が無事に帰ったであろうかという意味。幾は反語に近い疑問詞。

詞のテーマは辺塞の風物、出征兵士の感慨などです。

前半の二句は西域の雰囲気を持つ詩語を連ね、異国情緒を醸しだしています。「葡萄」「夜光杯」「馬」「琵琶」などは、漢代に西域から中国に伝来したものです。視覚に訴える「葡萄の美酒」と「夜光の杯」、それに聴覚に訴える「琵琶」の二つの感覚を組み合わせて、美しいイメージがつくりだされています。

ところが、転句の「沙場」という詩語によって、遠く故国を離れた戦場にいることがわかります。そこで酒をしとどに飲み干し、砂漠に倒れ伏すようなことがあっても笑ってくれるなと読者に呼びかけているのです。明日をも知れない戦場に身を置く兵士の痛ましさが胸を打ちます。

結句がこの詩の主題です。昔より戦場から無事に帰還した者などいないというのです。前半に美しい響きを持ったエキゾチックな雰囲気の詩語が多用されているだけに、よりいっそう沈痛な思いが読者の胸に迫ります。辺塞詩の傑作といえるでしょう。

辺塞に一度も足を踏み入れたことのない王翰ですが、王世貞《おうせいてい》（七四頁参照）は「葡萄の美酒の一絶は便《すなわ》ち是れ瑕《きず》無き璧《たま》なり」と褒めたたえています。

縦と横の動き、その対比のダイナミクス

孟浩然《もうこうねん》

五言律詩・下平声八庚の韻

臨洞庭　洞庭《どうてい》に臨《のぞ》む

八月湖水平◎
涵虚混太清◎
気蒸雲夢沢
波撼岳陽城◎
欲済無舟楫
端居恥聖明◎
坐観垂釣者

八月湖《はちがつこ》水平《すいたい》らかなり
虚《きょ》を涵《ひた》して太清《たいせい》に混《こん》ず
気《き》は蒸《む》す雲夢沢《うんぼうたく》
波《なみ》は撼《ゆる》がす岳陽城《がくようじょう》
済《わた》らんと欲《ほっ》して舟《しゅう》 楫《しゅう》無《な》く
端居《たんきょ》して聖明《せいめい》に恥《は》ず
坐《そぞ》ろに釣《つり》を垂《た》るる者《もの》を観《み》て

八月の洞庭の湖水はみなぎり
どこまでも平らかに広がる
湖水は大空をひたし　もっとも高い
天まで届いて　水と天とが混じり合う
水蒸気がゆらゆら雲夢沢に立ち込め
波は岳陽城を揺り動かさんばかり
広い湖を渡ろうにも舟も櫂《かい》もない
ぼんやりした生活をしていると
天子の徳に恥じ入ってしまう
なにげなく　釣り人を見ていると

徒有羨魚情◎

徒《いたず》らに魚《うお》を羨《うらや》むの情《じょう》有《あ》り

ただ魚がほしいという気持ちになる

孟浩然《もうこうねん》（六八九〜七四〇）は盛唐の詩人です。字《あざな》も浩然。襄陽《じょうよう》（湖北省）の人です。科挙に及第せず、各地を放浪して、故郷の襄陽郊外の鹿門山《ろくもんざん》に隠棲しました。四十歳の時、都・長安に上り、王維《おうい》（四四頁参照）、張九齢《ちょうきゅうれい》（二四八頁参照）らと親交を結びました。開《かい》元《げん》二十五（七三七）年、張九齢が荊州《けいしゅう》（湖北省）の長史に左遷された時、荊州従事《じゅうじ》になりましたが、まもなく辞して帰郷しました。開元二十八（七四〇）年、背中にできものができて苦しんでいたところに、王昌齢《おうしょうれい》（一五七頁参照）が訪ねてきて、酒食をともにしたことで、容態が悪化し、死んでしまったそうです。

詩風は陶淵明《とうえんめい》（一三一頁参照）の流れをくみ、平淡清雅で王維と併称されて〈王孟《おうもう》〉といわれています。また、中唐の韋《い》応物《おうぶつ》（二五八頁参照）と柳宗元（二〇八頁参照）とともに〈王孟韋柳《おうもういりゅう》〉と称されています。

この詩は杜甫（一九四頁参照）の「岳陽楼に登る」詩と並んで、洞庭湖を詠った傑作であるといわれています。

詩題の「臨洞庭」はテキストによって、「臨洞庭上張丞相」「望洞庭上張丞相」「望洞庭贈張丞相」「作岳陽楼」「岳陽楼」というようにいろいろあります。張丞相も張九齢である

洞庭は洞庭湖。唐代は中国でもっとも大きな淡水湖だったが、いまは干拓などのため二番目となった。

虚は空。

太清は空のこと。空を玉清《ぎょくせい》・上清《じょうせい》・太清《たいせい》と分け、もっとも高いところを太清という。

雲夢沢は広大な湿原地帯。

岳陽城は洞庭湖に臨む町。

端居はぼんやりとした生活。

聖明は天子の徳。

とか、張説《ちょうえつ》（一一八頁参照）であるとかいわれ、はっきりしたことがわかりません。

前半の四句はスケールの大きな洞庭湖の景観を写しだしています。ことに頷聯の詠いぶりは「呉楚東南に坼《さ》け　乾坤《けんこん》日夜浮かぶ」（「岳陽楼に登る」詩）とともに洞庭湖の絶唱であると高く評価されています。第三句は、湖面から立ち上る水蒸気を縦の動きでとらえ、第四句で岳陽城を揺り動かさんばかりの大波を横の動きととらえた対句の構成はダイナミックそのものです。

それに対し、後半の四句は自分の気持ちを露骨に表現しています。スケールの大きな洞庭湖を目の前にして、舟も櫂もないと詠い、太平の御世に何もしないでじっとしている自分が恥ずかしいと詠じているのです。そして、第八句の「魚を羨むの情」は「仕官したい」という気持ちの表白です。前半の四句をスケール大きくダイナミックに詠っているだけに、後半の四句は見劣りしますが、官途に不遇だった孟浩然の嘆きが聞こえてきそうです。

坐はなんとなくという意味。

再び起句に戻る構成がみごとな絶句

方岳《ほうがく》

七言絶句・上平声十一真の韻

雪梅　雪梅《せつばい》

有梅無雪不精神◎
有雪無詩俗了人◎
薄暮詩成天又雪
与梅併作十分春◎

梅《うめ》有《あ》りて雪《ゆき》無《な》ければ精神《せいしん》ならず
雪《ゆき》有《あ》りて詩《し》無《な》ければ人《ひと》を俗了《ぞくりょう》す
薄暮《はくぼ》詩《し》成《な》って天又雪《てんまたゆき》ふる
梅《うめ》と併《あわ》せ作《な》す十分《じゅうぶん》の春《はる》

梅が咲いても雪が降らなければ
生気あふれる景色にはならない
梅に雪があったとしても
詩がなければ風流ではない
夕暮れ時　詩ができ上がったころ
再び雪が降りだした
梅と雪と詩がそろい
春を十分に醸しだす詩ができた

方岳《ほうがく》（一一九九〜一二六二）は南宋の詩人です。字《あざな》は巨山《きょざん》、号を秋崖《しゅうがい》といいました。歙県《きゅうけん》（安徽《あんき》省）の人です。紹定《しょうてい》五（一二三二）年に進士に及第しました。南康軍《なんこうぐん》（江西《こうせい》省。軍は行政単位）や袁州《えんしゅう》（江西省）の知事を歴任しました。

方岳は、詩の題材に農村風景や農民の生活を好んで取り上げていますが、詩の中に名言

雪梅は雪中の梅という意味。
精神は生気・光彩があって美しいこと。
俗了は無風流なも

や佳句が飛びだし、人々を驚かしたといいます。また、江湖《こうこ》派《は》を代表する劉克荘《りゅうこくそう》と並んで四六駢麗《べんれい》文にことに巧みであったといわれています。

前半は梅が美しく咲いている時に雪が降らなければ本当の佳景ではないと詠いだし、それを承けて、「梅」に「雪」があったとしても詩心がなければ風流であるとはいえないと詠っています。

後半は、前半を承けて「梅」「雪」「詩」の三つが揃ってはじめて、ほんとうの春を醸しだすことができると詠っているのです。

この詩は絶句に分類されています。普通、律詩や絶句という定型の詩には同じ詩語を使うことを極力避けるのですが、この詩は起句で「梅」と「雪」を、承句で「雪」と「詩」を、転句では「詩」と「雪」を、結句では「梅」を詠じ、起句に戻るように構成されています。このように同じ詩語を意識的に、意味を持たせて使用することは許されるのです。宋詩らしく理屈をこねた詩になっています。

四六駢麗文

漢文の一種で、内容よりも形式を重んじるもののことを四六駢麗文《べんれいぶん》（四六文、駢文《べんぶん》ともいう）といいます。漢、魏にはじまり、六朝《りくちょう》時代から唐代にかけ流行しました。

四字・六字の対句を多用し、声調を重視し、故事を駆使した美文調の文体です。

中唐のころ、古文復興の運動によってしだいに衰退していき、実用文としては使われなくなりました。

の。

薄暮は夕方が迫ること。

併は合わせること。

花にことよせ衰えゆく美を嘆く

李清照《りせいしょう》

小令・通韻

如夢令

如夢令《じょむれい》

昨夜雨疏風驟●
濃睡不消残酒■
試問捲簾人
卻道海棠依旧●
知否■
知否■
応是緑肥紅痩●

昨夜《さくや》雨《あめ》は疏《まば》らにして風《かぜ》は驟《にわ》かなり
濃《こ》き睡《ねむ》りにも残酒《ざんしゅ》消えず
試《こころ》みに簾《みす》を捲《ま》く人《ひと》に問《と》えば
卻《かえ》って道《い》う海棠《かいどう》は旧《きゅう》に依《よ》ると
知《し》るや否《いな》や
知《し》るや否《いな》や
応《まさ》に是《こ》れ緑肥紅痩《りょくひこうしゅう》たるべし

ゆうべは雨がパラパラ降り
速い風が吹いた
ぐっすり眠ったが
まだ昨夜の酔いが残っている
簾を巻き上げる人に
庭の様子を尋ねてみると
海棠の花は
昨日のままだという
そうかしら
そうかしら
緑の葉は雨に濡れて色を増し
赤い花は風に吹かれて色あせただろうに

李清照《りせいしょう》（一〇八四～一一五一？）は北宋末から南宋の初めにかけての女流詞人です。号は漱玉《そうぎょく》とか、易安《いあん》居士といいました。済南《さいなん》（山東省）の人です。済南の趵突泉《ほうとつせん》公園内にある柳絮泉《りゅうじょせん》が李清照の出生したところです。十八歳で趙明誠《ちょうめいせい》に嫁ぎました。趙明誠は青州（山東省）や萊州《らいしゅう》（山東省）の知事の時、碑刻《ひこく》などを集め、李清照の助けを得て、『金石録《きんせきろく》』三十巻をつくりました。趙明誠は湖州（浙江《せっこう》省）の知事になりましたが、客死しました。その後、李清照は江南《こうなん》の各地を放浪し、最後は消息も定かでなくなりました。

詩文をよくしましたが、ことに詞はすぐれていました。詞が四十七首、詩が十五首、文が三篇残されています。

「如夢令」は三十三字の小令《しょうれい》（短編の詞）です。海棠は中国原産の花木で、古来美人の形容にしばしば用いられています。

この詞は激しい風雨の翌朝、海棠の花を案じながら、その海棠の花を借りて衰えゆく美

参考

「如夢令」詞には、昨晩の風雨のあと、散った花に思いをめぐらすところなど、孟浩然（九三頁参照）の「春暁」詩の影響が見られます。

春暁　春暁《しゅんぎょう》

春眠不覚暁●　春眠《しゅんみん》暁《あかつき》を覚《おぼ》えず
処処聞啼鳥●　処処《しょしょ》啼鳥《ていちょう》を聞《き》く
夜来風雨声　夜来《やらい》風雨《ふうう》の声《こえ》
花落知多少●　花《はな》落《お》つること知《し》る多少《たしょう》ぞ

五言絶句・上声十七篠の韻

如夢令は詞調の名。
驟は速いこと。
濃睡はぐっすり眠ること。
知否は反語で、知っているか、知らないだろうの意味。
緑肥紅痩は緑の葉は雨に濡れて色濃く、紅の花は風に吹かれて色褪せること。

人の嘆きを詠ったものです。

詞のポイントは後半にあります。ゆうべの風雨で海棠の花も散ってしまっただろうと思いながら侍女に尋ねてみると、「海棠はもとのまま」に咲いているという返事が返ってきました。作者は「そうだろうか。そうだろうか」と呟きながら、「緑肥紅瘦」のはずなのにという思いにかられます。「緑肥紅瘦」とは、美人も盛りが過ぎていくという意味です。「緑肥紅瘦」は「寵柳嬌花」(「念奴嬌」詞)とともに李清照を代表する詞句で、しばしば借句されています。

柳絮泉(山東省)に立つ李清照像

満開の海棠の花

即興で詩をつくる〈腹稿〉の天才

王勃《おうぼつ》

七言古詩・換韻

滕王閣

滕王閣《とうおうかく》

滕王高閣臨江渚●
珮玉鳴鸞罷歌舞●
画棟朝飛南浦雲
珠簾暮捲西山雨●
閑雲潭影日悠悠◎
物換星移幾度秋◎
閣中帝子今何在

滕王《とうおう》の高閣江渚《こうかくこうしょ》に臨《のぞ》み
珮玉鳴鸞《はいぎょくめいらん》歌舞《かぶ》罷《や》みたり
画棟《がとう》朝《あした》に飛《と》ぶ南浦《なんぽ》の雲《くも》
珠簾《しゅれん》暮《く》れに捲《ま》く西山《せいざん》の雨《あめ》
閑雲潭影《かんうんたんえい》日に悠悠《ゆうゆう》
物換《ものかわ》り星移《ほしうつ》り幾度《いくたび》の秋《あき》ぞ
閣中《かくちゅう》の帝子《ていし》今何《いまいず》くにか在《あ》る

滕王の高殿は
贛江《かんこう》の渚を望む位置にある
帯玉や車の鈴を鳴らし
にぎやかな歌舞を楽しんだのも昔のこと
朝には　美しく彩られた棟木《むなぎ》あたりに
南浦の雲が飛び交うのを見
夕暮れには　真珠の簾《すだれ》を巻き上げて
西山の雨を眺めた
静かに漂う雲
深い淵の光は日々のどか
万物が変わり　歳月が流れ
幾たびかの秋が来た
この高殿におられた皇子は
いまはどこに行ってしまったのか

檻外長江空自流◎

檻外《かんがい》の長江《ちょうこう》空《むな》しく自《おのずか》ら流《なが》る

手すりの外を
贛江はむなしく流れている

滕王閣は唐の太宗の弟の李元嬰《りげんえい》が洪州《こうしゅう》（江西省南昌《こうせいしょうなんしょう》）都督《ととく》に在任中に建てた楼閣。
江は贛江《かんこう》。
珮玉は腰に帯びる玉。
鳴鸞は天子や貴人の車につける鈴。
画棟は美しく彩色された棟木《むなぎ》。
珠簾は真珠の簾。
西山は南昌の西にある山。
帝子は滕王・李元嬰のこと。
長江はここでは贛江をさす。

王勃《おうぼつ》（六四七〜六七五）は初唐の詩人です。字《あざな》は子安《しあん》。絳州竜門《こうしゅうりゅうもん》（山西省）の人で、隋の王通《おうつう》の孫です。楊烱《ようけい》、盧照鄰《ろしょうりん》、駱賓王《らくひんのう》（二二七頁参照）とともに〈王楊盧駱《おうようろらく》〉と称され、〈初唐の四傑《しけつ》〉と呼ばれました。六歳のころから文をつくったという天才でした。麟徳《りんとく》年間（六六四〜六六六）に朝参郎《ちょうさんろう》を授けられ、のち高宗《こうそう》の第六子・沛王《はいおう》の修撰《しゅうせん》となりましたが、諸王の闘鶏遊びを非難する檄文《げきぶん》を書いたため、高宗の怒りにふれて、職をとかれてしまいます。その後、王勃は、罪を犯した奴隷をかくまったものの、発覚をおそれてその奴隷を殺してしまいます。それが露見し、王勃は死刑を命じられましたが、恩赦にあって助かりました。この事件によって、父の王福畤《おうふくじ》も交趾《コウチ》（ベトナム）に左遷させられました。王勃は父に会いにいこうとして、船に乗り、海に落ちて溺死しました。

この詩は交趾に流された父を訪ねる途中、南昌《なんしょう》（江西省《こうせいしょう》）を通りかかった時につくったものです。前半の四句は華麗な詩語を用い、華やかだった当時の情景を詠い、後半はさびれ果てた様子を詠っています。

滕王閣は滕王《とうおう》・李元嬰《りげんえい》が創建した楼閣です。上元《じょうげん》二（六七五）年九月九日、洪州都督《こうしゅうととく》の閻伯嶼《えんはくしょ》が滕王閣を修復した記念の宴会の席上で、王勃はこの詩を書き上げました。

あらかじめ閻伯嶼は自分の娘婿に滕王閣の修復を祝う序文をつくらせ、満座の人々に自慢しようと企てていました。一応、宴会に列席した人々にも紙と筆を用意しましたが、人々は遠慮しました。しかし、若い王勃は紙と筆を受けとるとすぐに文章と詩を書き上げてしまったのです。でき上がった文章を読んだ閻伯嶼は「天才だ」と叫んだそうです。それが美辞麗句を連ねて書いた「滕王閣序」で、『古《こ》文《ぶん》真《しん》宝《ぽう》後《こう》集《しゅう》』に収められています。

王勃は酒を飲んだあと、寝入ってしまい、さあと起き上がり、一字の訂正もなく詩文を書き上げたことで知られています。当時の人々は王勃のことを〈腹稿〉（腹の中に原稿が入っている）と呼びました。

再建されて贛江の河畔に建つ滕王閣

月さえ暑苦しい夜の微涼を詠う

楊万里《ようばんり》

七言絶句・上平声一東の韻

夏夜追涼

夏《なつ》の夜涼《よるりよう》を追《お》う

夜熱依然午熱同◎
開門小立月明中◎
竹深樹密虫鳴処
時有微涼不是風◎

夜熱依然《やねついぜん》として午熱《ごねつ》に同《おな》じ
門《もん》を開《ひら》いて小立《しようりつ》す月明《げつめい》の中《うち》
竹深《たけふか》く樹密《きみつ》にして虫鳴《むしな》く処《ところ》
時《とき》に微涼《びりよう》有《あ》り是《こ》れ風《かぜ》ならず

夜の熱気は
真昼時のまま
門を開けて外に出て月の光の下
しばらく涼んでいると
竹がうっそうと生え　木立が
こんもり茂るあたりで虫が鳴いた
その時かすかな涼しさを感じたが
この涼しさは風のためではない

楊万里《ようばんり》（一一二七～一二〇六）は南宋の詩人です。字《あざな》は廷秀《ていしゆう》といい、号を誠斎《せいさい》といいました。吉州吉水《きつしゆうきつすい》（江西《こうせい》省吉安《きつあん》市）の人です。紹興《しようこう》二十四（一一五四）年の進士です。永州零陵《えいしゆうれいりよう》（湖南省）の丞《じよう》をしていた時、そこに流されていた張浚《ちようしゆん》に師事し、終生その教えを守り通しました。

追涼は涼しさを追い求めるという意味。
依然はもとのままであるさま。
午熱は真昼時のやり

剛直な性格、妥協のない抗戦派であったため、中央では出世できず、あちこちの地方官を務めたあと、国士《こくし》博士《はかせ》、太常《たいじょう》博士《はかせ》などを歴任しました。晩年は郷里に隠棲しました。八十三歳で他界しましたが、死後、光禄大夫《こうろくたいふ》を贈られて、文節《ぶんせつ》と諡《おくりな》されました。

四千二百余首という詩を残した楊万里は、陸游《りくゆう》（三二頁参照）、范成大《はんせいだい》（一一二頁参照）とともに〈南宋の三大詩人〉と呼ばれています。

この作品がどこでつくられたのかはわかりませんが、作者の故郷の吉水での作品かもしれません。吉水は長江の支流・贛江《かんこう》の流域にあります。ここも暑いところです。長江流域の都市の夏は四十度を超える日が連日続き、夜になっても温度はなかなか下がりません。

前半の二句は、夜になっても暑苦しいと詠っています。承句では月の持つ爽やかなイメージが打ち消され、月も暑苦しいものであるととらえられています。

転句の、竹が深く木が密である、というのは月の光も通さないことです。つまり「深」と「密」の二字は樹木が盛んに繁茂する夏を詠い込んでいます。その暗がりで虫がすだくのです。

結句がこの詩の見どころです。虫の鳴き声でほんのかすかな涼味を感じられました。風ではなく、虫の鳴き声で涼味を感じとった繊細な感覚がすばらしいと思います。機知をねらった宋詩の特色が、平易な表現で詠い込まれています。

きれない熱気。

小立はしばらくの間、立ったままでいること。

懸命に働く農民の汗を描写した宰相

李紳《りしん》

憫農　農《のう》を憫《あわれ》む

鋤禾日当午●
汗滴禾下土●
誰知盤中餐
粒粒皆辛苦●

禾《いね》を鋤《す》いて日《ひ》は午《ご》に当《あ》たる
汗《あせ》は滴《したた》る禾下《かか》の土《つち》
誰《たれ》か知《し》らん盤中《ばんちゅう》の餐《さん》
粒粒《りゅうりゅう》皆辛苦《みなしんく》なるを

五言絶句・上声七麌の韻

田畑を鋤き耕していると
真昼どきの太陽が照りつける
吹きでる汗が
足元の地面に滴り落ちる
誰も知るまい
大皿に盛られた
米の一粒一粒が　みな農民の
苦労の結晶であることを

李紳《りしん》（?～八四六）は中唐の詩人です。字《あざな》は公垂《こうすい》。無錫《むしゃく》（江蘇《こうそ》省）の人とも、亳州《はくしゅう》（安徽《あんき》省）の人ともいわれています。元和《げんな》元（八〇六）年の進士で、国子《こくし》助教《じょきょう》となり、のち右拾《うしゅう》遺《い》になりました。穆宗《ぼくそう》に召されて、翰林学士《かんりんがくし》となり、中書舎人《ちゅうしょしゃじん》に進みました。中書侍郎《じろう》同門下《もんか》平章事《べんしょうじ》、尚書右僕射《しょうしょうぼくや》などを歴任しました。詩人として有名で、元稹《げんじん》（六七頁参照）、

禾は禾穀《かこく》の総称であるが、ここでは稲のこと。
鋤は「すく」とか、「耕す」意味に使う

李《り》徳裕《とくゆう》とともに〈三俊《さんしゅん》〉と称されました。白居易（二三四頁参照）とも親しかったようです。人となりは短小（背が低い）精悍でしたので、〈短李〉と呼ばれました。

詩題の「農を憫む」は農民を憐れみ傷むという意味です。この詩は二首連作の第二首目にあたります。なお、詩題が「古風」になっているテキストもあります。

前半の二句は、照りつける太陽のもと、したたり落ちる汗を拭こうともしないで、懸命に働く農民の姿がみごとに描写されています。

後半の二句は、教訓詩の本領を発揮しています。日ごろ、なにげなく食べている一粒一粒の飯が農民の汗の結晶であると言いきっています。

「粒粒辛苦」は、穀物の一粒一粒が農民の苦労のたまものであることを表現しています。この意味が広がって、仕事の完成に苦心するという意味に使われるようになりました。

参考

「農を憫む」の第一首を紹介します。春に種を植えれば、秋に無数の実になる。国中遊ばせておく田畑がないというのに、農夫は餓死していると詠っています。

作者は重税に苦しんでいる農民に同情を寄せているのです。

憫農　農《のう》を憫《あわれ》む

春種一粒粟　春《はる》に種《う》う一粒《いちりゅう》の粟《ぞく》
秋収万顆子●　秋《あき》に収《おさ》む万顆《ばんか》の子《み》
四海無閑田　四《し》海閑田《かいかんでん》無《な》きも
農夫猶餓死●　農夫《のうふ》猶《な》お餓死《がし》す

五言絶句・上声四紙の韻

動詞。
午は正午。
盤は大皿。
飧は本来の意味は夕食であるが、ここでは飯のこと。
粒粒皆辛苦は穀物の一粒一粒が農民の苦労の結果であるという意味。

対句で古風な趣を醸しだす技巧がみごと

高啓《こうけい》

五言絶句・下平声六麻の韻

尋胡隠君　胡隠君《こいんくん》を尋《たず》ぬ

渡水復渡水
看花還看花◎
春風江上路
不覚到君家◎

水《みず》を渡《わた》り復《ま》た水《みず》を渡《わた》る
花《はな》を看《み》還《ま》た花《はな》を看《み》る
春風《しゅんぷう》江上《こうじょう》の路《みち》
覚《おぼ》えず君《きみ》が家《いえ》に到《いた》る

川を渡り　また川を渡る
花を見　また花を見る
春風がそよぐ川面を
小舟で進んでいるうちに
いつのまにか
君の家にたどりついてしまった

胡隠君は胡という姓の隠者。隠君は隠者の敬称。
水は川や堀割《クリーク》のこと。

高啓《こうけい》（一三三六～一三七四）は明の詩人です。字《あざな》は季迪《きてき》。元末の張士誠《ちょうしせい》の乱（一三五三）を避けて蘇州郊外の青邱《せいきゅう》に住んだことから青邱子《せいきゅうし》と号しました。江蘇長州《こうそちょうしゅう》（江蘇州蘇州）の人です。洪武《こうぶ》二（一三六九）年に『元史《げんし》』の編纂に加わり、戸部侍郎《こぶじろう》を授けられましたが、固辞して青邱に帰ってしまいました。その後、友人の蘇州知府《ちふ》魏観《ぎかん》が謀反の疑惑を受

蘇州の大運河に沿って架かる宝帯橋。写真の右（西側）は石湖に続く

還はまた。
江上は川のほとりという意味もあるが、ここでは川の上。川面。

けて処刑されたのに連座して、腰斬《ようざん》の刑に処せられました。

なお、高啓の七言絶句「宮中の図」が好色の太祖を諷刺しており、それが太祖の怒りにふれたのだという説もあります。

明代第一の詩人と称されている高啓の詩は、江戸時代や明治時代にわが国でもよく読まれました。

この詩は作者の故郷の蘇州でつくったものだろうと思われます。蘇州は紹興《しようこう》とともに「東洋のベニス」と呼ばれ、水路が縦横に走っています。その水路に架かる橋が唐代では三百あまりもあったといわれています。現在は水路が埋め立てられて、道路に変わっていますが、それでもまだ百六十三もの橋が蘇州市内の水路に架けられています。

前半の二句は、のどかな水郷の春景色を

対句仕立ての構成で詠っています。

起句では「渡水」を、承句では「看花」を、同じ句中にくり返して使い、また、同じ意味の「複」と「還」を配しています。絶句ではこうした対句はあまり例を見ません。これが素朴な感じや古風な趣を醸しだしています。すばらしい技巧です。また、このように同じ詩語をくり返して使うと、音読したときになめらかでゆったりした気分になる効果があります。

後半の二句では、そよぐ春風に身を任せながら、気ままに川面に小舟を走らせているうちに、隠者の胡さんの家まで来てしまったと詠います。春風に身を任せながら、多くの花(タンポポなどの花ではないかと思われる)を見、気ままにやって来て会うというのが隠者との会い方なのです。つまり、約束の時間を設定してから会うようなことはしません。隠者とは自然に足がそちらに向いたというような会い方がふさわしいのです。

なお、中国には「南船北馬《なんせんほくば》」という四字成語があります。クリークが東西南北に走る江南地方は舟に乗るのが日常的で、この場合も、路上を行くのではなく、舟に乗って人を訪ねているのです。石川忠久先生も「江上」は川面を舟で行くことだと話されていました。

のどかな雰囲気を醸しだしている前半の二句は、隠者に会うための舞台装置です。このあたりの技巧によって、唐詩以上に唐詩の風があると見なされているのでしょう。味わい深い五言絶句です。

黄の章

わずか十四字で四色、彩りの対比の美しさ

范成大《はんせいだい》

夏日田園雑興

梅子金黄杏子肥◎
麦花雪白菜花稀◎
日長籬落無人過
惟有蜻蜓蛺蝶飛◎

夏日《かじつ》田園雑興《でんえんざつきょう》

梅子《ばいし》は金黄《きんおう》にして杏子《きょうし》は肥《こ》え
麦花《ばくか》は雪白《せつはく》にして菜花《さいか》は稀《まれ》なり
日長《ひなが》くして籬落《りらく》人《ひと》の過《よ》ぎる無《な》く
惟《た》だ蜻蜓蛺蝶《せいていきょうちょう》の飛《と》ぶ有《あ》り

七言絶句・上平声五微の韻

梅の実は黄金色に熟れ
杏の実も大きくなった
麦の花は雪のように白く
菜の花がまばらに残っている
夏の日は長く
垣根のそばを通る人もいない
ただトンボと
アゲハチョウだけが飛んでいる

范成大《はんせいだい》（一一二六～一一九三）は南宋の詩人です。字《あざな》は至能《しのう》。号を石湖居士《せきここじ》といいました。平江府《へいこうふ》呉県《ごけん》（蘇州《そしゅう》）の人です。紹興《しょうこう》二十四（一一五四）年の進士で、徽州《きしゅう》（安徽《あんき》省）の司戸《しこ》参軍《さんぐん》を振りだしに、秘書省正字《ひしょしょうせいじ》、校書郎《こうしょろう》、著作佐郎《ちょさくさろう》、礼部《れいぶ》員外郎《うんがいろう》、中書舎人《ちゅうしょしゃじん》などを歴任しました。

籬落は竹や芝などを粗く編んでつくった垣根のこと。落は囲い。

蜻蜓は飛行範囲が広

乾道《けんどう》六（一一七〇）年、国信使《こくしんし》として金に使いし、無事大役を果たして帰国しました。帰国後は中書舎人に昇格しましたが、まもなく皇帝の人物の登用に反対し辞任しました。その後の十年間は地方官を歴任していましたが、淳熙《じゅんき》九（一一八二）年に病を理由に退官し、蘇州郊外の石湖のほとりに居を構え、悠々自適の生活を送り、六十八歳で世を去りました。死後、崇国公《すうこくこう》に封じられ、文穆《ぶんぼく》を諡《おくりな》されました。

石湖（江蘇省）湖畔にある范成大廟におさめられた座像

石湖のほとりにあった范成大の別荘は、いまは范成大廟として一般に開放されています。廟の中には等身大の范成大の座像が安置されています。

〈田園詩人〉と呼ばれる范成大は陸游《りくゆう》（三三頁参照）、楊万里《ようばんり》（一〇四頁参照）らと並んで南宋を代表する詩人です。また、紀行文の『攬轡《らんぴ》録《ろく》』『驂鸞録《さんらんろく》』『呉《ご》船録《せんろく》』も傑作として知られています。

淳熙十三（一一八六）年の一年間に、石湖のほとりの風景を絶句に書き留めているうちに六十首ができ上がり、その六十首の絶句を「四時《しいじ》田園雑興」と名づけました。「四時田園雑興」

いトンボ。**蛺蝶**はアゲハチョウ。

は「春日《しゅんじつ》」「晩春」「夏日」「秋日」「冬日」と五つのシーズンに分けられており、それぞれに十二首の絶句があります。ここに取り上げた絶句は「夏日田園雑興」の第一首目にあたり、初夏の風物を詠った作品です。

前半の二句は綺麗な対句仕立てで構成されており、わずか十四字の中に「金黄」「雪白」「杏子肥（青）」「菜花（黄色）」というように色彩を表わす詩語が四つも入っています。美しい色彩の対比は杜甫（一九四頁参照）の「江碧《こうみどり》にして鳥逾《いよいよ》白く　山青くして花然《も》えんと欲す」で始まる「絶句」詩を思い起こさせます。しかも、「梅子」と「杏子」、「麦花」と「菜花」を対比させ、晩春から初夏への移り変わりを鮮明に描きだしています。

後半の二句にも田園ののどかな風景が詠い込まれています。日本的な感覚でいうと、初夏は少し汗ばむほどの陽気ですが、蘇州郊外の初夏はべっとりと汗をかくほどに暑いのです。ですから、昼下がりには人の通りも途絶えてしまい、トンボとアゲハチョウだけが静かに、音もなく飛び回っているのです。この小動物を画面に描きだしたことが静寂さを際立たせています。なにげない表現の中に、深い味わいが含まれているのです。

この後半の二句は、杜甫が「花を穿つ蛺蝶深深《しんしん》として見え　水に点ずるの蜻蜓款款《かんかん》として飛ぶ」と詠う「曲江」詩（七言律詩）を意識してつくったものと思われます。

ゆったりと動く時の流れの中にある江南地方ののどかな田園風景が、巧みに詠われています。

参考

「四時田園雑興」の中から「晩夏」第三首と「冬日」第八首を紹介します。

「晩夏」では、騒がしいのは犬と鶏だけというのどかな春の農村が詠われています。

「冬日」は、客をもてなす夫婦の姿に、心あたたまる思いがします。

晩春田園雑興

胡蝶双双入菜花◎
日長無客到田家◎
鶏飛過籬犬吠竇
知有行商来買茶◎

晩春田園雑興《ばんしゅんでんえんざっきょう》

胡蝶双双菜花《こちょうそうそうさいか》に入《い》る
日長《ひなが》くして客《かく》の田家《でんか》に到《いた》る無《な》し
鶏《にわとり》飛びて籬《まがき》を過《す》ぎ犬竇《いぬあな》に吠《ほ》ゆ
知《し》んぬ行商《ぎょうしょう》来《き》たりて茶《ちゃ》を買《か》う有《あ》るを

七言絶句・下平声六麻の韻

冬日田園雑興

榾柮無煙雪夜長◎
地炉煨酒煖如湯◎
莫嗔老婦無盤飣
笑指灰中芋栗香◎

冬日田園雑興《とうじつでんえんざっきょう》

榾柮《こっとつ》煙《けむり》無《な》く雪夜《せつや》長《なが》し
地炉《ちろ》の煨酒《わいしゅ》煖《あたた》かきこと湯《ゆ》のごとし
嗔《いか》る莫《な》かれ老婦《ろうふ》の盤飣《ばんてい》無《な》きを
笑《わら》って指《ゆび》さす灰中芋《かいちゅうう》栗《りつ》の香ばしきを

七言絶句・下平声七陽の韻

「飛花」「御柳斜」の詩語で春風の動きを表現

韓翃《かんこう》

七言絶句・下平声六麻の韻

寒食　寒食《かんしょく》

春城無処不飛花◎
寒食東風御柳斜◎
日暮漢宮伝蠟燭
青煙散入五侯家◎

春城《しゅんじょう》処《ところ》として飛花《ひか》ならざるは無《な》し
寒食東風御柳斜《かんしょくとうふうぎょりゅうなな》めなり
日暮《にちぼ》漢宮《かんきゅう》より蠟燭《ろうそく》を伝《つと》う
青煙散《せいえんさん》じて入《い》る五侯《ごこう》の家《いえ》

春の町は
どこもかしこも花びらが舞い飛び
寒食節の今日　お堀の柳を
春風が斜めに吹き流している
日暮れ時　新しい蝋燭の火が
宮中から次々に伝えられ
軽やかな青い煙を放ちながら
側近の屋敷へと入っていく

寒食は冬至から数えて百五日後の寒食節のこと。
城は長安をさす。
無～不～は二重否定

韓翃《かんこう》（生没年不詳）は唐代の詩人です。字《あざな》は君平《くんぺい》。南陽《なんよう》（河南《かなん》省鄧《とう》県）の人です。天宝《てんぽう》十三（七五四）年の進士。〈大暦《たいれき》の十才子《じっさいし》〉の一人です。

徳宗《とくそう》のとき、知制誥《ちせいこう》（詔勅《しょうちょく》の草案をつくる役職）に欠員が生じた折、徳宗は「韓翃に与う」とおおせになられましたが、同姓同名の二人の韓翃がいたので、どちらの韓翃かと問うと、徳宗は「『春城処として飛花ならざるは無し』の韓翃だ」と答えたというエピソードが伝えられています。

韓翃の詩は巧みで豊かな趣があり、あたかも芙蓉が水面から出て咲いたようで、一篇一詩が人々に盛んに称賛されたということです。

詩題は寒食節のことです。二十四節気の一つである清明節《せいめいせつ》の二日前にあたります。寒食節は熱食節ともいい、冬至から数えて百五日後にあたる日で、前後三日間（清明節の前日を小寒食という）は火をたくことが禁止され、つくり置きの冷たいもの（大麦の粥《かゆ》など）を食べる習わしになっていました（二二三頁コラム参照）。

大唐の都・長安の春景色を「春城処として飛花ならざるは無し」と詠いだしています。白居易（二三四頁参照）が「春風《しゅんぷう》先《ま》ず発《ひら》く苑中《えんちゅう》の梅　桜杏桃梨《おうきょうとうり》次第に開く」（「春風」詩）と詠じたように、桃をはじめ、杏や李、それに梨の花びらなどが春風に吹かれて舞い上がる美しい季節を詠っているのです。前半にある「飛花」や「御柳斜」の詩語は春風に乗って動いています。

後半は、寒食節も終わり、清明節になって宮中から新しい火が臣下に下賜されたことが詠まれています。唐代では清明節になると新しい火を天子から賜り、その火を翌年の寒食節の前々日まで使っていました。

の語法。
御柳は宮中の柳。
漢宮は唐の宮殿をさす。
伝は使者によって新しい蠟燭の火が伝達されること。
散は放つ。
五侯家はお気に入りの側近。漢代に五人が侯に封ぜられた故事をさす。

秋風と先を争うという着想の楽しさ

張説《ちょうえつ》

五言絶句・下平声八庚の韻

蜀道後期

蜀道《しょくどう》にて期《き》に後《おく》る

客心争日月
来往預期程◎
秋風不相待
先至洛陽城◎

客心《かくしん》日月《じつげつ》と争《あらそ》う
来往《らいおう》預《あらかじ》め程《てい》を期《き》す
秋風《しゅうふう》相待《あいま》たず
先《ま》ず至《いた》る洛陽城《らくようじょう》

月日の流れと先を競うかのように
旅人の心がせきたてられるのは
往復の日取りを
あらかじめ決めておいたから
だが秋風は
旅人の私を待ってはくれず
私よりひと足先に
洛陽に着いていた

張説《ちょうえつ》（六六七～七三〇）は初唐の詩人です。字《あざな》は道済《どうせい》とも、説之《えつし》ともいわれています。諡《おくりな》は文憲《ぶんけん》。洛陽（河南《かなん》省）の人です。身分の低い家の出ですが、武則天《ぶそくてん》の人材登用策により、二十三歳で科挙に及第しました。中書令《ちゅうしょれい》、尚書左丞相《しょうしょさじょうしょう》などを歴任しましたが、岳州《がくしゅう》（湖南省）刺史《しし》、幽州《ゆうしゅう》（北京）都督《ととく》などの地方官にも就いています。

蜀道は長安から蜀に通じる道で、「桟道《さんどう》は千里　蜀漢《しょくかん》に通ず」（『史記』）という蜀の桟道をいう。

張説は岳州に左遷以後、「江山の助けを得て」叙情詩に結実させ、初唐から盛唐への過渡的な詩をつくりました。また、張説は文もすぐれていました。

作者は、秋風が吹くまでには洛陽に戻ると約束したにもかかわらず、予定どおり戻れなかったと詠っています。

この詩の面白さは起句の「客心」と「日月」の争いにあります。この競争は日月に軍配が上がり、秋風がすばやく洛陽の町に着きました。秋風は西からの季節風です。蜀《しょく》も洛陽の西にあります。西（蜀）から東（洛陽）に着くのは旅人であろうか、それとも秋風だろうかという面白さをねらった詩なのです。

なお、起句は「客心日月を争う」とも読むことができます。その場合には、「旅人が少しの時間も無駄にしないで道を急ぐ」という意味になります。

張説は二度ばかり蜀に出向いています。詳細な時期はわかりませんが、この詩は作者が四十歳前につくったとするのが有力です。

また、この詩は蘇頲《そてい》の「汾上《ふんじょう》にて秋に驚く」詩（一六八頁参照）とともに、秋を詠った五言絶句の双璧であるといわれています。

後期は予定の期日に遅れること。
客心は旅人の心。
争日月は一日でも早く帰りたいという意味。
来往は往復。
期程は旅程を決めること。
不相待は秋風が旅人（作者）を待ってはくれないこと。

時間の推移を花の影でみごとに描きだす名作

王安石《おうあんせき》

七言絶句・上平声十四寒の韻

夜直　夜直《やちょく》

金炉香尽漏声残◎
翦翦軽風陣陣寒◎
春色悩人眠不得
月移花影上欄干◎

金炉《きんろ》香《こう》尽《つ》きて漏声《ろうせい》残《ざん》す
翦翦《せんせん》の軽風《けいふう》陣陣《じんじん》の寒《さむ》さ
春色《しゅんしょく》人《ひと》を悩《なや》まして眠《ねむ》り得《え》ず
月《つき》は花影《かえい》を移《うつ》して欄干《らんかん》に上《のぼ》る

学士院の香の煙も尽き　しだいに
時を告げる水時計の音も薄れてきた
そよ吹くかすかな風に
肌寒さを覚える
春の景色は　人を物思いにふけらせ
なかなか眠りにつかせない
いつしか時が過ぎ　月がつくりだす
花の影は欄干まで上ってきた

王安石《おうあんせき》（一〇二一〜一〇八六）は北宋の詩人です。撫州臨川《ぶしゅうりんせん》（江西省《こうせい》）の人です。諡《おくりな》は文《ぶん》。字《あざな》は介甫《かいほ》といいました。南京の中山門《ちゅうざんもん》へ七里、鍾山《しょうざん》へも七里のところに居を構えたので半山《はんざん》と号しました。

慶暦《けいれき》二（一〇四二）年、二十二歳の若さで科挙に合格し、淮南判官《わいなんはんがん》として揚州《ようしゅう》に赴任し

夜直は宮中に宿直すること。宋代では翰《かん》林学士《りんがくし》は毎晩一人ずつ学士院に宿直するのがきまりであっ

ました。

その後、開封《かいほう》、常州《じょうしゅう》などで地方官として十余年過ごし、四十七歳の時に翰林学士《かんりんがくし》になりました。参知政事《さんちせいじ》、尚書左僕射《しょうしょさぼくや》兼門下侍郎《もんかじろう》などを歴任、のち司空《しくう》に就きました。四十八歳の時に「青苗法」「均輸法」などの新法を主唱しました。しかし、改革が急激にすぎたため、司馬光《しばこう》を中心とした保守派の反対にあい失敗してしまいました。五十九歳の時、鍾山に隠棲し、元祐《げんゆう》元（一〇八六）年四月に亡くなり、荊国公《けいこくこう》に封ぜられました。

文章は〈唐宋八大家〉の一人に数えられており、詩は絶句を得意にしていました。

この詩は、王安石が翰林学士になった四十七歳ごろの作品だろうと思われます。宮中に宿直をしていた時に体験したことを絶句に仕立て上げたものです。

前半の二句は春の夜、宮中に宿直をしている時の写生です。

後半の二句は美しい詠じ方です。ことに、「月は花影を移して欄干に上らしむ」と詠う

参考

北宋の詩人、蘇軾《そしょく》（一八頁参照）に春の夜を詠じた有名な絶句があります。ことに、「春宵一刻直千金」の起句は人口に膾炙しています。

春夜　春夜《しゅんや》

七言絶句・下平声十二侵の韻

春宵一刻直千金◎　春宵《しゅんしょう》一刻《いっこく》直《あたい》千金《せんきん》
花有清香月有陰◎　花《はな》に清香《せいこう》有《あ》り月《つき》に陰《かげ》有《あ》り
歌管楼台声細細　歌管《かかん》楼台《ろうだい》声《こえ》細細《さいさい》
鞦韆院落夜沈沈◎　鞦韆《しゅうせん》院落《いんらく》夜《よる》沈沈《ちんちん》

た。
金炉は美しい香炉。
漏声は水時計の音。
残は時刻を知らせる太鼓の音がしだいに消えていくこと。
翦翦は寒さを帯びた風がかすかに吹くこと。
陣陣はきれぎれに続くさま。
春色は春景色。
眠不得はどうしても寝つけない。

結句は印象的です。時間も経って、傾いていた月が西に沈むころ、その月明かりに照らされた花の影が欄干にまで上がってきたというのです。

時間の推移を欄干に上る花影でみごとに詠じています。

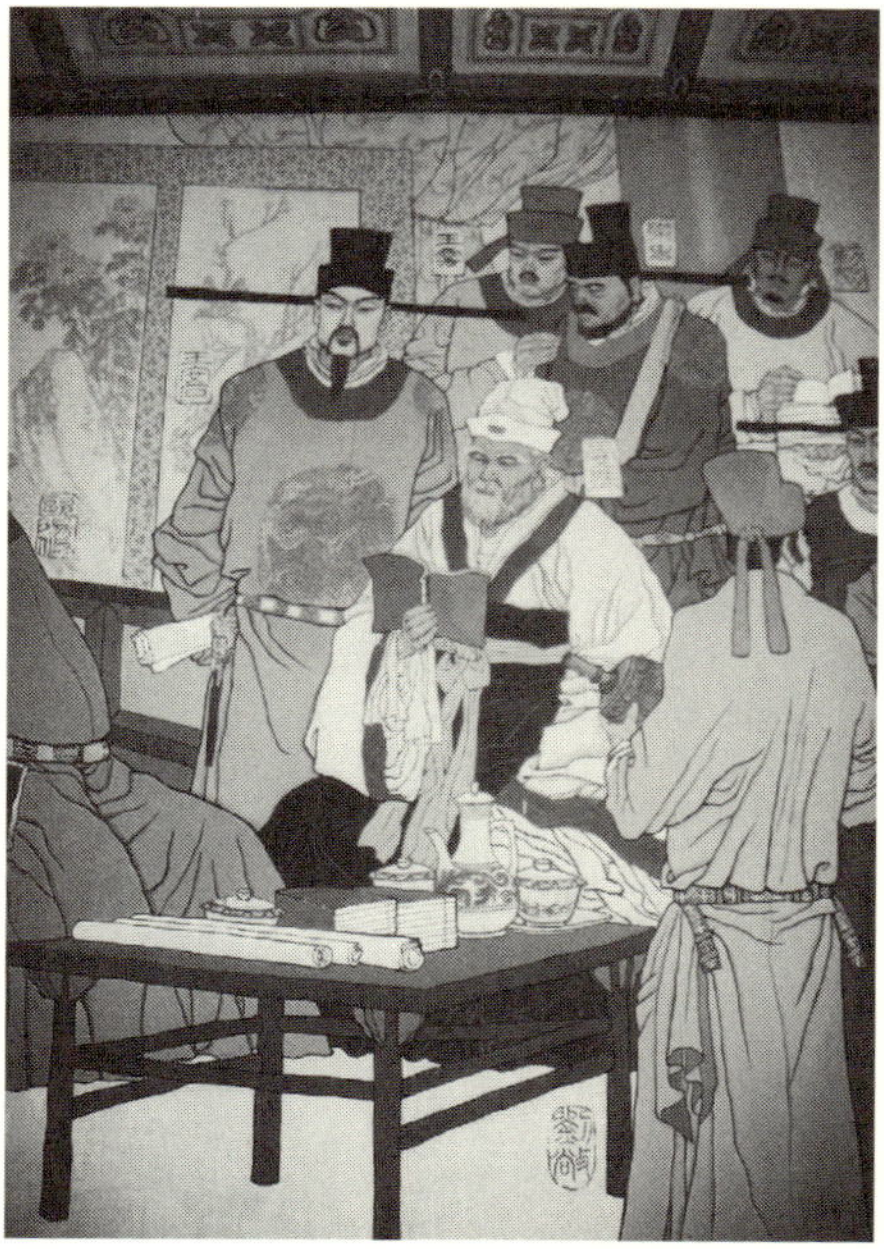

滕王閣の壁画中の王安石（後列中央）

はじめて見た西域の風景を新鮮な感覚で詠う　岑参《しんじん》

七言絶句・下平声一先の韻

磧中作　磧中《せきちゅう》の作《さく》

走馬西来欲到天◎
辞家見月両回円◎
今夜不知何処宿
平沙万里絶人煙◎

馬《うま》を走《はし》らせて西来天《せいらいてん》に到《いた》らんと欲《ほっ》す
家《いえ》を辞《じ》してより月《つき》の両回《りょうかい》円《まどか》なるを見《み》る
今夜《こんや》は知《し》らず何《いず》れの処《ところ》にか宿《しゅく》せん
平沙《へいさ》万里《ばんり》人煙《じんえん》絶《た》ゆ

馬を西へと走らせ
天にいたるほど旅してきた
家を出てから
ちょうど二度目の満月を迎えている
今夜はどこで
宿をとることになるのだろう
平らかな砂漠が万里も続くばかりで
人家の煙はまるで見えない

岑参《しんじん》（七一五～七七〇）は盛唐の詩人です。字《あざな》は不詳。荊州江陵《けいしゅうこうりょう》（湖北省）の人です。曾祖父の岑文本《しんぶんぽん》、従祖父の岑長倩《しんちょうせん》、伯父の岑羲《しんぎ》が宰相となった名門の出です。十四、五歳の時、晋州刺史《しんしゅうしし》であった父の岑植《しんしょく》と死別し、苦学しながら、天宝《てんぽう》三（七四四）年に進士に二番目の成績（榜眼《ぼうがん》という）で及第しました。天宝八（七四九）年、安西節度使《あんせいせつどし》の高仙芝《こうせんし》の掌《しょう》

磧は、本来は石の敷き重なっている河原の意味であるが、ここでは砂漠をいう。
西来は都・長安から

西に旅立ったこと。
沙も砂漠のこと。

書記《しょき》となり、安西都護府（新疆《しんきょう》ウイグル自治区庫車《クチャ》）に赴任しました。天宝十三（七五四）年、北庭都護《ほくていとご》・封常清《ほうじょうせい》の節度判官《せつどはんがん》として再び西域に赴きました。安禄山《あんろくざん》の乱（七五五）で長安に帰り、右補闕《うほけつ》や庫部郎中《こぶろうちゅう》などを歴任したあと、嘉州《かしゅう》（四川省）刺史として赴任しました。任期を終えて、長安に帰ろうとしましたが、成都《せいと》の旅館で病没しました。

岑参は、高適《こうせき》（一三五頁参照）とともに辺塞《へんさい》詩に独自の詩風を確立した詩人として知られています。

この「磧中の作」詩は、岑参が実際に体験したことを詠ったもので、岑参の代表作の一つです。

石の多い河原のようなゴビ灘《タン》。そんな荒涼とした砂漠が天にまで届いてしまうほどどこまでも続いています。見渡しても人影もなく、人家から立ち上る夕餉の煙も見えない砂漠で岑参は二度目の満月を見たのですが、はじめて体験する西域の風景は作者の目には新鮮に映ったようです。

この詩のつくられた時期については二つの説があります。岑参は天宝八（七四九）年と天宝十三（七五四）年の二度にわたって西域に赴任しています。ですから、この詩がいずれかの時期につくられたのは確かなことです。

旧説では後者ですが、荒涼と広がる砂漠の大きさや人煙も見えないという寂しさと孤独の中で二度目の満月を迎える作者の驚き、そのどれをとっても初々しい感覚にあふれています。ここから推察すると天宝八年、安西都護府にはじめて赴任した時の作と見るべきでしょう。当時は、安西都護府までちょうど二カ月ほどの日数がかかりました。

岑参の辺塞詩には感情を表わす詩語が少ないようです。この「磧中の作」詩も例外ではありません。しかし、風景を描写しながら、言外にその感情が詠われています。それが深い余韻を漂わせています。ことに、「平砂万里人煙絶ゆ」からは寂しさを十分に感じとることができます。

押韻　漢詩の基礎知識④

漢字の音のはじめの子音のことを「声母」といい、そのあとの音を「韻母」といいます。

漢詩では、四声と韻母が共通する文字を句の末に置きます。これを押韻《おういん》といいます。

四声と韻母の種類を整理したのが、韻目表《いんもくひょう》です。

本書では、漢詩の和訳の横に「下平声七陽の韻」などと書かれています。これは、下平声の七番目、陽という字と同じ音と声調で韻を踏んでいることを示しています。

●韻目表

仄			平		平仄
			平声（30韻）		
入声（17韻）	去声（30韻）	上声（29韻）	下声（15韻）	上声（15韻）	四声
◢	◥	◤	◺		圏点
陌[11] 屋[1]	箇[21] 隊[11] 送[1]	馬[21] 軫[11] 董[1]	尤[11] 先[1]	真[11] 東[1]	一〇六韻（平水韻）
錫[12] 沃[2]	禡[22] 震[12] 宋[2]	養[22] 吻[12] 腫[2]	侵[12] 蕭[2]	文[12] 冬[2]	
職[13] 覚[3]	漾[23] 問[13] 絳[3]	梗[23] 阮[13] 講[3]	覃[13] 肴[3]	元[13] 江[3]	
緝[14] 質[4]	敬[24] 願[14] 寘[4]	迥[24] 旱[14] 紙[4]	塩[14] 豪[4]	寒[14] 支[4]	
合[15] 物[5]	径[25] 翰[15] 未[5]	有[25] 潸[15] 尾[5]	咸[15] 歌[5]	刪[15] 微[5]	
葉[16] 月[6]	宥[26] 諫[16] 御[6]	寝[26] 銑[16] 語[6]	麻[6]	魚[6]	
治[17] 曷[7]	沁[27] 霰[17] 遇[7]	感[27] 篠[17] 麌[7]	陽[7]	虞[7]	
黠[8]	勘[28] 嘯[18] 霽[8]	琰[28] 巧[18] 薺[8]	庚[8]	斉[8]	
屑[9]	豔[29] 効[19] 泰[9]	豏[29] 皓[19] 蟹[9]	青[9]	佳[9]	
薬[10]	陥[30] 号[20] 卦[10]	哿[20] 賄[10]	蒸[10]	灰[10]	

「荒寂の余感を抱く」美しい絶句

耿湋《こうい》

五言絶句・上声六語の韻

秋日

返照入閭巷
憂来誰共語●
古道少人行
秋風動禾黍●

秋日《しゅうじつ》

返照《へんしょう》閭巷《りょこう》に入《い》り
憂《うれ》い来《き》たりて誰《たれ》と共《とも》にか語《かた》らん
古道《こどう》人《ひと》の行《ゆ》くこと少《まれ》に
秋風《しゅうふう》禾黍《かしょ》を動《うご》かす

秋の夕日が村里に差し込む
それを眺めているうちに
湧き上がった憂いを
誰と語ろうか
古びた道で
行き会う人は　ほとんどなく
ただ秋風だけが
稲や黍《きび》をそよがせている

返照は夕日の光。
閭巷は村里。
憂来は憂いが込み上げてくること。来は助字で意味がなく、

耿湋《こうい》（七三四?〜七八七以後?）は中唐の詩人です。字《あざな》は洪源《こうげん》。河東《かとう》（山西省永済県《えいさいけん》）の人です。宝応《ほうおう》二（七六三）年の進士で、大理司法《だいりしほう》になり、左拾遺《さしゅうい》（一説では右拾遺《うしゅうい》）で終わりました。

耿湋は銭起《せんき》（一二八頁参照）、盧綸《ろりん》（一二二頁参照）、司空曙《しくうしょ》（一三八頁参照）らと交遊し、

都・長安の貴族や高官のもとに盛んに出入りして詩をつくったり、互いに詩を贈答し合うという華やかな生活を送っていました。こうした詩人たちのことを〈大暦《たいれき》の十才子《じっさいし》〉と呼んでいます。〈大暦の十才子〉は軽快で美しい五言律詩を多くつくっています。

ひっそりとした小さな村里に秋の夕日が冷たく差し込んでいるという寂しい情景で詠いだしています。古びた道でたたずんでいるのは作者です。寂しい夕陽に照らされている村里を眺めていると、憂いが込み上げてきたのです。

後半は、「古道」「禾黍」という詩語をとおして荒廃したさまが詠まれています。古道はかつて、人通りの多い道だったのかもしれませんが、作者が詠った時には、行き交う人もほとんどない道になっていました。結句の「禾黍」は『史記』の「宋微子《そうのびし》世家《せいか》」（巻三十八）に基づいています。殷《いん》の箕子《きし》が荒廃した国都を通った時に嘆いて詠った「麦秀《むぎひい》でて漸《ぜん》漸《ぜん》たり　禾黍油油《かしょゆうゆう》たり」を踏まえています。耿湋の活躍した時代もチベットなどの侵攻があり、世の中は混乱していました。

宋の范晞文《はんきぶん》は『対床夜語《たいしょうやご》』のなかで、「荒寂《こうせき》の余感《よかん》を抱く（荒れはてた寂しさが余韻となって人の胸を打つ）」とこの詩を評しています。

動詞のあとについて動作が起きることを表わす。

少はほとんどないという意味。「無」となっているテキストもある。

禾黍はイネとキビ。

参考

この詩にヒントを得た松尾芭蕉の句を二句、紹介しましょう。

この道や行く人なしに秋の暮

あかあかと日はつれなくも秋の風

激しいまでの愛国の情を地名に託して

文天祥《ぶんてんしょう》

七言律詩・下平声九青の韻

過零丁洋

零丁洋《れいていよう》を過《す》ぐ

辛苦遭逢起一経◎
干戈落落四周星◎
山河破砕風抛絮
身世飄揺雨打萍◎
皇恐灘頭説皇恐
零丁洋裏歎零丁◎
人生自古誰無死

辛苦《しんく》の遭逢一経《そうほういっけい》より起《お》こる
干戈落落《かんからくらく》たり四周星《ししゅうせい》
山河《さんが》破《は》砕《さい》して風絮《かぜじょ》を抛《なげう》ち
身世飄揺《しんせいひょうよう》して雨萍《あめへい》を打《う》つ
皇恐灘頭皇恐《こうきょうたんとうこうきょう》を説《と》き
零丁洋裏《れいていようり》零丁《れいてい》を歎《たん》ず
人生古《じんせいいにしえ》より誰《たれ》か死《し》無《な》からん

国難に遭い苦労をするという運命は
経書を学び官吏になって始まった
盾と矛を手に戦場を駆けめぐるうち
四年が過ぎた
祖国の山河は荒れ果て　まるで
風に吹き飛ばされる柳絮《りゅうじょ》のようだ
わが身一代がさすらうさまは
雨に打たれて漂う浮き草のようだ
かつては　皇恐灘のほとりで
国家の危急存亡を説き
いま　零丁洋の海上で
落ちぶれた身を嘆く
いにしえの昔から
死を免れた人間がいただろうか

留取丹心照汗青◎

丹心《たんしん》を留取《りゅうしゅ》して汗青《かんせい》を照《て》らさん

この真心だけは後世に伝え
長く史書に残したいものだ

文天祥《ぶんてんしょう》（一二三六〜一二八二）は南宋の宰相です。江西吉水《こうせいきっすい》（江西省）の人です。字《あざな》は宋《そう》瑞《ずい》、または履善《りぜん》といいました。号は文山《ぶんざん》です。諡《おくりな》は忠烈《ちゅうれつ》といいます。二十歳の時、首席（状《じょう》元《げん》という）で進士に及第したので、宰相になった時は「状元宰相」と呼ばれました。寧海《ねいかい》節度《せつど》判官《はんがん》、軍器《ぐんき》監《かん》、贛州《かんしゅう》知事、右丞相《うじょうしょう》などを歴任しました。

贛州知事になった翌年の一二七五年に元が侵入し、元軍と激しく戦いました。都・臨安《りんあん》（いまの杭州《こうしゅう》）が危うくなり、元軍に使いして和を請いましたが、元の丞相・伯顔《バヤン》と口論となり、捕らえられ鎮江《ちんこう》に護送されました。脱出に成功し、元軍に徹底的に抵抗しましたが、海戦で敗れて、再び元軍の張弘範《ちょうこうはん》（のち、将軍になった）につかまり、燕都《えんと》（いまの北京）に護送されました。

燕都の半地下牢に三年間幽閉され、元の世祖《せいそ》（フビライ）に執拗に帰順を迫られましたが、頑として拒み通したために、殺されました。四十六歳の時でした。その獄中の作である五言六十句の「正気《せいき》の歌」はあまりにも有名です。

この詩は作者四十三歳の作品です。元軍に捕らえられて、零丁洋を通過した時に自分の胸中を詠んだものです。

零丁洋は広東省を流れる珠江《しゅこう》の河口付近の海。

辛苦遭逢は国難に遭遇したこと。国難とは、ここでは元軍の侵入をさす。

干戈は盾と矛。

四周星は四年間ということ。

身世はわが身一代。

飄揺はさすらう。

萍は浮き草。

皇恐灘は江西省を流れる贛江《かんこう》の十八灘の一つで、江西省万安《まんあん》県にある。皇恐は「惶恐」とも書き、恐れるという意味。

首聯は、元軍が都・臨安に迫った時から南宋の滅亡までの四年間を詠っています。勤王軍募集の詔に応じた文天祥が大勢の兵を集めて馳せ参じたのは、徳祐《とくゆう》元（一二七五）年のことであり、海戦に敗れ、捕らえられたのが祥興《しょうこう》元（一二七八）年のことでした。

頷聯は、荒廃した国土と零落した境遇が詠まれています。

頸聯は、「皇恐灘」と「零丁洋」という二つの固有名詞を巧みに用いながら、自分の心情を詠い込んでいます。すばらしい技巧です。

尾聯は、文天祥の祖国愛が詠われています。敵将から、味方の将軍である張世傑《ちょうせいけつ》に投降を勧める文を書くように迫られましたが、文天祥は拒否しました。ところが再度、強要されたので、零丁洋を通過したのにちなんで、この詩をつくり、自分の心境を詠ったのです。愛国詩人にふさわしい詠いぶりです。杜甫（一九四頁参照）の詠いぶりによく似ています。

文氏宗祠にある文天祥の画

吉水（江西省）にある文氏宗祠

零丁は落ちぶれる意。

留取は後世に留めて伝えること。取は助字で、意味はない。

丹心は真心。

汗青は竹に書かれた史書のこと。竹を火であぶって、汗を取り、書きやすくするのと同時に虫害を防いだ。

「悟りに説明は不要」と言いきった名詩

陶淵明《とうえんめい》

五言古詩・通韻

飲酒

結廬在人境
而無車馬喧○
問君何能爾
心遠地自偏△
采菊東籬下
悠然見南山◎
山気日夕佳

飲酒《いんしゅ》

廬《いおり》を結《むす》んで人境《じんきょう》に在《あ》り
而《しか》も車馬《しゃば》の喧《かまびす》しき無《な》し
君《きみ》に問《と》う何《なん》ぞ能《よ》く爾《しか》るやと
心 遠《こころとお》ければ地《ち》 自《おのずか》ら偏《へん》なり
菊《きく》を采《と》る東籬《とうり》の下《もと》
悠然《ゆうぜん》として南山《なんざん》を見《み》る
山気《さんき》日夕《にっせき》に佳《よ》く

村里に粗末な家を構えているが
馬や車が
往来してもうるさいと思わない
君に問うてみたい
なぜ　そんなことができるのかと
心が村里から遠く離れた地にあれば
自然に辺鄙《へんぴ》になるものだ
菊の花を　東の垣根あたりで摘み
ゆったりとした気分で南山を眺める
山には夕暮れの霞がたなびき

飛鳥相与還◎
此中有真意
欲弁已忘言○

飛鳥《ひちょう》相与《あいとも》に還《かえ》る
此《こ》の中《うち》に真意《しんい》有《あ》り
弁《べん》ぜんと欲《ほっ》すれば已《すで》に言《げん》を忘《わす》る

飛ぶ鳥はつれだってねぐらに帰る
この平穏な風景と杯の中にこそ
人生の真意があるのだ
真意とは何かといおうとしたが
途端に言葉を忘れてしまった

陶淵明《とうえんめい》（三六五～四二七）は東晋の詩人です。字《あざな》は元亮《げんりょう》（一説に名は潜《せん》で、字が淵明）。潯陽《じんよう》柴桑《さいそう》（江西《こうせい》省 九江《きゅうこう》県）の人です。曾祖父の陶侃《とうかん》は晋の名将であり、祖父も、父も太守をしていました。母方の祖父・孟嘉《もうか》は風流人として知られた人です。二十九歳で江州祭酒《さいしゅ》になりましたが、まもなく辞めました。しかし、以後十三年間、断続的に役人生活を送りました。四十一歳の時、彭沢《ほうたく》の県令になりましたが、八十日あまりで官を捨てて郷里に帰りました。その時の心境を述べたものが、「帰去来《ききょらい》の辞《じ》」です。その後、田園に自適の生活を送り、〈古今隠逸《ここんいんいつ》詩人の宗《そう》〉と称されました。潯陽柴桑で没しました。

詩は『文選《もんぜん》』に収められていますが、唐代以降、高い評価を得、王維《おうい》（四四頁参照）をはじめ、孟浩然《もうこうねん》（九三参照）、韋応物《いおうぶつ》（二五八頁参照）、柳宗元《りゅうそうげん》（二〇八頁参照）、白居易（二三四頁参照）、王安石《おうあんせき》（一二〇頁参照）、蘇軾《そしょく》（一八頁参照）、朱熹《しゅき》（一八三頁参照）という唐宋を

飲酒は酒を飲んだあとにつくった折々の詩という意味。
廬は粗末な家。
人境は人里。
而は逆説の接続詞で、それなのにという意味。
喧は騒々しいこと。
問君は自問自答。
何能は疑問で、どうして～できるかという意味。
南山は廬山《ろざん》。

代表する詩人たちに大きな影響を与えました。

この詩は彭沢の県令を辞し、故里に帰り、隠者の生活をしている時の作品です。二十首の連作の五首目にあたり、陶淵明の代表的な作品として古来親しまれてきました。また、夏目漱石の『草枕』にも引用されているので、日本人にも膾炙《かいしゃ》しています。

この詩は三解（段）に分けることができます。

一解は最初の四句で、隠者の暮らしぶりが詠われています。

五句目から八句目までが二解にあたります。ここでは隠者の暮らしぶりが具体的に示さ

陶淵明祠（江西省九江県）にある陶淵明の立像

廬山の一峰、面陽山（江西省）にある陶淵明墓

山気は山の霞。
日夕はその日の夕方という意味。
此中は五句～八句までの世界と、杯の中の酒をさす。

れています。晩秋の夕暮れ時に、東の垣根あたりで菊を摘み、霞たなびく南山をゆったり眺めていると、烏や雀などがねぐらに帰っていくという、のどかな田園風景が描かれています。

最後の二句が三解です。九句目の「此中」はのどかな情景とともに、杯の中と見るべきです。平穏な風景のなか、杯の中にこそ真意がある。つまり、俗世間では地位や名誉、それに金を大切にするのですが、隠者は自然の法則に従い、無我の境地に入る生活が大切であると詠っています。陶淵明は真意を悟っていました。ですから、説明は不要、真意を知りたければ、同じ生活をしてみよと言いきっているのです。

男性的な詩風の中の温かさが魅力

高適《こうせき》

七言絶句・上平声十二文の韻

別董大

董大《とうだい》に別《わか》る

千里黄雲白日曛◎
北風吹雁雪紛紛◎
莫愁前路無知己
天下誰人不識君◎

千里《せんり》の黄雲白日曛《こううんはくじつくら》し
北風《ほくふう》雁《かり》を吹《ふ》いて雪紛紛《ゆきふんぷん》
愁《うれ》うる莫《な》かれ前路《ぜんろ》知己《ちき》無《な》きを
天下《てんか》誰人《たれびと》か君《きみ》を識《し》らざらん

千里の彼方まで黄塵《こうじん》が立ち込め
太陽の光も薄暗い
冷たい北風が雁に吹きつけ
雪が千々に乱れて降りしきる
これからたどる旅路には
親しい友がいないと嘆かないでほしい
天下には
君の名を知らぬ者はいないのだから

董大は琴《きん》の名手であった董庭蘭《とうていらん》ではないかと見られている。大は排行で第一という意味。

高適《こうせき》（?～七六五）は盛唐の詩人です。字《あざな》は達夫《たつふ》、または仲武《ちゅうぶ》。滄州渤海《そうしゅうぼっかい》（河北《かほく》省）の人です。若いころは任侠を好み、博徒に交わり、気ままに過ごしていました。天宝《てんぽう》三（七四四）年、李白（二一一頁参照）や杜甫（一九四頁参照）とともに梁《りょう》、宋（河南《かなん》省）を放浪し、酒と詩作にふけっています。天宝八（七四九）年に有道科《ゆうどうか》（科挙の一つ）に及第、封《ほう》丘《きゅう》（河南省）の尉《い》を授けられましたが、まもなく、官を捨て、淇水《きすい》（河南省）のほとりに遊び、天宝十二（七五三）年に河西節度使《せつどし》の哥舒翰《かじょかん》に認められて、掌書記《しょうしょき》として武威《ぶい》（甘《かん》粛《しゅく》省）に赴きました。安禄山《あんろくざん》の乱（七七五）の時、玄宗《げんそう》皇帝に見出され、侍御史《じぎょし》になり、成都に難を避けた玄宗皇帝に随行して諫議《かんぎ》大夫《たいふ》に出世しました。のち、彭州《ほうしゅう》（四川省）刺《し》史《し》、蜀州（四川省）成都の尹《いん》、西川《せいせん》節度使などを歴任し、広徳《こうとく》二（七六四）年に都・長安に戻り、刑部《けいぶ》侍郎《じろう》となり、さらに散騎常侍《さんきじょうじ》となり、銀青光禄大夫《ぎんせいこうろくたいふ》の称号が加えられて、渤海《ぼっかい》県侯に封ぜられました。死後、礼部尚書《れいぶしょうしょ》を追贈されました。

「五十にして始めて詩を作ることを学ん」（『唐才子伝』）だという高適は、「有唐已来《いらい》、詩人の達する者、唯《た》だ適《せき》のみ」（『旧唐書《くとうじょ》』本伝）とその栄達を褒めたたえられています。高適の詩風は、男性的でたくましく、体験をとおした辺塞詩にすぐれたものが多く、岑参《しんじん》（一二三頁参照）とともに〈高岑《こうしん》〉と並び称されています。

　起句は異様な感じのする書きだしです。千里四方の空は冷たい北風に吹き上げられた黄《こう》塵《じん》に被われており、その黄塵が太陽の光を遮り、日中だというのに薄暗いというのです。承句は冷たい北風が吹き、雪が降りしきる中を雁が南をめざして渡っていくと詠っています。この雁は旅立つ友、董庭蘭《とうていらん》をさしています。

　前半の二句は辺塞の実景であるとともに心象風景でもあります。それは都を追われる琴《きん》の名手・董庭蘭の行く手を暗示しているかのようです。雁の渡る季節は秋であり、秋に吹くのは西風です。それなのに北風と詠じているのは、それだけ都落ちする董庭蘭の姿が痛

千里を十里としているテキストもあるが、千里と大きくとらえたほうが辺塞詩らしい。

黄雲は黄昏時の雲という説もあるが、北風に吹き上げられた黄塵《こうじん》と見るほうがふさわしい。

白日は太陽。

曛は光が暗い様子。

知己は自分を理解してくれる友人のこと。

ましかったからでしょう。

後半は流浪の旅に出る友人の董庭蘭を慰め、励ましています。どこに行っても琴の名手である君を温かくもてなしてくれるはずだよと慰めて結んでいます。

科　挙

隋の文帝時代から清末まで行われた高級官僚の登用試験制度のことを科挙といいます。科挙とは、科目別に人材を挙げて用いるという意味です。

時代によって違いますが、たとえば、唐代には、「秀才」「明経」「進士」「明法」「明字」「明算」の六科目がありました。

童試、郷試など、科挙に合格するまでには数々の関門があり、最盛期には合格者は3000人に１人だったそうです（宮崎市定『科挙』中公新書）。ほんとうに狭き門ですが、合格すれば栄進が約束されているため、受験者は必死でした。

なお、科挙に主席で合格した人は「状元」、2位は「榜眼」、3位は「探花」と呼ばれました。

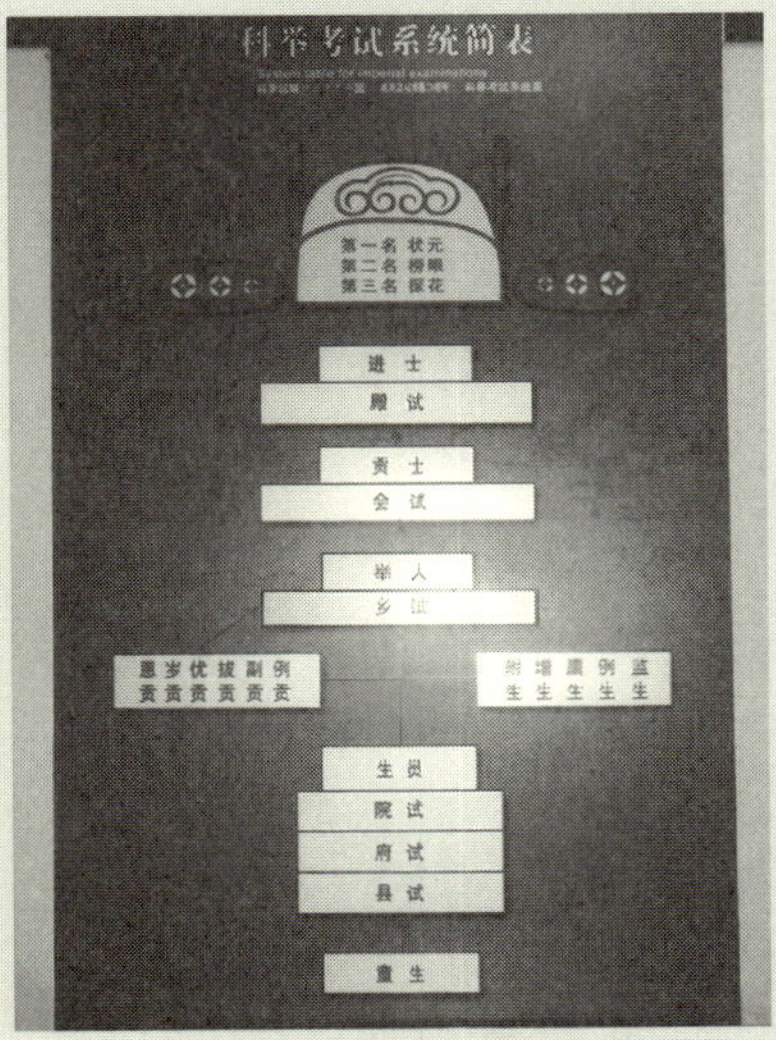

時代によって制度は異なるが、「県試」「府試」「院試」を受けて「生員」となり、「郷試」に通れば「挙人」となる。「会試」「殿試」に受かれば「進士」となる。

素朴な歌の中の艶めかしさ

杜秋娘《としゅうじょう》

金縷衣　金縷《きんる》の衣《い》

七言絶句・通韻

勧君莫惜金縷衣○
勧君惜取少年時◎
花開堪折直須折
莫待無花空折枝◎

君《きみ》に勧《すす》む惜《お》しむ莫《な》かれ金縷《きんる》の衣《い》
君《きみ》に勧《すす》む惜《お》しみ取《と》れ少年《しょうねん》の時《とき》
花開《はなひら》きて折《お》るに堪《た》えなば直《ただ》ちに
須《すべか》らく折《お》るべし
花無《はなな》きを待《ま》ちて空《むな》しく枝《えだ》を折《お》る
莫《な》かれ

君に勧めよう
美しい錦の衣を惜しむなと
君に勧めよう
若い時代こそを惜しむべきだと
花が咲き手折るべき時期になったら
すぐに手折るべきだ
花が散ってしまってから　むなしく
手折るようなことはすべきでない

金縷衣は黄金の糸で織った衣服。
少年時は若いころ。

杜秋娘《としゅうじょう》（生没年不詳。一説に七九〇？～八三〇？）は中唐の詩人です。名は秋《しゅう》。娘《じょう》は女性につける称呼です。金陵《きんりょう》（江蘇《こうそ》省南京）の人です。十五歳で鎮海節度使《ちんかいせつどし》の李錡《りき》に身受けされて妾《しょう》になりましたが、李錡が腰斬《ようざん》の刑に処せられたあと、宮中に入って女官になり、憲宗《けんそう》の寵愛を受けました。穆宗《ぼくそう》が即位すると、皇子・湊《そう》の守り役になりました。湊は成人して漳王《しょうおう》に封ぜられましたが、皇位を奪いとろうとしていると讒言《ざんげん》され、罪に陥れられました。杜秋も連座して、故郷の金陵に帰りました。

この絶句は、杜秋娘が李錡に酒を勧めながら詠ったものだと伝えられていますが、李錡の作品だともいわれています。また、無名氏だという説もあります。詩題が「雑詩」とか、「少年に勧む」になっているテキストもあります。

前半は対句で構成され、若い盛りの時にこそ愛してほしい詠じています。後半は人生を花にたとえて詠っています。「花が咲いたら、ためらわずに手折ってくださいな。盛りを過ぎてからではだめですよ。若い私を愛してくださいな」と詠んでいるのです。

また、「君に勧む惜しむ莫かれ～」「君に勧む惜しみ取れ～」「折るに堪えなば直ちに折るべし」「～空しく枝を折る莫かれ」というように、表現に反復があるので、この作品は歌われていたものではないかと思います。

六朝《りくちょう》の「子夜歌《しやか》」などの民謡風で素朴な詠いぶりを継承しながら、艶めかしさを出している作品です。

数字を巧みに用いて母への思いを詠う

耶律楚材《やりつそざい》

七言律詩・上平声六魚の韻

思親

親《おや》を思《おも》う

昔年不肯臥茅廬◎
贏得飄蕭両鬢疏◎
酔裡莫知身似蝶
夢中不覚我為魚◎
故園屈指八千里
老母行年六十余◎
何日挂冠辞富貴

昔年《せきねんがえん》ぜず茅廬《ぼうろ》に臥《が》するを
贏《あま》し得《え》たり飄蕭両鬢疏《ひょうしょうりょうびんそ》なるを
酔裡《すいり》知《し》る莫《な》し身《み》蝶《ちょう》に似《に》たるを
夢中覚《むちゅうおぼ》えず我魚《われうお》となれり
故園指《こえんゆび》を屈《くつ》すれば八千里《はっせんり》
老母《ろうぼ》年《とし》を行《かぞ》うれば六十余《ろくじゅうよ》
何《いず》れの日《ひ》か冠《かんむり》を挂《か》けて富貴《ふうき》を辞《じ》し

昔は茅葺き屋根のような粗末な家で
暮らしたくないと思っていたが
薄くなったもみあげが寂しげな風に
吹かれるような暮らしを　結局はしている
酔っ払って　夢の中で蝶になって
飛び回る心地ではなく
夢の中では水を失った魚のような
苦しみを味わっている
指折り数えてみれば
故郷は八千里の彼方にあり
老いた母は六十余歳になった
いつになったら役人を辞め
贅沢な生活から遠ざかり

少林佳処卜新居◎

少林《しょうりん》の佳処《かしょ》新居《しんきょ》を卜《ぼく》せん

少室山に　占って新居を構え
母と暮らすことができるのだろう

茅廬は茅葺きの家。**贏得**は、結局得たのは～だけだったという意味。**飄蕭**は風が寂しげに吹く様子。**身似蝶**は荘子が夢で蝶になって楽しみ、自分と蝶の区別を忘れたこと。**我為魚**は「魚の水を失えるがごとし」というたとえを踏まえ、困窮の人がよるべなく苦しむことをいう。**故園**は故里。**行年**は母親の現在の年齢をいう。

耶律楚材《やりつそざい》（一一九〇～一二四三）は元代の詩人です。字《あざな》は晋卿《しんけい》。湛然居士《たんねんこじ》、玉泉《ぎょくせん》老人は号です。諡《おくりな》は文正《ぶんせい》。没後、太師を追贈され、広寧王《こうねいおう》に封じられました。契丹《きったん》の人です。初め金に仕え、開州同知《かいしゅうどうち》になり、完顔《ワンヤン》復興に尽力しましたが、のち元に仕え、太祖に従って四方を平定しました。太宗の時に中書令《ちゅうしょれい》を授けられ、蒙古の弊風を改革し、諸制度を整備して元王朝の礎を築きました。天文、地理、律暦、術数、医卜などに精通し、詩文もよくしました。

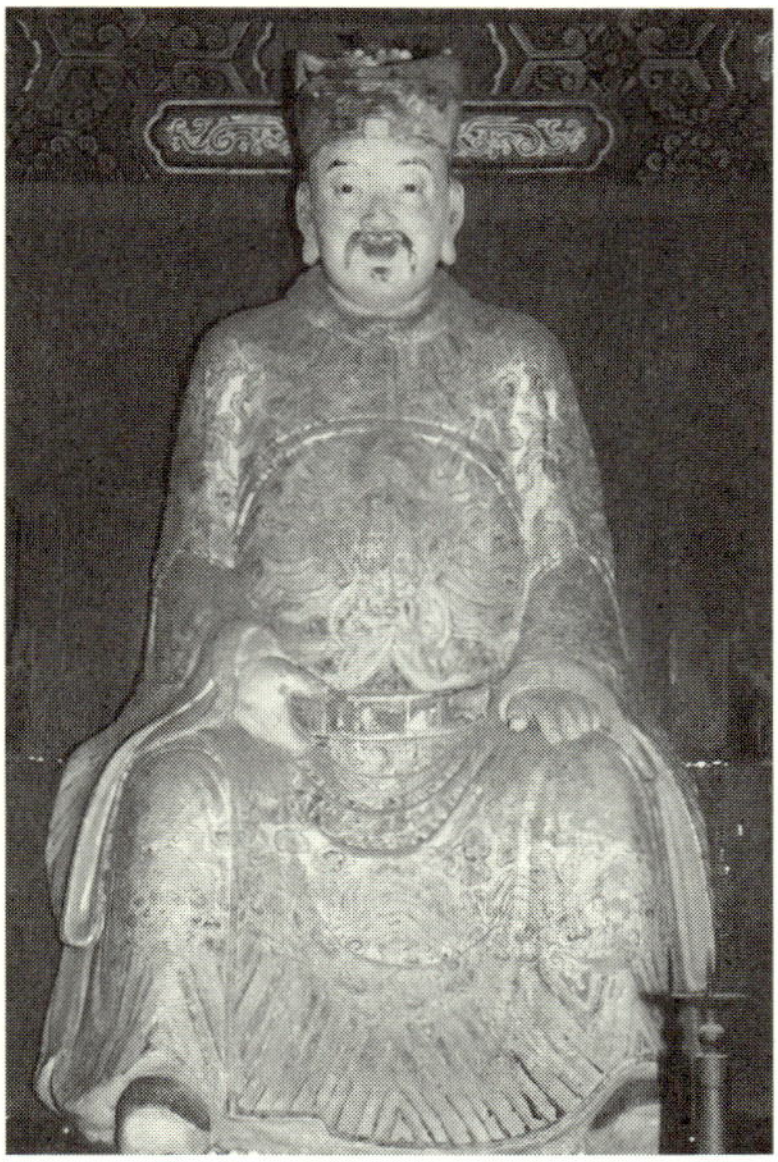

頤和園《いわえん》（北宋）にある耶律楚材像

この詩は二首連作の二首目にあたります。

首聯は、青雲の志とそれを達成したことを詠っています。しかし、あくせくしている間に鬢《びん》の毛が薄くなってしまったとその虚しさを述べています。

対句になっている頷聯は、高位高官になっても心にはもやもやとしたものがあると嘆いています。三句目は夢で蝶になって楽しみ、自分と蝶との区別も忘れてしまったという『荘子《そうし》』の「蝴蝶《こちょう》の夢」の故事を踏まえています。また、四句目は「魚の水を失えるがごとし」のたとえを踏まえているのですが、心が沈んでいるようです。

こんな時には懐かしい故里を思いだすのでしょう。頸聯は、「八千里」と「六十余」という数字を巧みに用いて、懐かしい故里と母への思いを描いています。

尾聯は、敬虔な仏教徒である作者が、達磨大師が座禅した少室山《しょうしつざん》に新たに居を構え、老いた母親とともに暮らしたいという願いを込めて結んでいます。

挂冠は役人生活を辞めること。

少林は少室山《しょうしつざん》で、河《か》南省《なん》登封《とうふう》県にある。

権力者の、哀調漂わせる千古の名句

漢《かん》の武《ぶ》帝《てい》

七言古詩・換韻

秋風辞　秋風《しゅうふう》の辞《じ》

秋風起兮白雲飛◎
草木黄落兮雁南帰◎
蘭有秀兮菊有芳○
懐佳人兮不能忘○
汎楼船兮済汾河□
横中流兮揚素波□
簫鼓鳴兮発棹歌□

秋風《しゅうふう》起《お》こって白雲《はくうん》飛《と》び
草木《そうもく》黄ばみ落《お》ちて雁《かり》南《みなみ》に帰《かえ》る
蘭《らん》に秀《はな》有《あ》り菊《きく》に芳《かんば》しき有《あ》り
佳人《かじん》を懐《おも》いて忘《わす》るる能《あた》わず
楼船《ろうせん》を汎《うか》べて汾河《ふんが》を済《わた》り
中流《ちゅうりゅう》に横《よこ》たわって素波《そは》を揚《あ》ぐ
簫鼓《しょうこ》鳴《な》って棹歌《とうか》を発《はっ》す

秋風が吹き起こり
白雲がちぎれ飛び
草木は枯れ落ち
雁の群れは南に赴く
フジバカマが可憐な花をつけ
菊は芳しき香りを放つ
都に残してきた美人のことが
しきりに思いだされ　忘れられない
屋形船を浮かべて
汾河を渡り
流れの中ほどで船を横にすると
白波が上がった
簫や太鼓が音曲を奏で
威勢のいい舟歌が始まった

歡楽極兮哀情多□
少壮幾時兮奈老何□

歡楽極《かんらくきわ》まって哀情《あいじょう》多《おお》し
少壮《しょうそう》幾時《いくとき》ぞ老《お》いを奈何《いかん》せん

だが歓楽がきわまれば
心の中に哀しみが芽生え　広がる
若い時はいつまでも続かない
迫りくる老いをどうしよう

漢の武帝《ぶてい》（前一五六～前八七）は前漢の第七代目の皇帝です。姓は劉《りゅう》、名は徹《てつ》、武《ぶ》は諡《おくりな》です。武帝は文帝《ぶんてい》や景帝《けいてい》が築いた財力を基盤にして、領土の拡張や中央集権化を行ないました。また、儒教を国教にし、詩賦《しふ》文芸を奨励しました。晩年は神仙思想を信じました。

この作品は、四十四歳（前一一三年）の作品といわれています。黄河の東、汾陰《ふんいん》の脽邱《すいきゅう》（山西省万栄県《ばんえいけん》）に御幸《みゆき》して后土《こうど》（土地の神）を祠《まつ》り、汾河《ふんが》の中ほどに楼船を横たえて宴を張り、上機嫌でつくった詩だといわれています。

この詩は「辞」と称する文体の最初のものです。「辞」は叙情を主とした韻文ですが、この文体には「兮《ケイ》」という助辞が多く用いられ、それがリズムや調子を出すのに役立っています。「□□□□兮□□□」という『楚辞』の形式を踏まえてつくられており、第一句は曾祖父の高祖《こうそ》の「大風《たいふう》起こって雲飛揚《くもひよう》す」（「大風の歌」詩／一七一頁参照）を、第二句は「季秋《きしゅう》の月草木黄落《そうもくこうらく》し鴻雁《こうがん》来賓す」（『礼記《らいき》』月令《がつりょう》）を意識しています。

『楚辞』は前十二～前七世紀の北方文学を集めた『詩経』（前五世紀）に遅れること三百

辞は文体の一つ。
兮は調子を整える助辞で、意味はない。
蘭はフジバカマ。
佳人は都に残してきた美人。賢臣や女神ととる説もある。
楼船は二階建の船。
中流は川の流れの中ほどで、上流・下流の意味ではない。
簫は管楽器。
奈老何は奈何と同じだが、奈と何の間に目的語が入っている。

漢の武帝の肖像

年、南方の文学を集めたものです。代表的な詩人は屈原や宋玉です。

第三・四句は読者に『楚辞《そじ》』を意識させます。また、「秋風」「白雲」「黄落」「雁南帰」「懐佳人」「櫂歌」などの詩語は、詩全体に哀調を漂わせる効果があります。

結びの二句は千古の名句として名高いものです。帝王としてこの世の権力をほしいままにしてきた武帝であっても、しのびよる衰えはどうすることもできなかったのです。

すべてのものは、頂点に達すれば、あとは下るだけです。上機嫌に宴を楽しむ中でも、人生のはかなさ、老いゆく我が身の不運は消し去りがたく、その思いが詩として詠じられたのではないかと思われます。

畳語を巧みに用いてリズム感を出す

崔顥《さいこう》

七言律詩・下平声十一尤の韻

黄鶴楼

黄鶴楼《こうかくろう》

昔人已乗黄鶴去
此地空余黄鶴楼◎
黄鶴一去不復返
白雲千載空悠悠◎
晴川歴歴漢陽樹
芳草萋萋鸚鵡洲◎
日暮郷関何処是

昔人《せきじん》已《すで》に黄鶴《こうかく》に乗《じょう》じて去《さ》り
此《こ》の地《ち》空《むな》しく余《あま》す黄鶴楼《こうかくろう》
黄鶴《こうかく》一《ひと》たび去《さ》って復《ま》た返《かえ》らず
白雲《はくうん》千載《せんざい》空《むな》しく悠悠《ゆうゆう》
晴川《せいせん》歴歴《れきれき》たり漢陽《かんよう》の樹《じゅ》
芳草《ほうそう》萋萋《せいせい》たり鸚鵡洲《おうむしゅう》
日暮《にちぼ》郷関《きょうかん》何《いず》れの処《ところ》か是《こ》れなる

昔　仙人が黄鶴に乗って飛び去り
いまこの地には　ただむなしく
黄鶴楼だけが取り残されている
黄鶴は飛び去って
再び帰ってくることはない
白雲だけが　千年後の
いまも変わらず悠々と漂っている
晴れ渡る長江を隔てた対岸には
漢陽の木々がはっきりと見え
中州には
美しい草が生い茂っている
日暮れ時になり　わが故里は
どのあたりだろうかと眺めると

烟波江上使人愁◎

烟波《えんぱ》江上《こうじょう》人《ひと》をして愁《うれ》えしむ

立ち込める靄《もや》が長江を包み
悲しみを誘うばかりだ

崔顥《さいこう》（七〇四?～七五四）は盛唐の詩人です。字《あざな》はわかりません。汴州《べんしゅう》（河《か》南《なん》省開封《かいほう》市）の人です。進士の及第には諸説がありますが、開元《かいげん》十一（七二三）年が有力です。初めは地方官として各地を回っていましたが、都に戻り、司勲員外《しくんうんがい》になりました。

崔顥は賭博を好み、酒色にふけり、美女を選んで妻にしました。そして、妻に飽きると捨ててしまい、三、四回は妻を代えたようです。

若いころは軽薄な詩風でしたが、晩年は気骨のあるものに変わったといわれています。この「黄鶴楼」詩でその

黄鶴楼の伝説

昔、辛《しん》という人の酒屋で半年もの間、ただ酒を飲んでいた老人がいました。その老人は、飲み代がわりにと壁に蜜柑の皮で黄色い鶴を書きつけて立ち去りました。この鶴は、客が酔って手をたたいて歌いだすと、壁から抜けだして踊るのです。それが評判になり、多くの客がやってきて、辛は十年で巨万の富を築き上げました。

ある日、再び老人がやって来て、笛を吹くと黄色い鶴は壁から抜けだしました。老人はその鶴にまたがり、白い雲に乗って飛び去りました。辛はそれを記念して高楼（黄鶴楼）を建てたということです。

黄鶴楼は武昌《ぶしょう》（湖北省武漢《ぶかん》）の長江のほとりに臨んで建っていた。現在は高さ五一・四メートルの黄鶴楼が蛇山《じゃざん》の頂に復元されている。
人は仙人。
千載は千年。
歴歴ははっきり見えること。
漢陽は黄鶴楼の対岸にある町。
萋萋は草が茂ること。
鸚鵡洲は長江の中州であるが、いまは陸続きになっている。魏の黄祖《こうそ》が江夏《こうか》の太

名が知られています。

この詩の特長は同じ語句がくり返し使われているところです。こうした技法を「畳字《じようじ》」といいます。たとえば、前半の三句で「黄鶴」が三度も使用されています。また「去」「空」「人」「悠」「歴」「萋」がそれぞれ二字ずつ使われています。律詩という詩形は対句をしっかりと組み立て、練り上げてつくるものですから、即興的につくることはほぼ不可能です。ですから、同じ詩語をくり返して使うことは原則的にはできません。あえて、同じ詩語をくり返して用いているのはリズム感を出すためです。

こうした技法は、崔顥が考え出したのではありません。初唐の詩人・沈佺期《しんせんき》（二六二頁参照）の「竜池篇《りようちへん》」の影響です。「竜池篇」は「五竜二池四天」。つまり、竜が五字、池が二字、天が四字というように同じ漢字がくり返されています。李白（二一一頁参照）が崔顥の「黄鶴楼」を意識してつくった「金陵《きんりよう》の鳳凰台《ほうおうだい》に登る」詩は「三鳳《ほう》二凰《おう》二台」です。

参考

沈佺期（二六二頁参照）の「竜池篇」詩と李白（二一一頁参照）の「金陵の鳳

竜池篇　竜池篇《りようちへん》

竜池躍竜竜已飛。　竜池竜《りようちりよう》を躍《おど》らせて竜已《りようすで》に飛《と》べり

守だったころ、「鸚《おう》鵡《む》の賦《ふ》」をつくった文人の禰衡《でいこう》を殺したことにちなんで名づけられた。
郷関は故郷。
烟波は長江に立ち込める靄。

凰台に登る」詩を紹介します。

「竜池篇」詩は、皇帝の気がこの池に立ち込めていることを詠ったものです。この詩の「竜」は玄宗皇帝をさしているのではないかといわれています。玄宗が即位するときに「竜池楽《りょうちがく》」をつくらせました。その中でもっとも賞賛されたのが、沈佺期の「竜池篇」詩でした。

「金陵の鳳凰台に登る」詩は、李白の数少ない七言律詩の一つとして知られています。畳語を巧みに使い、再び玄宗に仕えたいという気持ちを詠っています。

竜徳先天天不違◎　竜徳《りょうとく》天《てん》に先《さき》だって天《てん》違《たが》わず
池開天漢分黄道　池《いけ》は天漢《てんかん》を開《ひら》いて黄道《こうどう》を分《わか》ち
竜向天門入紫微◎　竜《りょう》は天門《てんもん》に向《む》かって紫微《しび》に入《い》る
邸第楼台多気色　邸第楼台《ていだいろうだい》気色《きしょく》多《おお》し
君王鳧雁有光輝◎　君王《くんのう》の鳧雁《ふがん》光輝《こうき》有《あ》り
為報寰中百川水　為《ため》に報《ほう》ぜん寰中《かんちゅう》百川《ひゃくせん》の水《みず》
来朝此地莫東帰◎　此《こ》の地《ち》に来《きた》り朝《ちょう》して東帰《とうき》する莫《な》かれ

七言律詩・上平声五微の韻

登金陵鳳凰台　金陵《きんりょう》の鳳凰台《ほうおうだい》に登《のぼ》る

鳳凰台上鳳凰遊◎　鳳凰台上《ほうおうだいじょう》鳳凰《ほうおう》遊《あそ》ぶ
鳳去台空江自流◎　鳳《ほう》去《さ》り台《だい》空《むな》しゅうして江《こう》自《おのずか》ら流《なが》る
呉宮花草埋幽径　呉宮《ごきゅう》の花草《かそう》幽径《ゆうけい》に埋《うず》もれ
晋代衣冠成古丘◎　晋代《しんだい》の衣冠《いかん》古丘《こきゅう》と成《な》る
三山半落晴天外　三山半《さんざんなか》ば落《お》つ晴天《せいてん》の外《そと》
二水中分白鷺洲◎　二《に》水中分《すいちゅうぶん》す白鷺洲《はくろしゅう》
総為浮雲能蔽日　総《す》べて浮雲《ふうん》の能《よ》く日《ひ》を蔽《おお》うが為《ため》に
長安不見使人愁◎　長安《ちょうあん》見《み》えず人《ひと》をして愁《うれ》えしむ

七言律詩・下平声十一尤の韻

作者の憤りが伝わってくる辺塞詩

常建《じょうけん》

塞下曲　塞下《さいか》の曲《きょく》

七言絶句・上平声十灰の韻

北海陰風動地来◎
明君祠上望竜堆◎
髑髏尽是長城卒
日暮沙場飛作灰◎

北海《ほっかい》の陰風《いんぷう》地《ち》を動《うご》かして来《き》たる
明君祠上《めいくんしじょう》竜堆《りゅうたい》を望《のぞ》めば
髑髏《どくろ》尽《ことごと》く是《こ》れ長城《ちょうじょう》の卒《そつ》
日暮《にちぼ》沙場《さじょう》飛《と》んで灰《はい》と作《な》る

バイカル湖からの北風が
大地を揺り動かすように吹きつける
王昭君の祠のあたりから
白竜堆《はくりゅうたい》のほうを眺めると
あたり一面に髑髏が転がっている　それ
はすべて長城を守って死んだ兵士たちだ
夕暮れ時の砂漠を
髑髏が灰となって飛び散っている

常建《じょうけん》（七〇八～？）は盛唐の詩人です。字《あざな》はわかりません。長安（陝西《せんせい》省西安市）の人といわれていますが、確かなことはわかりません。開元《かいげん》十五（七二七）年の進士ですが、なかなか出世できず、不遇のうちに一生を終えたようです。晩年は武昌《ぶしょう》（湖北省武漢《ぶかん》）の西に隠棲しました。

北海はバイカル湖のことだが、ここでは北方の辺塞にある湖という意味だろう。
陰風は冬の風。

常建は山水の美と辺塞《へんさい》詩にすぐれた作品を残しています。詩題の「塞下曲」は楽府題《がふだい》です。「塞下曲」には辺塞付近の戦闘や風物を詠うものが多いようです。この詩は四首連作のその二にあたります。

前半の二句は暗いイメージづくりに成功しています。「北海の陰風」や悲劇のヒロイン「明君」、不気味な砂漠である「竜堆」などには暗く、きびしい辺塞の雰囲気が漂っています。これが後半の舞台装置になっています。

後半の二句には夕暮れ時の戦場の悲惨な情景が詠われています。

「髑髏」は長城を守るために死んでいった兵士たちの無念の姿です。それが折からの北風に吹き上げられて灰になって飛び散っているというのです。

感情を表わす詩語は一つもありません。それだけに作者の憤りが強く伝わってきます。

王昭君

絶世の美女であった王昭君は漢の元帝《げんてい》の後宮に入りました。しかし、画家の毛延寿《もうえんじゅ》に賄賂を贈らなかったばかりに肖像を醜く描かれてしまい、元帝の目にとまることはありませんでした。そして、醜い肖像画を見た元帝は、王昭君を匈奴《きょうど》王の皇后として嫁がせることにしました。

元帝は、匈奴に嫁ぐ日に王昭君に会い、その美しさをはじめて知り、後悔しましたが後の祭りでした。

明君は王昭君《おうしょうくん》のこと。昭が晋代の司馬昭の諱《いみな》にふれるところから明と呼びかえられた。

祠は昭君墓。ホフホト（内蒙古自治区）の大黒河《だいこくが》の南岸にある。昭君墓は年中青々としているので「青塚《せいちょう》」とも呼ばれている。

竜堆は白竜堆《はくりゅうたい》の略称。白竜堆は楼蘭《ろうらん》（新疆《しんきょう》ウイグル自治区）の東にある砂漠。

長城卒は万里の長城を築いた者や長城を守るために死んでいった兵士たち。

沙場は砂漠。戦場という意味も含まれている。

人生を達観したような詠いぶり

于鄴《うぎょう》

五言絶句・上平声四支の韻

勧酒　酒《さけ》を勧《すす》む

勧君金屈巵◎
満酌不須辞◎
花発多風雨
人生足別離◎

君《きみ》に勧《すす》む金屈巵《きんくつし》
満酌《まんしゃく》辞《じ》するを須《もち》いず
花《はな》発《ひら》けば風雨《ふうう》多《おお》し
人生《じんせい》別離《べつり》足《おお》し

さあ　君に勧めよう
この黄金色の杯を
なみなみとつがれた酒を
断らないでくれ
満開の花には
風や雨がつきものさ
楽しく飲んでいたとしても
人生には別れが多いのだから

于鄴《うぎょう》（八一〇～？）は晩唐の詩人です。字《あざな》は武陵《ぶりょう》。杜曲《ときょく》（陝西《せんせい》省西安市）の人です。宣宗《せんそう》の大中《たいちゅう》年間（八四七～八五九）に進士に及第しましたが、役人生活になじめず、琴《きん》と書物を携えて各地を放浪したあと、中岳《ちゅうがく》（＊注1）の嵩山《すうざん》（河《か》南《なん》省）に隠棲しました。

この詩には①酒を勧める歌、②別れの杯を勧める歌という二つの説があります。石川忠

金屈巵は把手《とって》のついた黄金色《こがねいろ》の酒杯。
不須は～する必要がないという意味。
発は花が開くこと。

久先生が『漢詩の楽しみ』（時事通信社）の中で、「この詩は決して別れの歌ではない」と書かれていますが、私も①の説をとりたいと思います。

前半二句の「金屈卮」と「満酌」の詩語は明るいイメージがあります。黄金色に輝く豪華な杯に酒がなみなみとつがれている情景は、華やいだ雰囲気に包まれており、別れのじめじめした感じとは随分かけ離れています。

後半の二句は満開の花には雨や風はつきものだ。楽しく酒を飲んでいても、やがては別れなければならない時があるものだという意味で結んでいるのです。人生を達観しているような詠いぶりです。琴と書物をもって各地をさまよい歩いた作者の人生観が詠まれているような気がします。

足は満ちている意。

＊注1　中岳は五岳の一つで嵩山のこと。五岳とは、東岳（泰山）、西岳（華山）、中岳、南岳（衡山）、北岳（恒山）。

参考

井伏鱒二は、『厄除け詩集』（野田書房／一九三七年）で「勧酒」詩を下のように訳しています。

コノサカヅキヲ受ケテクレ
ドウゾナミナミツガシテオクレ
ハナニアラシノタトヘモアルゾ
「サヨナラ」ダケガ人生ダ

兄弟の不仲を嘆いた即興詩

曹植《そうち》

五言古詩・入声十四緝の韻

七歩詩　七歩《しちほ》の詩《し》

煮豆持作羹
漉豉以為汁●
萁在釜下燃
豆在釜中泣●
本是同根生
相煎何太急●

豆《まめ》を煮《に》て持《もっ》て羹《あつもの》と作《な》し
豉《し》を漉《こ》して以《もっ》て汁《しる》と為《な》す
萁《まめがら》は釜《かま》の下《した》に在《あ》って燃《も》え
豆《まめ》は釜《かま》の中《なか》に在《あ》って泣《な》く
本《もと》は是《こ》れ同根《どうこん》より生《しょう》じ
相煎《あいに》る何《なん》ぞ太《はなは》だ急《きゅう》なるや

豆を煮て熱いスープをつくり
味噌をこして汁をつくる
豆がらが釜の下で燃えるときに
豆は釜の中で泣いているのだ
豆と豆がらとは
同じ根から生まれたのに
どうしてそんなに
激しく煮詰めるのか

曹植《そうち》（一九二～二三二）は三国魏《ぎ》の武帝《ぶてい》・曹操《そうそう》の第三子です。文帝《ぶんてい》（曹丕《そうひ》）の弟で、各地に転封され、最後に陳王《ちんおう》に封ぜられ、思《し》と諡《おくりな》されたことから陳思王《ちんしおう》と称されました。字《あざな》は子建《しけん》。十歳でよく文をつくったという天才でした。父の寵愛を受けて、太子の候補にあがったため、跡目をめぐって兄の曹丕と対立しました。父の死後、兄の文帝に忌み嫌われて、不遇のうちに一生を終わりました。

「七歩の詩」は、兄の文帝に、「七歩歩むうちに詩を一編つくれ」と命じられてつくったものだといわれています。真偽のほどはわかりませんが、「七歩の詩」をつくって危うく死刑を免れたということが『世説新語《せせつしんご》』の中に書かれています。曹植の作品集には「七歩の詩」は収められていませんが、この詩が即興的に詠んだものならば、曹植の詩才はすばらしいものです。

第一、二句はスープと味噌汁にして食べる豆の料理法が詠われています。続く第三、四

参考

「七歩の詩」はテキストによっては文字の異同が見られます。また、句数を異にしてるものもあります。

四句からなる五言古詩を紹介しましょう。

七歩詩　七歩《しちほ》の詩《し》

煮豆燃豆萁　豆《まめ》を煮《に》るに豆萁《まめがら》を燃《も》やす
豆在釜中泣●　豆《まめ》は釜《かま》の中《なか》に在《あ》って泣《な》く
本是同根生　本《もと》は是《こ》れ同根《どうこん》より生《しょう》じ
相煎何太急●　相煎《あいに》る何《なん》ぞ太《はなは》だ急《きゅう》なるや

五言古詩・入声十四緝の韻

羹は熱いスープ。
豉は味噌・納豆など寝かせてつくるものをいう。
萁は豆の実を取り去った茎や枝。
同根は一つの根を共有する意味で、ここでは兄弟のことをいう。
煎は煮つめること。
急は激しいこと。

句目は豆《まめ》がらと豆にことよせて、曹植と曹丕の関係が詠まれています。釜の下で燃えている豆幹は兄の曹丕であり、釜の中で泣いている豆は弟の曹植です。

最後の二句は第三・四句を承けて詠われています。母を同じくする実の兄弟だというのに、どうして、そんなにいじめるのかと詠うのです。この二句は骨肉相争うことのたとえ話によく引用されます。

豆を題材にして即興的に、兄の文帝を批判したこの詩を見て、兄の文帝は深く恥じ入ったといいます。

「神品」と称される唐代五大絶句の一つ

王昌齢《おうしょうれい》

七言絶句・上平声十五刪の韻

出塞

出塞《しゅつさい》

秦時明月漢時関◎
万里長征人未還◎
但使竜城飛将在
不教胡馬度陰山◎

秦時《しんじ》の明月《めいげつ》漢時《かんじ》の関《かん》
万里《ばんり》長征《ちょうせい》して人《ひと》未《いま》だ還《かえ》らず
但《た》だ竜城《りゅうじょう》の飛将《ひしょう》をして在《あ》らしめば
胡馬《こば》をして陰山《いんざん》を度《わた》らしめず

秦代以来　照り続ける月に
漢代に置かれた古い関
万里の彼方に長征した夫は
まだ戻れない
もし
かの李《り》広《こう》将軍がいまの世にいませば
異民族に
陰山を越させぬものを

出塞は楽府題《がふだい》。**人**は出征兵卒をさす。夫という説もあるが、ここは一般の兵士でよいだろう。

王昌齢《おうしょうれい》（六九八？〜七五五？）は盛唐の詩人です。字《あざな》は少伯《しょうはく》。王江寧《おうこうねい》とも王竜標《おうりゅうひょう》とも呼ばれました。長安の人といわれていますが、太原《たいげん》（山西省）の人、江寧《こうねい》（南京）の人という説もあります。

開元《かいげん》十五（七二七）年の進士で、秘書郎《ひしょろう》、江寧の丞《じょう》、竜標《りゅうひょう》（湖南省）の尉《い》などの官職に

岩肌をあらわにした陰山山脈

就きました。安禄山《あんろくざん》の乱（七五五）の折、郷里に逃げ帰り、刺史《しし》の閭丘暁《りょきゅうぎょう》に憎まれて殺されてしまいました。

七言絶句にすぐれた作品が多く、〈七言絶句の聖人〉〈詩家の夫人、王江寧〉と称されました。辺塞《へんさい》を詠じた詩に佳作が多く、ことに、夫に捨てられた妻の思いを詠う閨怨《けいえん》詩は古今独歩といわれています。また、送別の詩も多いようです。

この詩は明の楊慎《ようしん》に「神品」、李攀龍《りはんりょう》に「絶句の中では圧巻」賞賛された作品で、〈唐代五大絶句〉に数えられています。

とりわけ、起句の「秦時の明月漢時の関」は人口に膾炙《かいしゃ》した名句です。「秦の時代に輝いていた明月も、漢代に築かれた関塞も」という意味ですが、漢字七字に歴史的な空間と時間の広がりがとらえられています。と同時に、戦争のもつ悲惨さや無意

但使は、もし～ならばという仮定を表わす詩語。

竜城は通説では匈奴《きょうど》の根拠地であるが、前漢の武帝（一四三頁参照）に仕えた李《り》広《こう》将軍の任地をさす。

飛将は李広将軍。

不教は～させないという意味で、使役の語。

胡馬は北方異民族（漢代は匈奴、唐代は突厥《とっけつ》）の騎馬。

陰山は、内蒙古自治区の中部を横断する陰山山脈。海抜一五〇〇～二〇〇〇メートル。最高峰は二三六四メートル。

味さを力強く言いきっているのです。

北方異民族の匈奴《きょうど》に対して漢の武帝は万里の長城を築き、激しい死闘をくり返してきました。多くの兵卒が秦漢以来の月に照らされて出征していきました。北方異民族が匈奴から突厥《とっけつ》に代わった唐代も激しい戦争が打ち続いていたのです。

前半で舞台装置をなし、後半の二句を導入しています。この後半二句が作者のいいたいことです。もしも、いま仮に、竜城の飛将軍《ひしょうぐん》と匈奴から恐れられたあの前漢の大将軍・李《り》広《こう》が生きていたならばという仮定法を用いているのは、時の政策を痛烈に批判しているのかもしれません。あるいは、李広のような人物が出現すれば平和になるという名将待望論なのかもしれません。

李広将軍は七十余戦も匈奴と死闘をくり返し、その都度撃破してきました。その功績で元朔《げんさく》元（前一二八）年に右《う》北平《ほくへい》の太守に任ぜられました。匈奴は李広を「竜城の飛将軍」と呼んで畏《おそ》ればかり、数年間、侵入しようとしなかったそうです。

一首ごとに人々を魅了した詩人の絶句

戴叔倫《たいしゅくりん》

七言絶句・上平声四支の韻

湘南即事

盧橘花開楓葉衰◎
出門何処望京師◎
沅湘日夜東流去
不為愁人住少時◎

湘南即事《しょうなんそくじ》

盧《ろ》橘《きつ》花《はな》開《ひら》きて楓葉《ふうよう》衰《おとろ》う
門《もん》を出《い》でて何《いず》れの処《ところ》にか京師《けいし》を望《のぞ》まん
沅湘《げんしょう》日夜《にちや》東《ひがし》に流《なが》れ去《さ》り
愁人《しゅうじん》の為《ため》に住《とど》まること少時《しょうじ》もせず

金柑の花が咲きだし
楓香樹の葉は色あせてきた
門を出て都のほうを眺めるが
あまりにも遠くて見えない
沅江《げんこう》と湘江《しょうこう》は
絶えず東に流れ
憂いを抱く私のためには
少しの間もとどまってくれない

戴叔倫《たいしゅくりん》（七三二?～七八九?）は中唐の詩人です。字《あざな》は幼公《ようこう》。潤州《じゅんしゅう》金壇《きんだん》（江蘇《こうそ》省）の人です。湖南江西節度使《こうせいせつどし》の曹王《そうおう》の属僚になり、その政治的手腕が認められて、撫州《ぶしゅう》（江西省）刺史《しし》、容管《ようかん》（広東省）経略使《けいりゃくし》を歴任しました。のち、道士になると辞職しましたが、ほどなく世を去ってしまいました。

湘南は洞庭湖《どうていこ》に注ぐ湘江《しょうこう》流域（湖南省）をさす。
即事は即興につくった詩。

戴叔倫の詩は幽遠な趣があり、一首つくるたびに人々を感心させたといわれています。

この詩は潭州《たんしゅう》（湖南省長沙《ちょうさ》）に滞在しているころにつくられたものと推定されています。作者五十歳から五十二歳までの作品でしょう。

前半の二句には都・長安を偲ぶ作者の思いが詠われています。一句目は季節が設定されています。盧橘の花が開いて楓香樹の葉が色褪せていく時期ですから、晩秋から初冬にかけてということになります。二句目は都の長安を作者が望んでいるのですが、あまりにも遠いため見ることができないと嘆いています。「何処」という反語的用法に、帰りたくとも帰れないという切ない気持ちがにじみ出ています。

後半の二句では湘江の流れにさまざまな感慨を抱いています。川の流れは無情です。湘江のほとりに佇立《ちょりつ》する作者の心を知ろうともせず、水はひたすら流れ去っていくのです。川の流れに時の推移を見るのは、孔子《こうし》が「子、川の上《ほとり》に在りて曰《いわ》く、逝く者は斯《かく》のごときか。昼夜を舎《お》かず」といって以来のことです。

なお、『徒然草《つれづれぐさ》』第二十一段にはこの詩の後半部が引用されています。

長沙（湖南省）に咲く金柑の花

盧橘は柑橘類の一種。金柑《きんかん》とも、ビワの別名ともいう。

楓は中国原産のマンサク科の落葉樹・楓《ふう》香樹《こうじゅ》で、カエデではない。

何処は場所を問う疑問詞だが、ここでは反語。

京師は都。

沅湘は沅江《げんこう》と湘江《しょうこう》で、どちらも洞庭湖に注ぐ川。

愁人は心に憂いを抱く人で、作者自身。

住はとどまること。

少時はわずかな時間。

「金の切れ目が縁の切れ目」の実感を詠う

張謂《ちょうい》

七言絶句・下平声十二侵の韻

題長安主人壁

長安《ちょうあん》の主人《しゅじん》の壁《へき》に題《だい》す

世人結交須黄金◎
黄金不多交不深◎
縦令然諾暫相許
終是悠悠行路心◎

世人《せじん》交《まじ》わりを結《むす》ぶに黄金《おうごん》を須《もち》う
黄金《おうごん》多《おお》からざれば交《まじ》わり深《ふか》からず
縦令《たとい》然諾《ぜんだく》して暫《しばら》く相許《あいゆる》すとも
終《つい》に是《こ》れ悠悠《ゆうゆう》たる行路《こうろ》の心《こころ》

世間の人々は
交際に金の力を必要とする
金が多くなければ
交際も深まらない
たとえ　友となることを承諾し
しばらくは親しく交際しても
結局は　行きずりの人のような
冷たい心になってしまう

結交は交際。
須は必要とすること。
縦令は仮定で、たとえ～であるとしても

張謂《ちょうい》（生没年不詳。一説に七二一～七八〇?）は中唐の詩人です。字《あざな》は正言《せいげん》。河内《かだい》（河南《かなん》省）の人です。天宝《てんぽう》二（七四三）年の進士で、節度使《せつどし》の幕僚になって北方に従軍していましたが、薊門《けいもん》（北京）を放浪したこともありました。再び、官職に就き、尚書郎《しょうしょろう》、礼部侍《れいぶじ》郎《ろう》、知貢挙《ちこうきょ》、潭州《たんしゅう》（湖南省長沙《ちょうさ》）刺史《しし》などを歴任しました。

酒好きな人でした。詩をつくることに巧みで、格律が厳密で言葉遣いに精通していたと評価されています。『唐詩選』に六首が載せられています。
張謂は天宝二（七四三）年、二十二、三歳（推定）の若さで進士に及第しましたが、この作品はそれ以前につくられたものではないかと思われます。落第書生は金には縁がありません。進士の試験に落ちた途端、長安の旅館の主の態度が手のひらを返したように豹変して冷たくなったのでしょう。金の切れ目が縁の切れ目ともいわれています。人情の軽薄はいまも昔も変わっていません。

という意味。
然諾は引き受けること。
相許は親しく交際すること。
行路心は行きずりの人のような冷たい心。

参考

杜甫（一九四頁参照）にも似通った詩があります。貧しいときも仲がよかった斉《せい》の時代の管仲《かんちゅう》と鮑叔《ほうしゅく》のような交わりは、いまはなくなってしまったと嘆いています。

貧交行　貧交行《ひんこうこう》
翻手作雲覆手雨●　手《て》を翻《ひるがえ》せば雲《くも》と作《な》り手《て》を覆《おお》えば雨《あめ》となる
紛紛軽薄何須数●　紛紛《ふんぷん》たる軽薄《けいはく》何《なん》ぞ数《かぞ》うるを須《もち》いん
君不見管鮑貧時交　君《きみ》見ずや管鮑貧時《かんぽうひんじ》の交《まじ》わり
此道今人棄如土●　此《こ》の道今人棄《みちこんじんす》てて土《つち》のごとし
七言古詩・上声七麌の韻

明るい風景と裏腹の望郷の念

杜審言《としんげん》

五言律詩・上平声十一真の韻

和晋陵陸丞早春遊望

独有宦遊人◎
偏驚物候新◎
雲霞出海曙
梅柳度江春◎
淑気催黄鳥
晴光転緑蘋◎
忽聞歌古調

晋陵《しんりょう》の陸丞《りくじょう》の早春遊望《そうしゅんゆうぼう》に和《わ》す

独《ひと》り宦遊《かんゆう》の人有《ひとあ》り
偏《ひと》えに驚《おどろ》く物候《ぶっこう》の新《あら》たなるに
雲霞《うんか》海《うみ》を出《い》でて曙《あ》け
梅柳《ばいりゅう》江《こう》を度《わた》って春《はる》なり
淑気黄鳥《しゅくきこうちょう》を催《うなが》し
晴光緑蘋《せいこうりょくひん》に転《てん》ず
忽《たちま》ち古調《こちょう》を歌《うた》うを聞《き》き

他郷でひとり
役人暮らしをしていると

風物や季節の移り変わりに
ひたすら驚く

朝焼け雲が
大海の彼方から生まれでて夜が明け

梅の花や柳の新芽が
長江を渡って春になった

暖かな春の気配は
高麗ウグイスが鳴くのを促し

春の日差しは
緑の浮き草を揺り動かす

君の古風な
「早春遊望」の調べを聞いて思わず

帰思欲沾巾◎

帰思《きし》巾《きん》を沾《うるお》さんと欲《ほっ》す

郷里に帰りたい思いでハンカチを濡らした

杜審言《としんげん》（生没年不詳。一説に六四八?～七〇八）は初唐の詩人です。字《あざな》は必簡《ひつかん》。襄州襄陽《じょうしゅうじょうよう》（湖北省）の人です。杜甫（一九四頁参照）の祖父で、『春秋左氏伝《しゅんじゅうさしでん》』の注釈をつくった杜預《どよ》の後裔です。杜甫はこの祖父から大きな影響を受けているといわれています。咸亨元《かんこう》（六七〇）年の進士で、洛陽の丞《じょう》、修文館直学士《しゅうぶんかんちょくがくし》などを歴任しました。詩は五言に長じ、李嶠《りきょう》、崔融《さいゆう》、蘇味道《そみどう》らとともに〈文章四友《ぶんしょうしゆう》〉と称されました。

首聯は、流水対《りゅうすいつい》という対句に仕立てられています。流水対とは二句で一つの意味をなす対句です。この聯は他郷に住む人間は季節の移り変わりにきわめて敏感であるという一般論を詠じながら、作者自身も季節の移り変わりに心を痛めている一人だと詠っています。

頷聯は、王湾《おうわん》の「海日残夜《かいじつざんや》に生じ　江春旧年に入る」（「北固山《ほっこさん》の下《もと》に次《やど》る」詩／一六頁参照）と並んで有名な対句です。この頷聯と次の頸聯の対句は、移り変わる春の風景を美しく描いていますが、その明るい風景とは裏腹に望郷の念にかられる作者の心は痛むばかりです。

尾聯は、望郷の念にかられている時に、陸丞の古風な調べの「早春遊望」詩を聞かされ、帰心をそそられてしとどに涙を流すのです。

和は唱和すること。
詩題は晋陵（江蘇《こうそ》省武進《ぶしん》県）に住む陸《りく》という丞《じょう》の官職にある人がつくった「早春遊望」詩に唱和したという意味。
宦遊は他郷で勤めている役人。
物候は風物気候。
雲霞は朝焼け雲。
春を「春なり」と読むのは「曙け」と対応しているため。
淑気は暖かくて柔らかな春の気配。
黄鳥は高麗鶯《こうらいうぐいす》。
蘋は浮き草。
忽はふと。

明《みん》の胡《こ》応麟《おうりん》がこの作品を「唐の五律の第一」と激賞しているのは、第二句にある「驚」字がこの詩の骨格となって全体を貫き、「独」(一人)→「偏」(辺境)→「忽」(ふと)→「帰思」(故里を思う)というように、漢字を巧みに配しているからでしょう。

帰思は郷里に帰りたい気持ち。
沾巾は涙でハンカチを濡らすこと。

白の章

繊細な感覚で詠んだ、五言絶句双璧の一つ

蘇頲《そてい》

五言絶句・上平声十二文の韻

汾上驚秋

北風吹白雲◎
万里渡河汾◎
心緒逢揺落
秋声不可聞◎

汾上《ふんじよう》にて秋《あき》に驚《おどろ》く

北風白雲《ほくふうはくうん》を吹《ふ》き
万里河汾《ばんりかふん》を渡《わた》る
心緒揺落《しんしよようらく》に逢《あ》い
秋声《しゅうせい》聞《き》くべからず

北風が白雲を吹き飛ばし
万里の彼方からの秋風が汾河を渡る
木の葉が舞い散る
寂しい情景に出会い　心は揺れる
物悲しい秋の物音は
聞くにしのびない

汾上は汾河のほとり。
北風は冬の風だが、ここでは秋風（西風）をさす。

蘇頲《そてい》（六七〇～七二七）は初唐の詩人です。字《あざな》は廷碩《ていせき》。小許公《しようきよこう》と号しました。諡《おくりな》は文憲《ぶんけん》。京兆武功《けいちようぶこう》（陝西《せんせい》省）の人です。調露《ちようろ》二（六八〇）年、わずか十一歳で進士に及第し、監察御使《かんさつぎよし》、給事中《きゆうじちゆう》、中書舎人《ちゆうしよしやじん》、宰相、礼部尚書《れいぶしようしよ》、益州大都督長史《えきしゆうだいととくちようし》などを歴任しました。

燕国公《えんこくこう》の張説《ちようえつ》（一一八頁参照）と並んで、〈燕許《えんきよ》の大手筆《だいしゆひつ》〉とその文名を賞賛されまし

太原の西を流れる汾河

た。

　この詩は張説の「蜀道《しょくどう》にて期に後《おく》る」詩（一一八頁参照）とともに秋を詠った五言絶句では双璧といわれています。

　汾河のほとりを旅していた作者が、木の葉舞い散る秋に出会い、驚いてつくったものです。制作年代は定かではありませんが、監察御史として地方を経めぐっていた、神竜《しんりゅう》年間（七〇五～七〇七）以前の若いころ（三十五、六歳以前）の作品ではないかと思われます。

　前半の二句は秋風そのものを詠っています。起句は「北風」と詠い起こしています。北風は一般的には冬の風をさしますが、深まりゆく秋にハッと驚くとともにその風があまりにも冷たかったことで、「北風」と詠いだしたのでしょう。承句は、万里の彼方から吹いてくる秋風が汾河を渡ってきたことを意味しています。押韻の関係から汾河を逆にして

河汾は汾河。
心緒は心の糸。
揺落は落葉。
逢は出くわす。
秋声は秋の物音。木の葉の舞い散る音などをいう。

河汾としています。

後半の二句には作者の繊細で鋭い感覚を見ることができます。秋はもの悲しい季節です。作者はそんなもの悲しい季節に旅をしているのですから、いっそう孤独感に襲われるのです。

「心緒」という表現は面白いと思います。心は多くの糸で繋がれていて、その端糸がものごと（刺激）をとらえると心が震えるということです。秋風に吹かれて舞い散る木の葉の音を聞き、作者の心が震えたのです。

結句は、カサコソと音を立てて舞い散る落ち葉や虫の鳴き声などの秋の物音は聞くに耐えないと詠っています。後半の二句の繊細な感覚は、詩題の「秋に驚く」にみごとに呼応しています。

この詩は漢の武帝の「秋風の辞」詩（一四三頁参照）の影響を強く受けています。「北風（秋風）」「白雲」「河汾（汾河）」「揺落（黄落）」などの詩語は、「秋風の辞」詩にも用いられています。

天下を守る意志を強く打ちだす

漢《かん》の高祖《こうそ》

大風歌　大風《たいふう》の歌《うた》

大風起兮雲飛揚
威加海内兮帰故郷◎
安得猛士兮守四方◎

大風《たいふう》起《お》こって雲《くも》飛《ひ》揚《よう》す
威《い》海内《かいだい》に加《くわ》わって故郷《こきょう》に帰《かえ》る
安《いず》んぞ猛士《もうし》を得《え》て四方《しほう》を守《まも》らしめん

雑言古詩・下平声七陽の韻

激しい風が吹き起こり
雲が舞い上がるかのように
各地で多くの人々が立ち上がった
その激戦を制して
わが威光が天下に知れ渡ったいま
懐かしい故里に帰ってきた
これからは
武勇にすぐれた勇士を得て
何とか　天下を治めていこうと思う

漢《かん》の高祖《こうそ》（前二四七〜前一九五）は前漢《ぜんかん》を開いた皇帝です。姓名は劉邦《りゅうほう》。字《あざな》は季《き》。高祖《こうそ》は諡《おくりな》です。沛《はい》（江蘇《こうそ》省豊《ほう》県）の貧農の出でした。若いころは無頼の徒でしたが、のちに、泗《し》水《すい》（江蘇省沛《はい》県付近）で下級役人になりました。秦の始皇帝の死後、各地で群雄並び起こりましたが、沛の人々は四十八歳の劉邦（沛公《はいこう》）を立てて挙兵し、項羽《こうう》（四二頁参照）とともに秦を討ちました。秦の滅亡後は項羽と凄惨な戦いをくり広げ、しばしば壊滅的な打撃を

海内は天下。
兮は助字。リズムを整えるために使う。『楚辞《そじ》』の影響。
安は何とかしてという願望の意味を表わす。場所を表わす疑

受けましたが、前二〇二年二月に垓下《がいか》（安徽省《あんき》）で項羽を破って天下を統一し、国号を漢とし、長安に国都を置きました。

この詩は前一九五年、淮南王《わいなんおう》・黥布《げいふ》の反乱を鎮圧したあと、故里の沛に立ち寄り、親族や友人、それに沛の若者を百二十名集めて宴会を張った時につくられたものといわれています。『史記』の「高祖本紀《ほんぎ》」に「高祖筑《ちく》（琴《きん》の一種）を撃ち自ら詩歌を為《つく》りて曰《いわ》く」と見えます。また、百二十名の若者にこの歌を歌わせ、歌に合わせて踊り、感きわまって泣いたといいます。この時の様子を『史記』は「起ちて舞い、慷慨傷懐《こうがいしょうかい》して泣数行下《なみだすうこうくだ》る」（「高祖本紀」）と書き綴っています。

第一句の「大風起こって雲飛揚す」は、秦末に劉邦や項羽などの群雄が全国各地で挙兵したことを意味しています。なお、大風を劉邦、雲を群雄ととり、劉邦が群雄を蹴散らしたものという説もあります。ここでは前者の意味にとっておきます。

第二句の「威海内に加わって故郷に帰る」は、多くの戦を勝ち抜いて故郷に凱旋したことを詠っています。

第三句は、劉邦の不安な様子が詠い上げられています。ともに戦ってきた黥布の反乱、その反乱を鎮圧したとはいえ、こうした功臣の不穏な動きは悩みの種だったようです。ですから、「なんとかして武勇に長じた勇士を集めて、天下を守り抜きたい」と故里の若者に語りかけたのかもしれません。

問詞という説もある。

猛士は武勇に長じた勇士。

四方は天下のこと。

悲憤慷慨を力強く表現した七言律詩

元好問《げんこうもん》

七言律詩・下平声八庚の韻

岐陽

岐陽《きよう》

百二関河草不横◎
十年戎馬暗秦京◎
岐陽西望無来信
隴水東流聞哭声◎
野蔓有情縈戦骨
残陽何意照空城◎
従誰細向蒼蒼問

百二《ひゃくに》の関河《かんが》草《くさ》横《よこ》たわらず
十年《じゅうねん》の戎馬《じゅうば》秦京《しんけい》暗《くら》し
岐陽《きよう》西望《せいぼう》するも来信《らいしん》無《な》く
隴水《ろうすい》東流《とうりゅう》して哭声《こくせい》を聞《き》く
野《の》の蔓《つる》は情有《じょうあ》りて戦骨《せんこつ》に縈《まと》う
残陽《ざんよう》は何《なん》の意《い》か空城《くうじょう》を照《て》らす
誰《たれ》に従《したが》いて細《こま》かに向《む》かいて蒼蒼《そうそう》に問《と》わん

百分の二の軍勢で守れる要害の地も
いまや草もはびこらず
十年の戦乱に
秦の都は暗く沈んでいる
西のかた　はるかに
岐陽を眺めてみるが　便りはなく
東に流れる隴水に人々の慟哭の声が
聞こえてくるようだ
野のつる草は
情け心で遺骨にまつわりつく
夕陽はどんな気持ちで
空っぽの町を照らしているのだろう
いったい誰にすがって
天に問えばいいのだろう

争遺蚩尤作五兵◎

争《いか》でか蚩尤《しゆう》をして五兵《ごへい》を作《つく》らしめしやと

どうしてあの乱暴者の蚩尤などに五種の兵器をつくらせたのかと

岐陽は陝西《せんせい》省の西部にある鳳翔《ほうしょう》。
百二は要害の地という意味。
関河は函谷関と黄河。
戎馬は戦乱。
隴水は隴山から流れ出る川。
戦骨は戦死者の白骨。
空城は人気のない町。
細はつぶさに。
蒼蒼は天。
蚩尤は武器を考えだした人物。
五兵は五種類の武器。

元好問《げんこうもん》（一一九〇～一二五七）は金の詩人です。字《あざな》は裕之《ゆうし》。遺山《いざん》は号です。忻州《きんしゅう》秀容《しゅうよう》（山西省）の人で、興定《こうてい》三（一二一九）年の進士です。左司都事《さしとじ》員外郎《うんがいろう》、翰林《かんりん》知制誥《ちせいこう》などの任につきましたが、金滅亡（一二三四）後は『野史《やし》』などの著作に専念しました。

元好問は金第一の詩人であり、豪放で、悲憤慷慨の調があります。

正大《せいだい》八（一二三一）年、四十二歳の元好問は養母の喪が明けた四月、南陽（河南《かなん》省）の県令に任ぜられて赴任しました。この年の一月、蒙古軍は金を滅ぼそうと大軍を動かして鳳《ほう》翔《しょう》を取り囲み、四月には鳳翔が落ちました。この作品は任地の南陽で鳳翔が陥落したことを聞いて、痛歎してつくったものです。

「百二の関河」というのは、秦の地は天下の諸侯に対して百分の二の勢力で守りとおせるほどの要害の地であるという意味です。その要害の地の一つである鳳翔に蒙古軍が侵略してきたのです。鳳翔の地は、唐王朝が安禄山《あんろくざん》の乱（七五五）の折、玄宗《げんそう》皇帝に代わって粛《しゅく》宗《そう》が即位したところです。杜甫（一九四頁参照）も行在所《あんざいじょ》の鳳翔に駆けつけ、「鳳翔に至り行在所に達するを喜ぶ」という詩をつくっています。ですから、元好問は杜甫の詩語を巧みに用い、鳳翔からの吉報を期待しながら「岐陽」の詩を詠いあげたのです。

この詩全体に杜甫の影響があるようです。施国祁《しこくき》の注によれば、詩題の「岐陽」も杜甫の「鳳翔に至り行在所に達するを喜ぶ」詩にちなんでつけられたものといいます。それも当然で、元好問は大の杜甫心酔者でした。この詩の、第二句の「十年の戎馬秦京暗し」は「愁い」詩の「十年戎馬の南国暗し」の影響であり、第三句の「岐陽西望するも来信無く」は「鳳翔に至り行在所に達するを喜ぶ」詩の「西のかた岐陽の信を憶う」の、第四句の「隴水東流して哭声を聞く」は「新安の吏」詩の「白水暮《くれ》に東流し　青山猶《な》お哭声あり」の影響です。

元好問の画

忻州の東南にある元好問墓

恋に身を灼く女心を率直に詠う

魚玄機《ぎょげんき》

七言絶句・下平声十一尤の韻

秋怨　秋怨《しゅうえん》

自歎多情是足愁◎
況当風月満庭秋◎
洞房偏与更声近
夜夜燈前欲白頭◎

自《みずか》ら歎《たん》ず多情《たじょう》は是《こ》れ足愁《そくしゅう》なるを
況《いわ》んや風月《ふうげつ》庭《にわ》に満《み》つるの秋《あき》に当《あ》たるをや
洞房《どうぼう》偏《ひとえ》に更声《こうせい》と近《ちか》し
夜夜《よよ》燈前《とうぜん》白頭《はくとう》ならんと欲《ほっ》す

自分が多情であるために
寂しさが募るのが嘆かわしい
まして　今宵は庭一面に秋風が吹き
月の光が差し込むからなおさらだ
困ったことに　一人寝の部屋の近く
時を告げる太鼓の音がする
毎夜　灯火の前で聞かされれば
白髪になってしまいそうだ

魚玄機《ぎょげんき》（八四三〜八六八）は唐代の女流詩人です。字《あざな》は幼微《ようび》、または蕙蘭《けいらん》といいました。都・長安の里家（庶民）の娘でしたが、十八歳の時、補闕《ほけつ》の李億《りおく》の妾《しょう》になりました。平庚《へいこう》里《り》（芸者街）の魚玄機が高級官僚の妾になったことは大変な話題になったようですが、のちに李億の愛が衰えて捨てられ、咸宜観《かんぎかん》という道教寺院に入って女道士（尼）になりまし

足愁は多愁と同じで十分な愁い。
況はまして。
洞房は婦人の部屋。
偏は困ったこととい

た。その後、魚玄機は第二の恋をし、李近仁《りきんじん》という男性を得るのですが、侍女の緑翹《りょくぎょう》に彼を奪われ、嫉妬に狂った魚玄機は緑翹を鞭で打ち殺してしまいました。それが発覚して処刑されました。なお、魚玄機の生涯を知るうえでは、森鷗外の小説『魚玄機』も参考になります。ただし、あくまでも小説であることが前提ですが……。

恋に身を灼く女心を素直に表現した魚玄機の詠いぶりは注目に値します。漢詩ではこうした心の表白はめずらしいことです。

詩題の「秋怨」は秋の夜の悶えという意味です。起句は多情な魚玄機の独白です。道士になりながらも男恋しいと悶える魚玄機のうずきが感じとれます。魚玄機の一生を物語っているような気がします。後半の二句は一人寝のわびしさが詠われています。魚玄機は、近くで時を告げる太鼓の音を灯火の前で情欲にうずきながら明け方まで聞いているのです。そんな太鼓の音はいっそ聞こえなければよいものをというのが作者の偽らざる心境なのでしょう。魚玄機のやるせない気持ちが伝わってきます。

参考

佐藤春夫の訳詩を紹介しましょう。『車塵集《しゃじんしゅう》』（武蔵野書院／一九二九年）には魚玄機の詩がこの一首だけとられています。

秋ふかくして
わかきなやみに得も堪へで
わがなかなかに頼むかな
今はた秋もふけまさる
夜ごとの閨《ねや》に白《しら》みゆく髪

う意味。太鼓の音が聞こえなければよいものをというニュアンスが込められている。

更声は時を告げる太鼓の音。更は夜の時間を五つに区切る言葉で、初更《しょこう》は午後八時、二更は午後十時、三更は十二時、四更は午前二時、五更は午前四時をさす。

易しい詩語で帰郷の感慨をしみじみと詠じる

賀知章《がちしょう》

七言絶句・上平声十灰の韻

回郷偶書

郷《きょう》に回《かえ》りて偶《たま》たま書《しょ》す

少小離家老大回◎
郷音無改鬢毛衰◎
児童相見不相識
笑問客従何処来◎

少小《しょうしょう》にして家《いえ》を離《はな》れ老大《ろうだい》にして回《かえ》る
郷音《きょうおん》改《あらた》まる無《な》く鬢毛《びんもう》衰《おとろ》う
児童《じどう》相見《あいみ》るも相識《あいし》らず
笑《わら》って問《と》う客《かく》何処《いずこ》より来《き》たれるかと

若き日に故郷を離れ
年老いて帰郷してみると
お国訛《なま》りは直っていないが
私の髪は白く薄くなった
一族の子どもらがやってきたが
お互い顔に見覚えがない
子どもらが笑いながら尋ねてくる
「お客さん、どこから来たの」と

賀知章《がちしょう》（六五九〜七四四）は盛唐の詩人です。字《あざな》は李《り》真《しん》、号は四明狂客《しめいきょうかく》。越州永興《えつしゅうえいこう》県（浙《せつ》江《こう》省）の人です。証聖《しょうせい》元（六九五）年の進士で、国子《こくし》四《し》門博士《もんはかせ》、太常《たいじょう》博士、礼部《れいぶ》侍《じ》郎《ろう》、秘《ひ》書監《しょかん》、太子《たいし》賓客《ひんかく》などを歴任しました。

無類の酒好きで、杜甫（一九四頁参照）の「飲中八仙歌」詩の筆頭に詠われています。

回郷は故郷に帰ること。
少小は若いころ。
老大は年をとること。

詩は清談風流をもって聞こえ、李白（二一一頁参照）を見出したことでも知られています。また、草書や隷書《れいしょ》を得意にしていました。

賀知章は道士になりたいといって、半世紀近くも続けた宮仕えを辞め、天宝《てんぽう》三（七四四）年に故郷に帰ってきました。故郷に帰る際、玄宗《げんそう》皇帝から「褒美は何がよいか」と聞かれた賀知章は、「故郷の湖を一つください」といって、鏡湖《きょうこ》という美しい湖をもらいました。

紹興《しょうこう》に帰郷した道士の賀知章は、五雲門外に家を構え、その家を「千秋観」（道観）と名づけ、わずかな余生を送りました。

この詩は平易な詩語を使って、故郷に帰った感慨をしみじみと詠っています。賀知章は若いころに故郷を出て、八十代の半ばを過ぎてから故里に帰りました。三十七歳で進士に及第し、四十九年間も宮仕えをしても、お国訛《なま》りは昔のままだというのです。

後半の二句は年とった賀知章と一族の子どもたちの対比です。中央で名の通った賀知章も、子どもたちにとってはただのお爺さんでしかありません。ですから、子どもたちが笑いながら「お客さんはどちらからいらっしゃったのですか」と無邪気に尋ねたわけです。少しおどけた感じのなかに、人生の哀愁を感じずにはいられない句です。

郷音はお国訛《なま》り。

客は作者自身をさす。

技巧らしい技巧がないゆえの情感

趙嘏《ちょうか》

江楼書感　江楼《こうろう》にて感《かん》を書《しょ》す

七言絶句・下平声一先の韻

独上江楼思渺然◎
月光如水水連天◎
同来翫月人何処
風景依稀似去年◎

独《ひと》り江楼《こうろう》に上《のぼ》れば思《おも》い渺然《びょうぜん》
月光《げっこう》水《みず》のごとく水天《みずてん》に連《つら》なる
同《とも》に来《き》たりて月《つき》を翫《もてあそ》びし人《ひと》は何《いず》れの処《ところ》ぞ
風景依稀《ふうけいいき》として去年《きょねん》に似《に》たり

ひとり川辺の高殿に上ると
思いは果てしなく広がる
月の光は水のように澄み
水は大空へとつながって流れる
ともにここで月を見たあの人は
いまどこに行ってしまったのか
風景は　過ぎ去った日と
そっくり同じだというのに

江楼は川辺の高殿《たかどの》。
渺然は果てしないさま。
翫は愛でること。「望」「看」になっ

趙嘏《ちょうか》（八〇六？～八五二？）は晩唐の詩人です。字《あざな》は承祐《しょうゆう》。山陽《さんよう》（江蘇《こうそ》省淮安《わいあん》市）の人です。会昌《かいしょう》四（八四四）年の進士で、渭南《いなん》の尉《い》になりました。詩人としての名声は高いのですが、出世をしないまま亡くなりました。かつて、「長笛一声人楼《ちょうてきいっせいひとろう》に倚《よ》る」（「長安晩秋」詩）と詠んで杜牧《とぼく》（六二頁参照）に激賞され、当時の人々は趙嘏を〈趙倚楼《ちょうきろう》〉と呼びまし

た。
この詩は川辺の高殿に上って月を眺め、いまは亡き愛妾を慕って詠んだものです。月を見て、亡き人を偲ぶというのは漢詩の世界ではめずらしいことです。

前半の二句は現在の様子です。潤州《じゅんしゅう》（江蘇省鎮江《ちんこう》）の川べりに建つ高殿に上り、眼前を流れる長江（このあたりを揚子江と呼ぶ）の上にかかる満月を一人で鑑賞しています。

承句は「水水」としりとり技法を使い、爽やかなイメージを抱かせつつ、「水は天に連なる」とスケール大きく詠っています。この句は李白（二一一頁参照）の「唯《ただ》見る長江の天際《てんさい》に流るるを」（「黄鶴楼《こうかくろう》にて孟浩然《もうこうねん》の広陵《こうりょう》へ之《ゆ》くを送る」詩）を連想させます。

後半の二句は過ぎ去った月夜の晩を偲んでいます。転句は、起句の「独上」を承けて、「同来」と詠いだしています。「同来」した人は月をともに鑑賞した愛妾です。この愛妾は『唐才子伝』に記載されている女性と考えられています。

「趙嘏には寵愛していた女性がいましたが、趙嘏が科挙の試験を受けるために上京している間に、浙西節度使《せっせいせつどし》に奪い取られてしまいました。その話を伝え聞いた趙嘏は、悲しみのあまり詩をつくりました。その詩を読んだ節度使は可哀想に思い、女性を都に送りだしました。途中、横水（河南《かなん》省孟津《もうしん》県付近）でばったり出会った二人は抱き合って喜び、泣きましたが、女性は二日後に死んでしまいました。趙嘏は生涯この女性を思い続け、臨終のときにも、この女性の姿を見ました」と書かれています。

結句の「去年」は一年前という意味ではなく、過ぎ去ったある年という意味にとるべき

ているテキストもある。
人は愛妾をさす。
依稀はよく似ていること。

です。女性を失った会昌六（八四六）年に、潤州の川べりに建つ高殿でつくられたという説が有力ですから、一年前ではありません。

　この作品は表現が平易で、しかも技巧らしい技巧がありません。それだけに情感があるのです。

学問に対する真摯な態度をストレートに表現　朱熹《しゅき》

七言絶句・下平声八庚の韻

偶成　偶成《ぐうせい》

少年易老学難成◎
一寸光陰不可軽◎
未覚池塘春草夢
階前梧葉已秋声◎

少年《しょうねん》老《お》い易《やす》く学《がく》成《な》り難《がた》し
一寸《いっすん》の光陰《こういん》軽《かろ》んずべからず
未《いま》だ覚《さ》めず池塘《ちとう》春草《しゅんそう》の夢《ゆめ》
階前《かいぜん》の梧葉《ごよう》已《すで》に秋声《しゅうせい》

若いと思っているうちに　年をとる
だが　学問は成就しがたい
わずかな時間も
ゆるがせにしてはならない
池の堤の若草が
夢見心地から覚めきらないうちに
階段の前の青桐が葉を落とす
秋になってしまうのだから

朱熹《しゅき》（一一三〇～一二〇〇）は南宋の哲学者で、朱子学の創始者です。字《あざな》は元晦《げんかい》（別に仲晦《ちゅうかい》）。晦庵《かいあん》、晦翁《かいおう》などは号です。諡《おくりな》は文公《ぶんこう》といい、尊んで朱子《しゅし》、朱文公《しゅぶんこう》と称されています。徽州婺源《きしゅうぶげん》（江西省《こうせい》）の人です。紹興《しょうこう》十八（一一四八）年、十九歳で進士に及第、同安県（福建省）の主簿《しゅぼ》に就きましたが、四年で役人を辞めて、郷里に帰り、二程子（程顥《ていこう》、程《てい》

少年は青年のことで、遊興に明け暮れる富豪の子弟という響きがある。

一寸光陰はわずかな

頤《い》）の学問を継承し、『論語集注《しっちゅう》』『孟子集注』『詩集伝』などに新しい解釈を打ち立て、新しい哲学体系をつくり上げました。五十歳で南康軍《なんこう》（江西省《こうせいしょう》）の知事になり、廬山《ろざん》の白《はく》鹿堂書院《ろくどうしょいん》（＊注1）を復興（一一七九）しました。

朱熹は四代の皇帝（高宗《こうそう》、孝宗《こうそう》、光宗《こうそう》、寧宗《ねいそう》）に仕えましたが、寧宗の時、反対派に排斥され、職（待制院侍講）を免じられました。そのうえ、朱熹の学問は偽学とされて弾圧（著書は発禁など）を受けましたが、元代には官学になりました。日本には後醍醐天皇の時に伝わり、江戸時代のわが国の思想界に多大な影響を与えました。

朱熹には千二百十三首の詩が残されています。

この詩はたまたまでき上がった作品という意味の「偶成」と題していますが、作者の学問に対する真剣な態度がうかがわれます。勧学の詩としても名高いものです。しかし、この詩は朱熹の詩文集には収められていません。

近年、この「偶成」詩は朱喜の作品ではなく、日本人の五山の僧侶の作品であるという説も出てきました。

前半にある少年とは、遊興に明け暮れる富豪の子弟たち（十八歳～三十歳）をさします。その子弟たちにわずかな時間でも大切にすべきであるとし、精励刻苦せよとストレートに詠っています。

後半も教訓が詠じられています。転句は謝霊運《しゃれいうん》（二一五頁参照）が夢の中で得た佳句の「地塘春草を生ず　園柳《えんりゅう》鳴禽《めいきん》を変ず」（「池上《ちじょう》の楼に登る」詩）を下敷きにしています。古人

時間。

梧葉は青桐の葉。ほかの植物に先駆けて秋を知るといわれる。

秋声は植物が葉を落とす音。

＊1　白鹿堂書院は、廬山の五老峰の下にあった書院。唐の徳宗のとき、李渉、李勃の兄弟がここに隠居して白鹿を養ったことにその名がある。

の詩句を巧みに用いることによって、単調な詠いぶりに陥ることを免れています。結句も「梧桐一葉落ち　天下尽《ことごと》く秋を知る」という俚言《りげん》を踏まえて詠われています。青桐の葉はほかの樹木に先駆けて秋を感じて、葉を地に落とすとされています。古人の詩句や俚言を踏まえることで単なる説教的な詩ではなくなっているのです。

古来、学問が成就しないうちに齢を重ねていくことを悲しむ詩は多いのですが、晩年の朱熹は病がちだったものの、「朝寝坊すると怠慢になったようで落ち着かない」といっていたそうです。また、死ぬ三日前まで『大学』の注に手を加えていたという有名なエピソードも残されています。身をもって学問を実践した人だといえるでしょう。

白鹿洞書院にある朱熹の画

人の気づかぬ情景を巧みにとらえて描く

朱淑真《しゅしゅくしん》

七言絶句・下平声八庚の韻

秋夜　秋夜《しゅうや》

夜久無眠秋気清◎
燭花頻剪欲三更◎
鋪床涼満梧桐月
月在梧桐欠処明◎

夜久《よるひさ》しゅうして眠《ねむ》る無《な》く秋気清《しゅうききよ》し
燭花頻《しょくかしき》りに剪《き》って三更《さんこう》ならんと欲《ほっ》す
鋪床涼《ほしょうりょう》は満《み》つ梧桐《ごどう》の月《つき》
月《つき》は梧桐《ごどう》の欠《か》けたる処《ところ》に在《あ》って明《あき》らかなり

夜更け　眠れぬままに起きていると
秋の気配が清々しい
灯火の芯をしきりに切るうち
もう真夜中近くなった
腰かけに座って外を眺めれば
青桐の梢に月が上り涼気がみなぎる
葉の隙間に出ると　月はいよいよ
明るさを増して光り輝いた

朱淑真《しゅしゅくしん》（一〇八〇?～一一三三）は北宋の人です。幽棲居士《ゆうせいこじ》と号しました。朱熹《しゅき》（一八三頁参照）の姪ともいわれていますが、はっきりしたことはわかりません。銭塘《せんとう》（浙江《せっこう》省杭《こう》州《しゅう》）の人ですが、海寧《かいねい》（浙江省海寧県）の人という説もあります。李清照《りせいしょう》（九八頁参照）と並び、北宋を代表する女流詩人で三百首あまりの詩が伝わっていますが、詞は三十一首が

秋気は秋の気配。
燭花は灯火の芯。
三更は午前零時ごろ（一七七頁下段参照）。

伝わるだけです。

前半の二句は秋の夜を眠られぬまま、何時間も過ごしたことが詠われています。承句の「燭花頻りに剪って」という表現が時間の経過を示しています。

後半の二句は秋の詩にしばしば使われる常套語の「梧桐」「月」の詩語をくり返し用いています。常套語のくり返しの中で、「欠けたる処に在って明らかなり」という鋭い視点が示されるところに面白さがあります。青桐の葉の欠けたところまで満月が上って、パッと明るさを増したという描き方は、なにげないようですが、人の気づかないところです。北宋を代表する女流詩人らしい細やかな感覚です。目のつけどころが非凡です。

鋪床は置いてある腰かけのことだが、ここでは腰かけに座ることをいう。

梧桐は青桐。

参考

朱淑真が亡き林逋《りんぽ》（六九頁参照）のために詠んだ歌を紹介しましょう。

結句で「両句」といっているのは、「山園の小梅」詩（六九頁参照）の頷聯をさしています。

弔林和靖　林和靖《りんわせい》を弔《とむら》う

不見孤山処士星◎　見《み》ず孤山《こざん》の処士《しょし》の星《ほし》
西湖風月為誰清○　西湖《せいこ》の風月《ふうげつ》誰《た》が為《ため》に清《きよ》き
当時寂寞冰霜下　当時《とうじ》寂寞《せきばく》たり冰霜《ひょうそう》の下《もと》
両句詩成万古名○　両句《りょうく》詩《し》成《な》りて万古《ばんこ》の名《な》

七言絶句・通韻

孤立無援の悲しみを詠う辺塞詩の傑作

王之《おうし》渙《かん》

登鸛鵲楼

鸛鵲楼《かんじやくろう》に登《のぼ》る

白日依山尽
黄河入海流◎
欲窮千里目
更上一層楼◎

白日《はくじつ》山《やま》に依《よ》って尽《つ》き
黄河《こうが》海《うみ》に入《い》って流《なが》る
千里《せんり》の目《め》を窮《きわ》めんと欲《ほっ》して
更《さら》に上《のぼ》る一層《いっそう》の楼《ろう》

五言絶句・下平声十一尤の韻

真昼の太陽が
山並みに沿うように沈んでいく
黄河は　海に流れ込むような勢いで
流れている
この雄大な眺めを
千里の彼方まで見きわめようと
鸛鵲楼を
さらにもう一階上がる

王之《おうし》渙《かん》（六八八～七四二）は唐代の詩人です。字《あざな》は季凌《きりよう》。絳郡《こうぐん》（山西省新絳《しんこう》県）の人ですが、薊門《けいもん》（河北《かほく》省）の人ともいわれています。幼いころより聡明でしたが、科挙には及第しませんでした。冀州衡水《きしゆうこうすい》県（河北省）の主簿《しゆぼ》をしていましたが、役人を辞めて故里に帰りました。十五年後、文安《ぶんあん》郡文安県（河北省）の尉《い》になりましたが、まもなく亡くなりま

鸛鵲楼は蒲州《ほしゆう》（山西《さんせい》省永済《えいさい》県）にあった三階建の楼閣。黄河の中州に建てられたが、中州が水没し、

した。
辺塞《へんさい》詩にすぐれ、詩人としては名声を博していました。人々は王之渙の詩にすぐに楽曲をつけました。また、王昌齢《おうしょうれい》（一五七頁参照）や高適《こうせき》（一三五頁参照）らと深い交わりを結びました。作品のほとんどは散逸してしまい、現存する詩は六首のみです。

この詩は、雄大な眺望を詠じた作品として知られており、人口に膾炙《かいしゃ》しています。前半の二句は色彩が鮮やかなきれいな対句に仕立てられています。また、後半も二句で一つの意味をなす流水対《りゅうすいつい》になっています。つまり、全対格《ぜんついかく》（すべて対句仕立て）の構成です。

起句の「白日が山に依って尽き」とは、真昼の太陽が南にそびえ立つ山並みに沿って、しだいに西に沈んでいく状態を詠じたもので、昼から夕方までの時間の経過が詠じられています。承句は鸛鵲楼《かんじゃくろう》から一七〇〇キロメートルも離れている渤海《ぼっかい》湾まで見えるわけがありませんから、鸛鵲楼の眼下を流れる黄河の水の勢いが強く、それはあたかも海に入るような勢いであると表現しているのです。

そんな雄大な眺望を、さらに階上まで足を延ばしてきわめようというのです。わずか二十字の中に広大な空間を描き出しながら、沈みゆく太陽、勢いよく流れ下る黄河、また、上に上がっていく作者などの動きを力強くしかも印象的に描きだしています。まさしく五言絶句の傑作です。

なお、詩題が「鸛雀楼」となっているテキストもあります。

対岸の蒲州の西門の楼閣にその名をつけたと伝えられている。現在の楼閣は二〇〇四年九月に復元されたもの。

鸛鵲はコウノトリ。楼閣が中州にあった時、コウノトリが巣をかけたことがその名の由来。

白日は真昼の太陽。夕陽という説もある。

依は山並みに沿って。

入海流は黄河の流れが海に注ぐような勢いを詠じたもの。

千里目は千里のかなたまでの眺め。

一層楼は楼の一階上。

遭えないところに、詩としての趣がある

賈島《かとう》

五言絶句・去声六御の韻

尋隠者不遇　　隠者《いんじゃ》を尋《たず》ねて遇《あ》わず

松下問童子　　松下童子《しょうかどうじ》に問《と》えば

言師採薬去●　　言《い》う師《し》は薬《くすり》を採《と》りに去《さ》ると

只在此山中　　只《ただ》此《こ》の山中《さんちゅう》に在《あ》らん

雲深不知処●　　雲深《くもふか》くして処《ところ》を知《し》らず

松の下で　隠者に仕える人に問う
「師匠はいらっしゃいますか」
「薬草を摘みに出かけています」
と答え　続けて
「師匠は　この山中には
おられるのですが
雲が深く　場所はわかりません」
と教えてくれた

賈島《かとう》（七七九〜八四三）は中唐の詩人です。字《あざな》は浪仙《ろうせん》。氾陽《はんよう》（河北《かほく》省）の人です。毎年科挙に落第し、出家して無本《むほん》と号しましたが、韓愈《かんゆ》（一九八頁参照）に認められて還俗し、進士に及第しました。太和《たいわ》年間（八二七〜八三五）に長江の主簿となり、会昌《かいしょう》元（八四一）年に普《ふ》州（四川省）の司倉参軍《しそうさんぐん》より司戸参軍《しこさんぐん》に帰る時、牛肉を食べすぎて、病になって没

詩題が「羊尊師《ようそんし》を訪《おとな》うの詩」となっているテキストもある。

童子は隠者に仕える人。子どもという意

味ではない。
薬は不老長寿の仙薬のこと。

しました。死後、残されたものは病気のロバと古い琴《きん》だけという貧乏暮らしでした。

七言律詩にすぐれた作品を残す賈島は、白居易（二三四頁参照）や元稹《げんじん》（六七頁参照）らの平易で通俗的な詩風に反発し、「二句三年して得、一吟双涙《いちぎんそうるい》流る」と自らいうような苦吟を重ねました。推敲の故事も苦吟の証の一つです。賈島の詩風を宋代の蘇軾《そしょく》（一八頁参照）は友人の孟郊《もうこう》（二五二頁参照）と並べ、「郊寒島痩《こうかんとうそう》」（孟郊の詩は殺風景で、賈島の詩はやせおとろえて力がないという意味）と評していますが、韓愈は、賈島の詩を高く評価しています。

隠者を訪ねたが、遭えなかったということをテーマとする詩は、中唐以降に競ってつくられました。

前半は隠者のシンボルである松から詠いだしています。その木の下で隠者の所在を聞いたのですが、不老長寿の薬草採りに出かけていて不在だといわれます。仙薬を摘みに出かけたというのは、帰りが何時になるか見当もつかないということを暗示しています。

後半は童の科白《せりふ》です。ここで詠われている雲も隠者のシンボルです。白雲には仙郷（白雲郷）の意味があり、そこに住む隠者は俗人には窺いしれない気高さを有しているといわれています。ですから、隠者と遭えないのがむしろ自然なことなのです。つまり、遭えないところに詩としての趣があり、面白味があるのです。

情趣ゆたかに晩年の心境を詠う

呉偉業《ごいぎょう》

七言絶句・下平声一先の韻

口占　口占《こうせん》

欲買渓山不用銭◎
倦来高枕白雲辺◎
吾生此外無他願
飲谷棲邸二十年◎

渓山《けいざん》を買《か》わんと欲《ほっ》して銭《ぜに》を用《もち》いず
倦《う》み来《き》たって枕《まくら》を高《たか》くす白雲《はくうん》の辺《へん》
吾《わ》が生此《せいこ》の外《ほか》他《た》の願《ねが》い無《な》し
谷《たに》に飲《の》み邸《おか》に棲《す》むこと二十年《にじゅうねん》

谷のある山を手に入れたいと思うが
お金で買い取るまでもない
散歩して疲れたら　枕を高くして
白雲の生ずるあたりに眠ればよい
わが生涯
このほかに望むことはない
谷川の水を汲んで飲み
丘に住んで二十年が経った

呉偉業《ごいぎょう》（一六〇九～一六七二）は、銭謙益《せんけんえき》、朱彝尊《しゅいそん》、王士禎《おうしてい》（二四四頁参照）と並ぶ、明末・清初の詩人です。字《あざな》は駿公《しゅんこう》。号は梅村《ばいそん》。太倉《たいそう》（江蘇《こうそ》省）の人です。明の崇禎《すうてい》四（一六三一）年の進士で、翰林院編修《かんりんいんへんしゅう》、南京国子監司業《こくしかんしぎょう》を歴任しましたが、明の滅亡で郷里に帰りました。のち、抜群の文名から迫られて清朝に仕え、秘書院侍講《ひしょいんじこう》、国子監祭酒《さいしゅ》となりまし

口占は口ずさむこと。

渓山は谷のある山。

た。二年足らずで、母の喪にあたり、官を辞して再び郷里に帰りましたが、二朝に仕えたことを後悔し、自分の墓には「詩人呉梅村之墓」と刻むだけで十分だといいました。詩は情趣豊かで、唐詩の風韻を伝えているといわれています。また、詞もよくしました。ことに、「永和《えいわ》宮詞《きゅうし》」は白居易（二三四頁参照）の「長恨歌」詩にまさるとも劣らないといわれています。

この作品は最晩年の作品です。

前半の二句は田野での生活を気ままに楽しんでいることが描かれています。平生、山水を愛し、しばしば帰ることも忘れてしまうほど自然に没入していた作者の様子を窺い知ることができます。

後半の二句は晩年の心境を詠っています。明朝に出仕してから数えると、二十年にもなるというなにげない詠いぶりですが、二朝に仕えたことを後悔しているようです。それが、「吾が生此の外他の願い無し」という心境になったのでしょう。

一唱三嘆、すきのない詠いぶり

杜甫《とほ》

七言律詩・上平声十灰の韻

登高　登高《とうこう》

風急天高猿嘯哀◎
渚清沙白鳥飛廻◎
無辺落木蕭蕭下
不尽長江滾滾来◎
万里悲秋常作客
百年多病独登台◎
艱難苦恨繁霜鬢

風急《かぜきゆう》に天高《てんたか》くして猿嘯哀《えんしょうかな》し
渚《なぎさ》清《きよ》く沙《すな》白《しろ》くして鳥《とり》飛《と》び廻《めぐ》る
無辺《むへん》の落木《らくぼく》は蕭蕭《しょうしょう》として下《くだ》り
不尽《ふじん》の長江《ちょうこう》は滾滾《こんこん》として来《き》たる
万里《ばんり》悲秋《ひしゅう》常《つね》に客《かく》と作《な》り
百年《ひゃくねん》多病《たびょう》独《ひと》り台《だい》に登《のぼ》る
艱難《かんなん》苦《はなは》だ恨《うら》む繁霜《はんそう》の鬢《びん》

秋風が激しく吹き　空は晴れ上がり
猿が悲しげに鳴いている
眼下の川辺の水は澄み　砂は白く輝いて
鳥が輪を描いて飛んでいる
木の葉は絶え間なく
カサコソと音を立てて散り
尽きることのない長江は
こんこんと湧きだすように流れ下る
遠く離れた他国で悲しみをそそる秋に
出会う私は　いつまでも旅人の身
そのうえ生涯　病がちで
たった一人いま高台に上っている
さまざまな苦難に出会ったため
鬢が真っ白になったのが恨めしい

潦倒新停濁酒杯◎

潦倒《ろうとう》新《あら》たに停《とど》む濁酒《だくしゅ》の杯《はい》

老いさばらえたこの身ゆえ
にごり酒もやめたばかりだ

杜甫《とほ》（七一二～七七〇）は盛唐の詩人です。字《あざな》は子美《しび》です。号は少陵《しょうりょう》。のち、杜工部《とこうぶ》と呼ばれました。杜甫は洛陽の東六十五キロ、鞏義《きょうぎ》市の筆架山のふもとで生まれました。十四、五歳で詩人として認められたようですが、科挙にはなかなか及第しませんでした。三十五歳ごろまで各地（江蘇《こうそ》省、浙江《せっこう》省、山東省、河北《かほく》省）を経めぐっていました。この間に、李白（一二一頁参照）や高適《こうせき》（一三五頁参照）らの詩人と交わりました。

成都の杜甫草堂にある拓本

登高は九月九日の重《ちょう》陽《よう》の節句に高いところに登って菊酒を飲み、厄払いをすること。
風急は秋風が激しく吹くこと。
天高は空が澄んで高いこと。
渚は岸辺の水。
飛廻は鳥が輪を描いて飛ぶこと。
落木は木の葉が散ること。
蕭蕭は落葉の音の形容。
滾滾は盛んに流れるさま。
悲秋は悲しみをそそ

四十四歳の時、はじめて武器の管理と門の出入りを取り締まるという低い官職にありつきましたが、天宝《てんぽう》十四（七五五）年十一月、安禄山《あんろくざん》の乱（七五五）に遭遇し、霊武《れいぶ》（寧夏《ねいか》省）の粛宗《しゅくそう》のもとへ参じようとして賊軍に捕らえられ、長安に幽閉されました。九カ月後、脱出に成功した杜甫は、鳳翔《ほうしょう》（陝西《せんせい》省）の行在所《あんざいしょ》の粛宗のもとに馳せつけ、左拾遺《さしゅうい》という官職を授けられました。しかし、はりきりすぎて宰相の房琯《ぼうかん》を弁護して、粛宗の不興を買い、華州《かしゅう》（陝西省）に左遷されました。華州では大飢饉に遭遇し、官を捨て、妻子をつれて職を求めて流浪の旅に出ました。上元《じょうげん》元（七六〇）年に成都《せいと》（四川省）の尹《いん》・厳武《げんぶ》の幕僚になりましたが、永泰《えいたい》元（七六五）年、厳武の死で長江を下り、岳陽付近の湘江の船中で亡くなりました。

杜甫はあらゆる詩に通じていましたが、対句を重んじる律詩を得意にしていました。李白と併称された中国最高の詩人で〈詩聖〉と呼ばれました。

この詩は大暦《たいれき》元（七六六）年ごろの重陽《ちょうよう》の節句に詠んだものです。夔州《きしゅう》（四川省奉節《ほうせつ》県）での作で、杜甫の晩年、五十五歳ごろの作品です。

この詩について、明の胡《こ》応麟《おうりん》は「此《こ》れ当《まさ》に古今七言律詩の第一たるべし」と激賞し、清の楊倫《ようりん》も「当《まさ》に杜集七言律詩の第一たるべし」とたたえています。

四聯《れん》ともすべて対句（全対格《ぜんついかく》）を用いています。七言律詩の全対格はきわめて難しいといわれていますが、煩わしさを感じさせないみごとな作品です。

前半は高いところから見た晩秋の景を詠っています。首聯では上と下の景を詠い、頷聯

る秋。

常はいつまでも。

客は旅人。ここでは杜甫自身をさす。

多病は病がちという意味。

艱難はさまざまな苦難。

恨は口惜しい。

鬢は耳ぎわの髪。

潦倒は老いさらばえること。

新は～したばかりという意味。

では横の広がりと奥行きをとらえています。また、第一句（風の音、猿の鳴き声）と第三句（「蕭蕭」）は聴覚の世界を、第二句（清い水、白い砂）は色彩を意識させて視覚の世界を描いています。首聯では、ほかに第一句の「風急」と「天高」、第二句の「渚清」と「沙白」というように句中対《くちゆうつい》、「蕭蕭」「滾滾」というような畳語が用いられています。

後半の四句には杜甫の感慨がこめられています。頸聯の「常」と「独」には万感の思いがこもっています。九月九日の重陽の節句には、家族そろって高いところに上って、菊酒を飲み、頭髪にカワハジカミの小枝を挿して災難を払う習慣がありました。しかし、万里も遠く離れた異国で、しかも老残な杜甫は病がちであったので菊酒さえも飲めないのです。杜甫はマラリアをはじめ、喘息、神経痛、糖尿病などの病気を抱え、このころはさらに肺を患い、左耳も聞こえなくなっていたようです。旅愁を払うためには酒が必要だったのですが、それも飲めないというのですから気の毒です。

この詩は一句が三層に切れるという特別の句法です。つまり、風急／天高／猿嘯哀というように切れているのです。

また、詩の句の呼応のしかたもみごとです。第三句は第一句を、第四句は第二句を、第七句は第五句を、第八句は第六句をそれぞれ承けています。

すきのない詠いぶりはなんど読んでもすばらしく、一唱三嘆の絶調をなしています。

自己の信念を示した遺言としての詩

韓愈《かんゆ》

七言律詩・下平声一先の韻

左遷至藍関示姪孫湘

一封朝奏九重天◎
夕貶潮州路八千◎
欲為聖明除弊事
肯将衰朽惜残年◎
雲横秦嶺家何在
雪擁藍関馬不前◎
知汝遠来応有意

左遷《させん》せられて藍関《らんかん》に至《いた》り姪孫《てっそん》の湘《しょう》に示《しめ》す

一封《いっぷう》朝《あした》に奏《そう》す九重《きゅうちょう》の天《てん》
夕《ゆう》べに潮州《ちょうしゅう》を貶《へん》せらる路《みち》八千《はっせん》
聖明《せいめい》の為《ため》に弊事《へいじ》を除《のぞ》かんと欲《ほっ》す
肯《あ》えて衰朽《すいきゅう》を将《もっ》て残年《ざんねん》を惜《お》しまんや
雲《くも》は秦嶺《しんれい》に横《よこ》たわりて家《いえ》何《いず》くにか在《あ》る
雪《ゆき》は藍関《らんかん》を擁《よう》して馬《うま》前《すす》まず
知《し》る汝《なんじ》の遠《とお》く来《き》たる応《まさ》に意《い》有《あ》るべし

朝　朝廷に
上奏文を奉ったら
夕方には　八千里も彼方の
潮州に流されてしまった
天子のため　弊害を取り除こうと
考えただけなのに……
衰えた身で　いくばくもない
余生を惜しもうとは思わない
秦嶺山脈に雲がたちこめ
長安のわが家は見えない
藍田関は雪に包まれ
私の乗る馬は進もうとしない
湘よ　お前が遠くから来たのは
思うところがあってのことだろう

藍田関あたりの風景

好収吾骨瘴江辺◎

好《よ》し吾《わ》が骨《ほね》を収《おさ》めよ瘴江《しょうこう》の辺《ほとり》に

私の遺骨を
瘴江のほとりで拾い集めるがよい

韓愈《かんゆ》（七六八～八二四）は中唐の詩人です。字《あざな》は退之《たいし》、諡《おくりな》を文公《ぶんこう》といいました。孟《もう》県（河《か》南《なん》省）の人です。三歳で父に死別してからは兄嫁の鄭《てい》氏に養われました。貞元《ていげん》八（七九二）年、二十五歳の時に進士に及第しました。翌年から三年続けて博学宏詞《はくがくこうし》科《か》を落第し続けました。三十五歳の時、四《し》門博士《もんはかせ》になり、翌年監察御使《かんさつぎょし》になり、宮市《きゅうし》（＊注1）を上疏《じょうそ》して徳宗《とくそう》の逆鱗《げきりん》に触れ、陽《よう》山《ざん》（広東省）に左遷されました。その後、中央の政界に復帰しましたが、元和《げんな》十四（八一九）年、五十二歳の時、仏骨を宮中に迎えることに反対して「仏骨を論ずる表《ひょう》」という上奏文を書いたため、憲宗《けんそう》の怒りに

藍関は藍田関《らんでんかん》のこと。藍田関は西安の東南五〇キロの秦嶺にある。
姪孫は兄弟の孫。
一封は一通の上奏《じょうそう》文《ぶん》。
九重天は朝廷。
潮州は広東省潮州市。
聖明は天子。
衰朽は年老いて衰えた身。
残年は余生。
家は長安にある家。
前は進む。
有意は心に期すところ。
好は～するがよい。

ふれ、潮州《ちょうしゅう》（広東省）に流されました。翌年、中央政界に復帰、国子《こくし》祭《さい》酒《しゅ》、兵部侍郎《へいぶじろう》、吏部侍郎《りぶじろう》などを歴任しました。長慶《ちょうけい》四（八二四）年十二月に亡くなり、礼部尚書《れいぶしょうしょ》を追贈されました。なお、現在、韓愈から数えて三十九代目の子孫が河南省に住んでいます。

孟県にある韓愈像

瘴江は毒気のたち込める川のこと。

＊注1　宮中の物資を調達するために設けられた市場。

韓愈は白居易（二三四頁参照）とともに中唐詩壇の中心的な人物でした。韓愈の詩は句法や修辞などに難解なものが多く見られます。ことに古詩をたくさんつくっていました。散文は唐宗八大家の一人に数えられ、駢儷《べんれい》文（九七頁コラム参照）に反対して、達意を求める古文の復興を唱え、柳宗元《りゅうそうげん》（二〇八頁参照）とともに〈韓柳《かんりゅう》〉と称されました。

この詩は五十二歳の韓愈が憲宗の怒りにふれ、家族ともども長安を追放された時、潮州まで同行した姪孫《てっそん》の湘《しょう》に、自己の信念を示したものであると同時に遺言としたものです。

皇帝の激怒は首聯の「朝奏」「夕貶」の対応で窺い知ることができます。頷聯の対句は天子に対する忠誠と信念が詠い込まれています。頸聯の対句は眼前の情景の描写ですが、不安を感じていた作者の心象風景でもあります。尾聯は遺言のはずでしたが、翌年、憲宗が急死して韓愈は都に召還されました。

「脾肝に入る」という表現の面白さ

真山民《しんさんみん》

七言絶句・上平声十四寒の韻

山間秋夜　山間《さんかん》の秋夜《しゅうや》

夜色秋光共一闌◎
飽収風露入脾肝◎
虚檐立尽梧桐影
絡緯数声山月寒◎

夜色《やしょく》秋光《しゅうこう》共《とも》に一闌《いちらん》
飽《あ》くまで風露《ふうろ》を収《おさ》めて脾肝《ひかん》に入《い》る
虚檐《きょえん》立《た》ち尽《つ》くす梧桐《ごどう》の影《かげ》
絡緯《らくい》数声《すうせい》山月《さんげつ》寒《さむ》し

秋の夜の気配と月明かりが
欄干を包み込んでいる
秋風に吹かれ　白露を浴び
秋の夜気を心ゆくまで体に吸い込む
誰もいない軒端《のきば》近くに生える
青桐が影を落とすあたりで
コオロギが鳴きだし
山月はますます寒く感じられる

真山民《しんさんみん》（一二六五～一二七四?）は南宋の詩人です。姓名も出身地もわかりません。謎の人物です。一説に名は桂芳《けいほう》で、括蒼《かっそう》（浙江省《せっこう》）の人といわれています。宋末の進士ですが、宋の滅亡とともに、世を逃れ、人に知られることを求めず、自分を「山民」と呼びました。詩は百五十九首伝わっています。

夜色は夜の気配。
一闌は一つの欄干。
脾肝は脾臓と肝臓だが、ここでは腹の中という意味。

この詩はだれもいない、静まり返った欄干に立ちつくして、深まりゆく秋の情景をありのままに詠ったものです。

秋の情景を詠う「夜色」「秋光」「虚檐」「梧桐」「絡緯」「山月」などの詩語を多用しています。素材が多すぎる嫌いもありますが、その単調さを打破しているのが、「飽くまで風露を収めて脾肝に入る」と詠む承句です。なかでも、「脾肝に入る」と詠む表現は面白いと思います。「脾肝」は脾臓と肝臓のことですが、ここでは腹の中という意味です。「秋風に吹かれながら、白露を浴びて、秋の夜気を十分に体内に吸い込む」という表現には、秋の夜の山に浸り込み、自然と同化しようという作者の姿が詠われているのです。

なお、結句の「絡緯数声山月寒し」は人口に膾炙《かいしや》している名句です。

虚檐はだれもいない軒端《のきば》。

梧桐は青桐。

絡緯はコオロギだが、クツワムシという説もある。

〈詩豪〉が詠じる耐えられない孤独

劉禹錫《りゅううしゃく》

五言絶句・上平声十二文の韻

秋風引　秋風《しゅうふう》の引《いん》

何処秋風至
蕭蕭送雁群◎
朝来入庭樹
孤客最先聞◎

何《いず》れの処《ところ》よりか秋風《しゅうふう》至《いた》る
蕭《しょう》蕭《しょう》として雁群《がんぐん》を送《おく》る
朝来《ちょうらい》庭樹《ていじゅ》に入《い》り
孤客《こかく》最《もっと》も先《さき》に聞《き》く

この秋風は
どこから吹いてくるのだろうか
もの寂しい音を立てながら　秋風は
南に渡る雁の群れを送っている
今朝
秋風が庭の木々に吹き入ったのを
旅人である私が
誰よりも早く聞きつけた

秋風引は楽府題《がふだい》。「引」は「曲」「行」「歌」などと同じ意味で、詩題は「秋風のうた」という意

劉禹錫《りゅううしゃく》（七七二～八四二）は中唐の詩人です。字《あざな》は夢得《ぼうとく》。中山《ちゅうざん》（河北《かほく》省）の人といわれていましたが、最近の中国では洛陽の人とするのが通説です。貞元《ていげん》九（七九三）年、二十一歳の若さで進士に及第、さらに博学宏詞科《はくがくこうしか》にも合格しました。

永貞《えいてい》の変（八〇五）で連州《れんしゅう》（広東省）刺史《しし》に流され、その二カ月後には朗州《ろうしゅう》（湖南省）司《し》

劉禹錫の陋室《ろうしつ》（安徽省和《か》県）

馬《ば》に左遷されました。のち、中央に戻されましたが、元和《げんな》十（八一五）年、桃の名所、玄都観《げんとかん》での「朗州より京に至り戯《たわむ》れに花を看《み》る諸君に贈る」という七言絶句が時事を諷刺したと受けとられて、またもや播州《はしゅう》（貴州《きしゅう》省）刺史に流されました。その後、和州《かしゅう》（安徽《あんき》省）を経て中央に復帰し、太子《たいし》賓客《ひんかく》や検校礼部尚書《けんこうれいぶしょうしょ》を歴任しました。

晩年は洛陽で過ごし、白居易（一二三四頁参照）と詩を唱和しました。白居易は劉禹錫を〈詩豪〉といい、「劉君の詩が在る処、神物の護持有り」と賞賛しています。

この作品がつくられた年代や状況はわかりませんが、おそらく左遷されていた時期（八〇五～八二六年）のものと思われます。

前半の二句は南に吹きつけるもの寂しい秋風に乗って雁の群れがやってくると詠っています。雁は手紙の縁語で、蘇武《そぶ》の故事（五八頁コラム参照）に基づいています。その雁が都のある北の方角からやってくるわけですから、やりきれない寂しい感情が湧き起こるのは当然のことです。

味。

蕭蕭はもの寂しい秋風の音を形容した擬声語。

朝来は朝方。来は夜来の来と同じように語調を整える助字。

孤客は孤独な旅人。作者自身をさす。

後半の二句は、孤独な作者が誰よりも早く秋風を聞きつけたと詠んでいます。左遷されている身であるからこそ、移りゆく季節を誰よりも早く敏感に感じとることができるのでしょう。

結句の「孤客」の「孤」は、承句の「雁群」の「群」に呼応し、孤独な寂しさをいっそうかきたてています。また、結句の「最も先に聞く」は蘇頲《そてい》の「汾上《ふんじょう》にて秋に驚く」詩（一六八頁参照）の「聞くべからず」と比較されますが、「最も先に聞く」と詠ったほうが、かえって聞くに堪えない情の深さを表わしているような気がします。

陋室の中に安置されている劉禹錫像

「秋風を見る」という表現のユニークさ

張籍《ちょうせき》

七言絶句・通韻

秋思　秋思《しゅうし》

洛陽城裏見秋風○
欲作家書意万重◎
復恐怱怱説不尽
行人臨発又開封◎

洛陽城裏《らくようじょうり》秋風《しゅうふう》を見《み》る
家書《かしょ》を作《つく》らんと欲《ほっ》して意《い》万重《ばんちょう》
復《ま》た恐《おそ》る怱怱《そうそう》説《と》いて尽《つ》くさざるを
行人《こうじん》発《はつ》するに臨《のぞ》んで又《また》封《ふう》を開《ひら》く

洛陽に　秋風が吹き渡るのを見た
家族への手紙を書こうと思ったが
伝えたいことばかり
慌ただしく書いたので
言い残しがないかと気にかかり
手紙を託した旅人が出立するとき
もう一度封を開いてしまった

張籍《ちょうせき》（七六八～八三〇?）は中唐の詩人です。字《あざな》は文昌《ぶんしょう》。和州烏江《かしゅううこう》（安徽省《あんきしょう》）の人とも、蘇州呉県《そしゅうごけん》（江蘇省《こうそしょう》）の人ともいわれています。貞元《ていげん》十五（七九九）年の進士で、秘書郎《ひしょろう》、水《すい》部員外郎《ぶうんがいろう》などを歴任したあと、四大詩人の一人である韓愈《かんゆ》（一九八頁参照）に推されて国《こく》子博士《しはかせ》、国子司業《こくししぎょう》になりました。

洛陽は河南省《かなんしょう》にある。洛水の北に栄えた古都で、唐代は長安の東に位置していたので、東都ともい

王建《おうけん》（七八頁参照）、賈島《かとう》（一九〇頁参照）、孟郊《もうこう》（二五二頁参照）らの詩人たちと交友し、数多くの贈答の詩をつくりました。また、楽府《がふ》にすぐれ、王建とともに「張王」と併称されました。

詩題の「秋思」は張籍の得意とする楽府題です。「秋思」は秋のもの思いという意味で、故郷に手紙を書こうとする心情を詠ったものです。

起句の「秋風を見る」という表現はユニークです。普通、聴覚や触覚でとらえる秋風を、視覚でとらえ、秋風に吹かれて揺れる草や樹木を想起させています。この「秋風を見る」というユニークな表現は『晋書《しんじょ》』（文苑伝）にある張翰伝《ちょうかんでん》の故事を踏まえたものです。洛陽で「秋風の起つを見る」と、張翰は呉《ご》（蘇州）の郷土料理が恋しくなり、官職を捨てて故郷に帰ってしまったのです。張翰と作者の張籍が同姓であり、しかも、同郷であることがこの詩を面白くしています。

後半の二句は故郷を思う心が詠われています。ことに、「復恐」と「又開封」の詩語は作者の望郷の念をいっそう強める効果を出しています。故事を用い、情景、心理をよくとらえたすばらしい作品です。

われた。ちなみに北都は太原《たいげん》、南都は成《せい》都《と》。

城裏は町の中。

家書は家からの手紙という意味もあるが、ここでは家への手紙。

意万重はあれもこれもと思いが重なること。

復恐は再び心配になるという意味。恐には怖がるとか脅すという意味もあるが、ここは心配するという意味。

忽忽は慌ただしい。

説不尽は言い残しがあること。

行人は旅人。

静謐の中に込めた政界復帰への熱い思い

柳宗元《りゅうそうげん》

五言絶句・入声九屑の韻

江雪　江雪《こうせつ》

千山鳥飛絶●
万径人蹤滅●
孤舟蓑笠翁
独釣寒江雪●

千山《せんざん》鳥《とり》飛《と》ぶこと絶《た》え
万径《ばんけい》人蹤《じんしょう》滅《めつ》す
孤《こ》舟《しゅう》蓑笠《さりゅう》の翁《おう》
独《ひと》り寒江《かんこう》の雪《ゆき》に釣《つ》る

多くの山々から鳥の飛ぶ姿が消え
多くの小道から人の足跡が消えた
一艘の小舟にみの笠を着た老人が
寒々とした川面で一人釣りをする

江雪は川べりに降った雪。寒江雪の略。
千山は多くの山々。
万径は多くの小道。
人蹤は人の足跡。

柳宗元《りゅうそうげん》（七七三〜八一九）は中唐の詩人です。字《あざな》は子厚《しこう》。世に柳河東《りゅうかとう》とか、柳柳州《りゅうりゅうしゅう》といわれています。河東《かとう》（山西省永済《えいさい》県）の人ですが、長安（陝西《せんせい》省西安市）に生まれ育ちました。二十一歳の時、進士に及第、二十六歳で博学宏詞科《はくがくこうしか》にも及第して、校書郎《こうしょろう》や監察御《かんさつぎょ》史裏行《しりこう》を歴任しました。永貞《えいてい》元（八〇五）年一月、徳宗《とくそう》の崩御で順宗《じゅんそう》が即位すると、礼部《れいぶ》員外郎《うんがいろう》となり、王叔文《おうしゅくぶん》、韋《い》質誼《しつぎ》らとともに政治改革に乗りだしましたが、病（中風）が悪化した順宗が退位すると、王叔文らの一派は失脚し、十一月、柳宗元は永州《えいしゅう》（湖南省永州市）司馬《しば》に流されました。名作『永州八記《えいしゅうはっき》』はこの時の作品です。元和《げんな》十（八一五）年三月に永州から柳州（広西《こうせい》壮《チワン》族自治区）刺史《しし》に転任しました。柳州では奴隷解放などの善政を行なったため、死後、柳州の人々は廟をつくって柳宗元を祭りました。

柳宗元は山水詩にすぐれ、王維《おうい》（四四頁参照）、孟浩然《もうこうねん》（九三頁参照）、韋《い》応物《おうぶつ》（二五八頁参照）とともに〈唐代自然詩の四大家〉と称されています。また、韓愈《かんゆ》（一九八頁参照）とともに古文復興運動の推進者としても知られています。

唐代五言絶句の絶唱として人口に膾炙《かいしゃ》しているこの作品は、柳宗元が永州に司馬として左遷されていた時のものです。永州に流されて二年目の冬、元和《げんな》二（八〇七）年に大雪に遭っています。このあたりは亜熱帯地帯ですから雪は降らないという先入観があり、この詩は絵に託されてつくられたという説もあります。しかし、私が二〇〇三年一月にこの地

簑笠翁はみのと笠を着けた老人。

参考

国語学者の土岐善麿は、多くの漢詩を和訳しています。一九五五年に刊行された『新訳杜甫詩選　第一』（春秋社）から「江雪」の和訳を紹介しましょう。

大江雪景

山また山　鳥はかけらず
道また道　人かげもなし
ひとつ舟《ぶね》　みの笠の翁《おじ》
ひとり釣る　大河《おおかわ》の雪

を訪れた時にも三〇センチの降雪に見舞われました。当時はいまよりももっと寒かったはずですから、降雪に遭遇してもおかしくはなかったと思います。

前半の二句は見渡すかぎりの雪景色、白一色の世界をきれいな対句仕立てにして描いています。雪という字を用いることなく、雪景色に閉ざされた世界を詠んでいます。動きのあるものは何一つとしてありません。静寂の世界の描写です。永貞の乱（八〇五）の失敗で左遷されたわけですから、詩中の「鳥」とは政治改革に燃えていたころの同志でしょう。「人蹤」も改革に向けてともに歩んできた同志の足跡を意味しています。前半の二句の最初と最後の漢字を横に読むと「千万絶滅」となります。左遷されてから二年目、まだ日も浅く、立ち直ることができなかったのでしょう。

後半の二句の最初にある漢字を横に読むと、「孤独」となります。エリート官僚だった柳宗元が社会的に孤立し、孤独であることを意味します。

老人は作者自身です。この老人は、あの太公望のように「天下を釣ろう」というのでしょう。一刻も早く中央の政界に復帰して、政治改革を成し遂げたいという熱い心が秘められています。

固有名詞の文字面で連想を重ねさせる巧みさ　李白《りはく》

七言絶句・下平声十一尤の韻

峨眉山月歌　峨《が》眉《び》山月《さんげつ》の歌《うた》

峨眉山月半輪秋◎
影入平羌江水流◎
夜発清渓向三峡
思君不見下渝州◎

峨《が》眉《び》山月半輪《さんげつはんりん》の秋《あき》
影《かげ》は平羌《へいきょう》に入《い》って江水《こうすい》流《なが》る
夜《よる》清渓《せいけい》を発《はっ》して三峡《さんきょう》に向《む》かう
君《きみ》を思《おも》えども見《み》えず渝州《ゆしゅう》に下《くだ》る

峨眉山の山の端に半円の月がかかる
秋の夜
月影は平羌江の川面に映り
ちらちらと流れている
夜　清渓を出発して
三峡に向かう
故郷最後の月を見たいと思ったが
見えぬまま渝州に下っていく

李《り》白《はく》（七〇一～七六二）は盛唐の詩人です。母が太白星《たいはく》（金星）を夢に見て出生したので字《あざな》を太白《たいはく》と名づけました。号は青蓮居士《せいれんこじ》。生まれは中央アジアの砕葉《スヤブ》（キルギス・トクマック）です。五歳の時、父の李客《りかく》とともに蜀《しょく》（四川省）の青蓮郷に移り住みました。二十五歳で蜀を出て、各地に遊び、四十二歳の時、都・長安に行き、賀知章《がちしょう》（一七八頁参照）の

峨眉山は四川省の西部にある名山。標高三〇九九メートル。
半輪は半分山に隠れている満月。

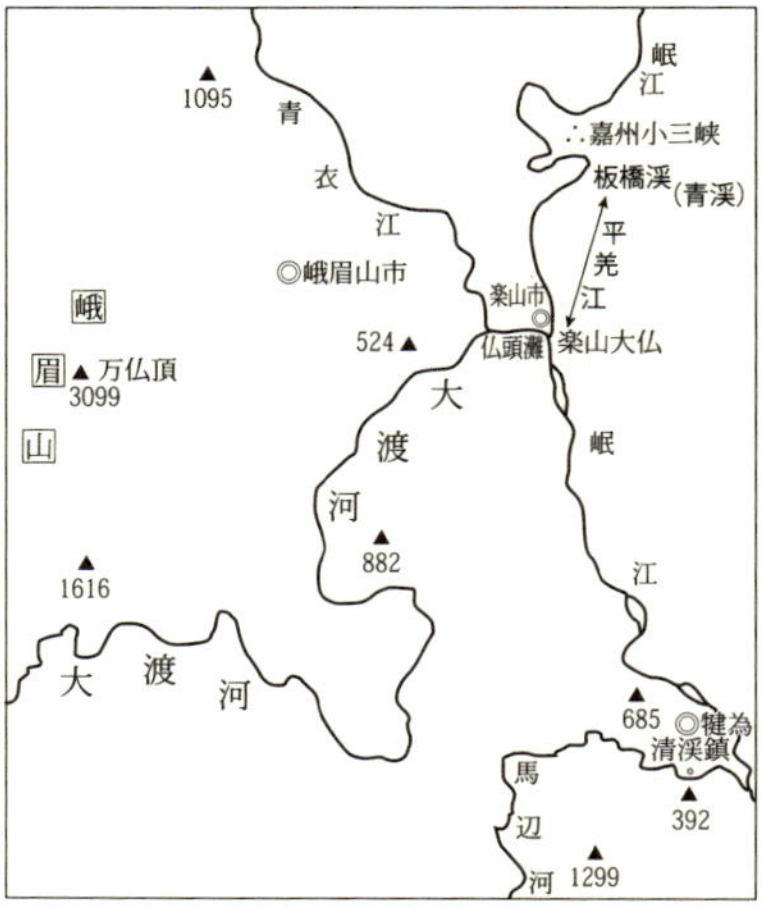

峨眉山あたりの略図

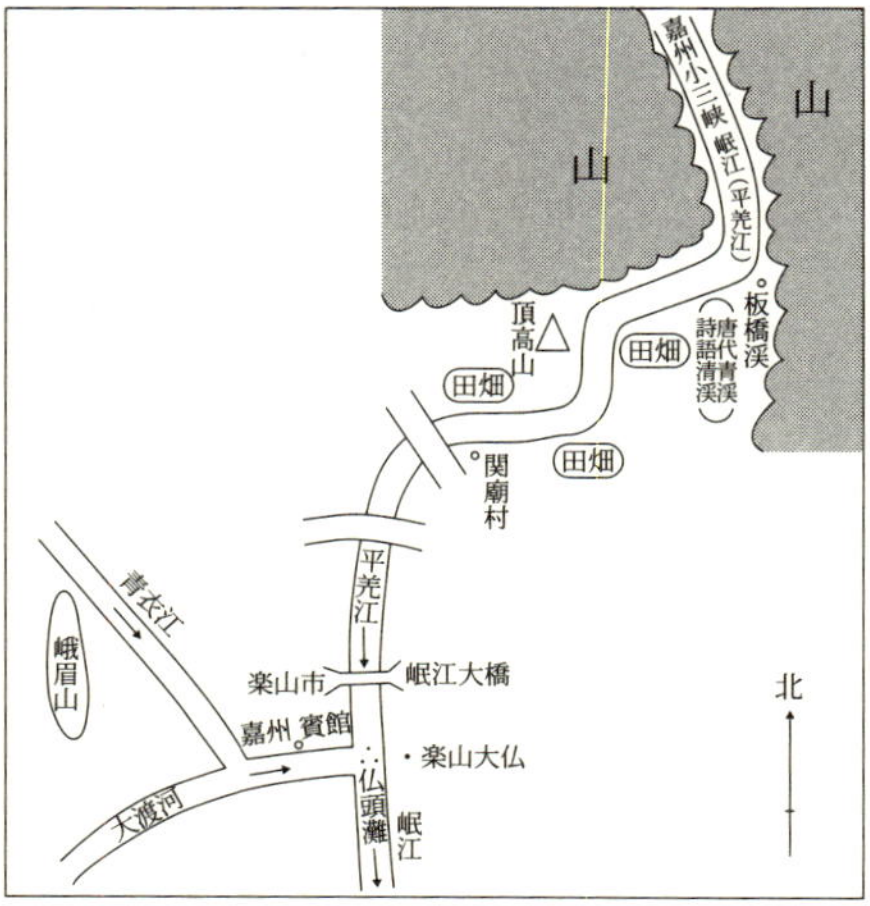

楽山市付近の拡大図

推挙で翰林供奉《かんりんぐぶ》になりました。しかし、高力士《こうりきし》、張均《ちょうきん》らの讒言《ざんげん》にあって、朝廷を追放されてしまいました。五十六歳の時、安禄山《あんろくざん》の乱（七五五）の勃発で、玄宗《げんそう》皇帝の子、永王・璘《りん》に招かれて、その幕下に加わりましたが、永王と粛宗《しゅくそう》との仲違いから永王軍は反乱軍と見なされ、討伐されてしまいました。捕らえられた李白は、夜郎《やろう》（貴州《きしゅう》省）に流されました。その途上、巫山《ふざん》（四川省）付近で恩赦にあい釈放されました。再び、長江を下った李白は金陵《きんりょう》（南京）や宣城（安徽《あんき》省）などに遊びましたが、宝応《ほうおう》元（七六二）年十一月に当塗《とうと》（安徽省）で亡くなりました。

〈詩仙〉と称された李白は、〈詩聖〉の杜甫（一九四頁参照）と並んで中国を代表する大詩人です。作品はスケールが大きく、天馬空を行くがごとく、筆の運ぶにまかせて詩ができたといいます。絶句にすぐれた作品が多く残

影は月の光。平羌江の川面に映る月影。

平羌江は岷江《びんこう》の一流域。

清渓は唐代の清渓（いまの板橋渓《ばんきょうけい》）。

三峡は長江が重慶《じゅうけい》市と湖北省の境界あたりの山地を横切る峡谷をいう。諸説があるが、瞿塘峡《くとうきょう》、巫《ふ》峡《きょう》、西陵峡《せいりょうきょう》をいう。

君は月をさす。恋人、友人という説もある。

渝州はいまの重慶《じゅうけい》市。

されています。

この詩は李白が故里の蜀《しょく》(四川省)を船出した時の作品です。李白詩の中でも傑作といわれています。明の王世貞《おうせいてい》(七四頁参照)が「此れ太白の佳境、二十八字中、峨眉山、平羌江、清渓、三峡、渝州有り。後人《こうじん》をして之《これ》を為《な》さしめば、痕跡《こんせき》に勝《た》えず。益々《ますます》此《こ》の老鑪《ろうろ》錘《すい》の妙を見る」と評しているように、五つの固有名詞を詠い込みながら、少しも不自然さを感じさせず、かえって詩のイメージをつくりだしています。たとえば、「峨」からは険しい高山(縦)を意識させ、「平」からはゆったりとした流れ(横)を連想させ、「清」は清々しい秋を想起させます。また「眉」「平」「清」は月の縁語にもなっています。つまり、固有名詞のもつ文字面を巧みに生かしているのです。

「三峡」と「渝州」の固有名詞は文字面を生かした効果よりも、詩の舞台をスケール大きく描きだすことがねらいのようです。

この詩は清渓を船出してまもなく、即興的に詠い上げた作品ではないかと思われます。

さて、この詩中で詠まれた「平羌江」はこれまでは大渡河に合流する「青衣江」である

参考

『松下緑漢詩戯訳　七五調で味わう人生の漢詩』(亜紀書房)で、松下緑はこの詩を下のように訳しています。

秋ノ明月冴エ冴エト半バカカリヌ峨眉ノ峰
平羌江ノサザナミハソノ影ウツシ流レユク
夜明ケニチカク清渓ヲ三峡目指シ舟出スル
振リ返レドモ月ハナク舟ハ渝州ヘヒタ走ル

といわれてきました。また、『清渓』の位置も議論がなされてきました。

現地に佇立してみると、「平羌江」は「青衣江」ではなく、岷江《びんこう》の本流をさしていることがわかります。平羌江とは楽山の上流にある嘉州小三峡の最後の渓谷である平羌江から嘉州（いまの楽山市）に至るまでの岷江のことです。

ですから、李白は平羌江の流れに乗る船中で目にした情景を即興的に絶句に仕立て上げて詠じたことがわかります。地図を参考にしていただくとわかりますが、李白が船出をした清渓は唐代の青渓（現在の板橋渓《ばんきょうけい》）をさします。青渓を清渓としたのは「青」と「清」は発音が同じだからです。こうした用法を「音通」といいます。青は夏のイメージが強いのですが、清は清々しい秋のイメージにぴったりです。ですから、「清」字を詩中で用いたのです。

ところで、夜は一般的には夕暮れから明け方までをさしています。夜は「初更（午後八時）」「二更（午後十時）」「三更（零時）」「四更（午前二時）」「五更（午前四時）」に分けますが、満月の見られる時間からいってここでの夜は五更（午前四時）のころだったようです。李白は、板橋渓を午前四時ごろ出発し、清渓の真西にある名峰・峨眉山にかかる満月を見ながら、渝州をめざしていました。

満月が峨眉山の端にかかっているのを李白は目のあたりにしていたのですが、その月もいつしか山陰に姿を隠してしまい、故里最後の月を見ることができなかったことを詩に詠い込みました。

静かで満ち足りた生き方を宣言

謝霊運《しゃれいうん》

五言古詩・通韻

石壁精舎還湖中作

昏旦変気候
山水含清暉◎
清暉能娯人
遊子憺忘帰◎
出谷日尚蚤
入舟陽已微◎
林壑斂瞑色

石壁精舎《せきへきしょうじゃ》より湖中《こちゅう》に還《かえ》る作《さく》

昏旦《こんたん》に気候《きこう》変《へん》じ
山水《さんすい》清暉《せいき》を含《ふく》む
清暉《せいき》能《よ》く人《ひと》を娯《たのし》ましめ
遊子《ゆうし》憺《たん》として帰《かえ》るを忘《わす》る
谷《たに》を出《い》でて日《ひ》尚《な》お蚤《はや》く
舟《ふね》に入《い》りて陽《ひ》已《すで》に微《び》なり
林壑瞑色《りんがくめいしょく》を斂《おさ》め

このあたりは
朝晩で様子がちがって見える
山も水も清らかな光を帯びている

その清々しい光は人を楽しませる

旅人の私は夢見心地で
帰るのを忘れそうになる

谷を出たときは
朝まだきだったが

舟に乗り込んだときには
日の光はもう薄くなってしまった

林や谷は
夕暮れの色に吸い込まれ

雲霞収夕霏◎
芰荷迭映蔚
蒲稗相因依◎
披払趨南径
愉悦偃東扉◎
慮澹物自軽
意愜理無違◎
寄言摂生客
試用此道推○

雲霞《うんか》夕霏《せきひ》を収《おさ》む
芰荷《きか》迭《たがい》に映蔚《えいい》し
蒲稗《ほはい》相因依《あいいんい》す
披払《ひふつ》して南径《なんけい》に趨《おもむ》き
愉悦《ゆえつ》して東扉《とうひ》に偃《ふ》す
慮《りよ》澹《しず》かにして物《もの》自《みずか》ら軽《かろ》く
意《い》愜《かな》いて理《り》違《たが》う無《な》し
言《げん》を寄《よ》す摂生《せつせい》の客《かく》に
試《こころ》みに此《こ》の道《みち》を用《もつ》て推《お》せ

雲や靄は夕焼けの輝きに
溶け込むように消えていく
菱と蓮とが
引き立て合うように青々としげり
ガマとヒエとは
互いに寄り添っている
木や枝を払いのけながら
南の小道に入っていき
楽しい心持ちで
東の部屋で休む
気持ちがさっぱりと安らぎ
世間の雑事も自然と軽くなる
心は満ち足り
自分の本性と食い違うことはない
養生して長生きに務める人に
ひと言申し上げよう
ためしに
このような生き方をしてみないか

謝霊運《しゃれいうん》（三八五～四三三）は南朝宋の詩人です。陳郡陽夏《ちんぐんようか》（河南《かなん》省太康《たいこう》県）の人です。晋の将軍・謝玄《しゃげん》の孫。南朝を代表する大貴族の出身です。琅邪《ろうや》王《おう》大司《だいし》馬《ば》行参軍《こうさんぐん》、秘書丞《ひしょじょう》、中書郎《ちゅうしょろう》、黄門侍郎《こうもんじろう》、太子《たいし》左《さ》衛率《えいりつ》、永嘉《えいか》太守《たいしゅ》、侍中《じちゅう》、臨川内史《りんせんないし》などを歴任しました。名門の出であることをたのみにして、横暴な振る舞いをし、世間の人々の顰蹙《ひんしゅく》を買いました。ついには広州《こうしゅう》で死刑に処せられました。

謝霊運の詩は唐代の王維《おうい》（四四頁参照）、孟浩然《もうこうねん》（九三頁参照）、韋応物《いおうぶつ》（二五八頁参照）、柳宗元《りゅうそうげん》（二〇八頁参照）ら自然を詠じた詩人たちに大きな影響を与えました。

永初《えいしょ》三（四二二）年に永嘉（浙江《せっこう》省温州《うんしゅう》市）の太守に左遷された謝霊運は、翌年の景平《けいへい》元（四二三）年には永嘉の太守を辞して、郷里の始寧《しねい》に帰って、石壁山に隠れ住みました。

この作品は末尾の第十五句と第十六句を除いて、すべて対句に仕立てられています。

冒頭の四句は、清らかな山水に心を奪われ帰るのが遅くなったことが詠われています。第五句から八句までは夕暮れ時の山や空の様子が詠じられています。ことに、第七・八句の「林壑瞑色を斂め　雲霞夕霏を収む」の二句は、夕暮れ時の風景をみごとに描きだしています。第九句から第十二句は、舟が水辺の様子から自宅に帰りつくまでのことが詠まれています。最後の四句（第十三から第十六句）は満ち足りた心境が詠われ、自然と一体化した、静かで満ち足りた心を保つ生き方を宣言した二句で結んでいます。

石壁精舎は始寧《しねい》（浙《せっ》江《こう》省上虞《じょうぐ》県）にあった書斎。寺院とも。
湖は巫湖。
昏旦は朝と晩。
憺は心が安らぐこと。
林壑は林や谷。
瞑色は暮色。
雲霞は夕焼けの光。
芰荷は菱と蓮。
迭は互と同じ。
映蔚は引き立て合うように青々と茂ること。
蒲稗はガマとヒエ。
偃は憩う。
東扉は東の軒下。ここでは東の部屋。
物は世間。
愜は満ちること。
摂生客は養生して長寿を願う人。
道は道理。

視覚と聴覚、二つの感覚の重なりで描く

李益《りえき》

七言絶句・下平声七陽の韻

夜上受降城聞笛
回楽峰前沙似雪
受降城外月如霜◎
不知何処吹蘆管
一夜征人尽望郷◎

夜受降城《よるじゅこうじょう》に上《のぼ》りて笛《ふえ》を聞《き》く
回楽峰前《かいらくほうぜん》沙《すな》雪《ゆき》に似《に》たり
受降城外《じゅこうじょうがい》月《つき》霜《しも》のごとし
知《し》らず何《いず》れの処《ところ》か蘆管《ろかん》を吹《ふ》く
一夜《いちや》征人《せいじん》尽《ことごと》く郷《きょう》を望《のぞ》む

回楽峰の前は
砂が雪のように白く
受降城の外も
月明かりで霜が下りたように白い
悲しく響く葦笛は
どこで吹いているのだろうか
この夜　曲を聞いた兵士はみな
故郷の空のほうを眺めている

李益《りえき》（七四八〜八二七）は中唐の詩人です。字《あざな》は君虞《くんぐ》。隴西姑蔵《ろうせいこぞう》（甘粛《かんしゅく》省武威《ぶい》県）の人です。大暦《たいれき》四（七六九）年の進士で、鄭《てい》県（陝西《せんせい》省華《か》県）の尉《い》となりましたが、なかなか出世できず、のちに秘書少監《ひしょしょうかん》、集賢殿学士《しゅうけんでんがくし》、礼部尚書《れいぶしょうしょ》などを歴任しました。

詩に長じ、ことに、七言絶句の評判が高く、一首できるごとに楽人たちが買い求めて曲

受降城は包頭《ほうとう》（内蒙《うちもう》古《こ》自治区）の西北に築かれた塞《とりで》。唐初に東、中、西の三つの受降城に分けられ

に乗せたといいます。また、画題にもなったようです。

李益は異常なまでに嫉妬深く「妬《と》癡尚書《ちしょうしょ》」（やきもち大臣）と呼ばれました。また当時、李益が二人いましたので、区別するため「文章李益」とも称されました。

この作品は中唐期の七言絶句の傑作といわれ、当時の人々に広く歌われていました。また、李益の詩が盛んに屏風絵として描かれていたことも『旧唐書《くとうじょ》』や『新唐書《しんとうじょ》』に記載されています。李益は流行作家だったのです。

前半は受降城の城壁からの眺望です。回楽峰・受降城という固有名詞を使って対句仕立てにしています。また、沙に対して雪、月に対して霜、というように洒落た対比を用いて、沙漠の冷え冷えとした夜景を視覚をとおして訴えています。第三句の悲しく響き渡る蘆管の音色は聴覚の世界です。この二つの感覚の重なりが兵士たちに望郷の念をいやがうえにもかき立てるのです。それが第四句へと繋がっていきます。王世貞《おうせいてい》（七四頁参照）も「回楽峰の一章は、王昌齢《おうしょうれい》（一五七頁参照）、李白（二一一頁参照）にもゆずらない」（『芸苑卮《げいえんし》言《げん》』）と称賛しています。李益は節度使の幕僚として辺塞に従軍した実体験を踏まえてつくっており、しみじみとした心情を詠うのに成功しています。

た。

蘆管は異民族の葦笛。

征人は守備兵。

玄の章

雪の白さを月の黒さとの対比で浮き彫りに

盧綸《ろりん》

五言絶句・下平声四豪の韻

塞下曲

塞下《さいか》の曲《きょく》

月黒雁飛高◎
単于遠遁逃◎
欲将軽騎逐
大雪満弓刀◎

月黒《つきくろ》くして雁飛《かりと》ぶこと高《たか》し
単于《ぜんう》遠《とお》く遁逃《とんとう》す
軽騎《けいき》を将《ひき》いて逐《お》わんと欲《ほっ》すれば
大雪弓刀《たいせつきゅうとう》に満《み》つ

新月の夜に雁が空高く飛んでいる
吐蕃《とばん》族の王は遠くへ逃げてしまった
軽装の騎馬兵を率いて逃げる吐蕃を追おうとしたが
大粒の雪が弓と刀に降り積もった

盧綸《ろりん》（七四八～八〇〇？）は中唐の詩人です。字《あざな》は允言《いんげん》。河中蒲《かちゅうほ》（山西省永済県《えいさいけん》）の人です。たびたび進士に挑戦しましたが、及第しませんでした。のち、検校戸部郎中《けんこうこぶろうちゅう》や監察御史《かんさつぎょし》に就きました。韓翃《かんこう》（一一六頁参照）、銭起《せんき》（一二八頁参照）、司空曙《しくうしょ》（一三八頁参照）、耿湋《こうい》（一二六頁参照）などとともに〈大暦《たいれき》の十才子《じっさいし》〉の一人に数えられています。

塞下曲は楽府題《がふだい》の一つで、辺塞《へんさい》の戦いを詠ったものが多い。
月黒は新月をさす。
単于は匈奴《きょうど》王の呼び

前半の二句は秋の情景を描いています。「月黒くして」は雲に遮られて見えない月という説もありますが、月のない夜、つまり新月と見るべきです。というのは、承句の「単于遠く遁逃す」というのは、匈奴《きょうど》が新月のころは軍隊を引き上げて戦わなかったことを意味するからです。これは『漢書《かんじょ》』（匈奴伝）の「匈奴月虧《か》くれば則ち兵を退く」を踏まえて詠われているのです。

後半は秋だというのに、辺塞の地は雪が降り積もっていると詠んでいます。この雪の白さを月の黒さと対比させてくっきりと浮き彫りにしています。また、「高」「大」「満」に対して、「軽」字の取り合わせもみごとです。

なお、詩題が「張僕射《ちょうぼくや》の『塞下の曲』に和《わ》す」となっているテキストもあります。張僕射は名宰相と謳われた張嘉貞《ちょうかてい》の子で、左僕《さぼく》射《や》の地位にいた張延賞《ちょうえんしょう》のことです。

名だが、ここでは吐《と》蕃《ばん》族（チベット）をさす。

遁逃は逃走。

将は率いること。

唐詩選とは

唐代末に出された唐詩の選集。五言古詩、七言古詩、五言律詩、七言律詩、五言排律、五言絶句、七言絶句に分け、百二十八家、四百六十五首を収めています。李攀龍《りはんりよう》の編といわれていますが、偽作説もあります。

格調を貴び、盛唐を範にして、明末から清初にかけて流行しました。

ただし、初唐、盛唐が中心で、中唐や晩唐の詩を欠き、白居易や杜牧の詩は掲載されていません。

わが国には徳川時代の初期に伝来しました。荻生徂徠（1666～1728）がこれを高く評価して、弟子の服部南郭（1683～1759）が訓点をほどこして出版してから流行しました。

視覚・聴覚をとおして描くやるせない旅愁

張継《ちょうけい》

七言絶句・下平声一先の韻

楓橋夜泊

楓橋夜泊《ふうきょうやはく》

月落烏啼霜満天◎
江楓漁火対愁眠◎
姑蘇城外寒山寺
夜半鐘声到客船◎

月落《つきお》ち烏《からす》啼《な》いて霜天《しもてん》に満《み》つ
江楓漁火《こうふうぎょか》愁眠《しゅうみん》に対《たい》す
姑蘇《こそ》城外《じょうがい》の山寺《さんじ》寒《さむ》く
夜半《やはん》の鐘声《しょうせい》客船《かくせん》に到《いた》る

月が西に沈み　烏が鳴き
空には霜が一面に満ちている
川辺の楓香樹《ふうこうじゅ》や漁火《いさりび》が
旅愁のために眠れぬ私の目に映る
姑蘇城の郊外の寒々しい山寺から
夜半の鐘の音が
私の乗る船まで響いてくる

張継《ちょうけい》（生没年不詳）は中唐の詩人です。字《あざな》は懿《い》孫《そん》。襄陽《じょうよう》（湖北省襄樊《じょうはん》市）の人です。天宝《てんぽう》十二（七五三）年の進士です。博識の張継は好んで談論しました。鎮戎軍《ちんじゅうぐん》幕府の属官や塩《えん》鉄判官《てつはんがん》などを経て、大暦《たいれき》年間（七六六～七七九）に倹校祠部《けんこうしぶ》員外郎になりました。詩を三十余首残していますが、この「楓橋夜泊」詩がもっとも人口に膾炙《かいしゃ》しています。

楓橋は蘇州《そしゅう》の西郊五キロにある。もともと封橋《ふうきょう》と呼ばれていたが、この詩にちなんで、楓橋と呼ばれ

この詩は夜、楓橋のあたりで停泊したときに詠ったものです。

前半は視覚をとおしてやるせない旅愁の気分を表現しています。暗闇の中に浮かぶ楓香樹や漁火《いさりび》の赤色が、旅の愁いを引きだしています。後半は鐘の音という聴覚に訴えて旅愁を詠じています。

前半の二句には諸説があります。「烏啼」は烏が鳴くという意味ですが、烏が鳴いた時

舟を停泊したあたりから眺めた楓橋

上から見た楓橋

るようになった。

月は夜半に沈んだ月で、上弦の月。

霜満天は霜が空に満ちていること。

江楓は川辺の楓《ふう》。楓は中国原産のマンサク科の落葉樹・楓香《ふうこう》樹《じゅ》で、カエデではない。

漁火は魚をとるためのともしび。

対愁眠は旅の愁いに熟睡できずにまどろんでいること。

姑蘇は蘇州の別名。

城外は郊外。町全体が城壁で囲まれているので、城と呼んでいる。

寒山寺は江蘇州《こうそしゅう》蘇州の西五キロの楓橋鎮にある。創建は梁《りょう》の武帝《ぶてい》の天監《てんかん》年間（五

刻はいつか（暁天か夜半か）が論争になりました。烏は夜半には鳴かないといわれていましたが、夜半に鳴くこともあります。

江楓は江も楓も橋の名前だという説がありますが、当時は楓橋を封橋と呼んでいたことを考えると、川辺の楓樹という意味だと思います。また、江楓が江村になっているテキストもありますが、詩の味わいでは江楓のほうに軍配があがりそうです。

後半は、夜半の鐘の音が論争になりました。宋代の欧陽脩《おうようしゅう》（八八頁参照）が『六一《りくいつ》詩話』で「真夜中には鐘がならない」といって以来、大論争になりました。しかし、唐詩の中には白居易など五首に「夜半の鐘」の用例があることで、論争に決着がつきました。

古今の絶唱ですから、いろいろ論争されたのでしょう。

なお、寒山寺は固有名詞ですが、張継が訪れたころには、寒山寺とは呼ばれていませんでした。ですから「山寺寒く」と詠みます。転句・結句は対句仕立てになっているのです。

〇二～五一九）で、はじめは「妙利普明塔院」と呼ばれていたが、唐の貞観《じょうがん》年間（六二七～六四九）に高僧・寒山が住んだことから、寒山寺と改称された。

夜半鐘声は夜半に時を告げる鐘の音。

史実を踏まえて詠う送別の詩

駱賓王《らくひんのう》

五言絶句・上平声十四寒の韻

易水送別

此地別燕丹◎
壮士髪衝冠◎
昔時人已没
今日水猶寒◎

易水送別《えきすいそうべつ》

此《こ》の地《ち》燕丹《えんたん》に別《わか》る
壮士《そうし》髪《はつ》冠《かんむり》を衝《つ》く
昔時《せきじ》人《ひと》已《すで》に没《ぼっ》し
今日《こんにち》水《みず》猶《な》お寒《さむ》し

この地は
荊軻《けいか》が燕の太子・丹と別れたところ
そのとき荊軻は悲憤慷慨のあまり
髪が逆立ち冠を突き上げんばかりだった
いにしえの人は
すでに死んでしまったが
易水だけは
いまも寒々と流れ続けている

易水は戦国時代、燕《えん》の国の南境を流れていた中易水をさす。河《か》北《ほく》省易《えき》県に源を発する。

駱賓王《らくひんのう》（六四〇？～六八四）は初唐の詩人です。駱賓が姓で、王が名ですが、自分自身は賓王《ひんのう》と称していました。字《あざな》はわかりません。婺州《ぶしゅう》義烏《ぎう》（浙江《せっこう》省義烏《ぎう》県）の人です。七歳で詩をつくったと伝えられています。はじめ、道王・李元慶《りげんけい》の属官となりましたが、辺境に左遷されました。ついで、武功《ぶこう》県（陝西《せんせい》省）の主簿《しゅぼ》、長安県（陝西省）の主簿を経て、侍御《じぎょ》史《し》になりましたが、しばしば政治を批判したことで、臨海《りんかい》（浙江省）の丞《じょう》に左遷されてしまい、不満を抱きながら官を捨てました。その後、徐敬業《じょけいぎょう》が悪政のかぎりをつくしていた武則天《ぶそくてん》討伐のために兵を揚州で挙げると、駱賓王は徐敬業の幕僚となって檄文《げきぶん》を書き、武則天の罪を糾弾しました。檄文中の「一抔《いっぽう》の土《ど》未《いま》だ乾かざるに、六尺《りくせき》の孤《こ》安《いず》くにか在《あ》る」の句は、敵方の武則天さえも感嘆したと伝えられています。

徐敬業の挙兵が失敗に終わると、駱賓王は行方不明になりましたが、僧侶になって杭州の霊隠寺《りょういんじ》に隠れ住んでいたようです。左遷された宋之問《そうしもん》が霊隠寺に遊び苦吟していた際、駱賓王が第三・四句を授けると、十四句の排律が完成したというエピソードが伝わっています。

駱賓王は王勃《おうぼつ》（一〇一頁参照）、楊烱《ようけい》、盧照鄰《ろしょうりん》とともに〈初唐の四傑〉の一人に数えられています。好んで数字を使い、対句を用いたので、〈算博士〉の俗称があります。五言律詩と七言古詩に佳作が多く残されています。

この詩は、中易水のほとりで人を見送った時につくったものです。駱賓王が見送った人物は徐敬業だろうと思われます。

いきなり『史記』にある史実を踏まえて詠いだしています。戦国時代の末期、秦の人質であった燕の太子丹は秦の政《せい》（のちの始皇帝）にひどい扱いを受けていましたが、ようやく秦から逃げ帰ることができました。丹は恨みをはらそうと、食客として燕にいた荊軻《けいか》に政の暗殺を依頼しました。荊軻が従者一人をつれて車に乗って出発する時、見送る丹や高《こう》

此地は中易水のほとり。
燕丹は燕の太子の丹《たん》（？～前二二六）。
壮士は戦国時代のテロリスト、荊軻《けいか》。
髪衝冠は激しく怒ること。
猶はいまもなおの意味。

斬離《ぜんり》らは、みな白装束でした。白装束には暗殺に成功しても生きては戻れないという意味と、決死の覚悟を促すという意味が込められています。荊軻は「風蕭蕭《かぜしょうしょう》として易水寒く 壮士一たび去って復《ま》た還《かえ》らず」（風は寂しく吹き、易水は寒々と流れています。一たびこの地を後にしたら、再び戻ることはできません）と詠い、旅立ちました。荊軻は秦から手配されていた樊於期《はんおき》の首と、秦に献上する督亢《とくこう》地方の地図を持って秦王・政と会いました。そして、巻いた地図の中に隠し持った短刀で、秦王を突き刺そうとしたのですが、短刀は秦王の身体まで届かず、反対に八つ裂きにされてしまったのです。暗殺は失敗に終わりましたが、テロリストとしての荊軻の行ないは後世の人々の共感を呼びました。一宿一飯の恩を死をもって返したからです。

前半は荊軻の故事を巧みに用いながら、徐敬業を送別しています。

対句仕立ての後半は、九百年前の回顧から入り、「今日水猶お寒し」という眼前の景で結んでいます。なお、「水猶お寒し」は荊軻が詠んだ「風蕭蕭として易水寒し」という一句が意識されます。

この詩は送別の詩ということになっていますが、詠史詩と見るべきでしょう。

同じ詩語を起句と結句の同じ位置に配す

劉皁《りゅうそう》

七言絶句・下平声七陽の韻

旅次朔方　旅《たび》して朔方《さくほう》に次《やど》る

客舎并州已十霜◎

帰心日夜憶咸陽◎

無端更渡桑乾水

却望并州是故郷◎

并州《へいしゅう》に客舎《かくしゃ》して已《すで》に十霜《じっそう》

帰心《き》日夜《しんにちや》咸陽《かんよう》を憶《おも》う

端《はし》無《な》くも更《さら》に渡《わた》る桑乾《そうかん》の水《みず》

却《かえ》って并州《へいしゅう》を望《のぞ》めば是《こ》れ故郷《こきょう》

并州で暮らしてからもう十年がたつ
帰りたいという気持ちは募るばかりで
日夜　都を思い続けてきた
ところが思いがけず
桑乾河を渡ることになり
振り返って并州を眺めると
并州でさえも故郷のように思われる

劉皁《りゅうそう》（生没年不詳）は唐代の詩人です。貞元《ていげん》年間（七八五～八〇四）の人ですが、詳しい経歴はわかりません。

この詩は賈島《かとう》（一九〇頁参照）の作で、「桑乾《そうかん》を度《わた》る」となっているテキストもあります。しかし、賈島の友人の令狐楚《れいこそ》（七六六～八三七）編纂の『御覧詩《ぎょらんし》』には劉皁の作として

客舎は故郷を離れて暮らすこと。
并州はいまの山西省の省都・太原《たいげん》。
十霜は十年がたった

掲載されていますし、賈島が幷州《へいしゅう》に長期滞在した記録もありません。

前半の二句は田舎（幷州）での旅住まいがいやでいやでしかたがなく、一刻も早く華やかな都（長安）に帰りたいと思っていることを詠っています。

山西省にある幷州での十年はどんな暮らしぶりだったのでしょうか。この詩からはその暮らしぶりはわかりませんが、「十霜」の「霜」が辛苦のさまを暗示しているような気がします。

後半の二句は思いがけず幷州の町に別れを告げ、さらに北にある任地に赴任しようとする時、これまでいやでいやでしかたがなかった幷州の町でさえ故郷のように思われてきたと詠っています。旅住まいといっても十年も暮らすと愛着が生じるのは人情というものでしょうか。

起句の「幷州」と結句の「幷州」が二句も隔てて、同じ位置に置かれているところに技巧が感じられます。

参考

この詩にヒントを得た松尾芭蕉の句を紹介します。

秋十年《ととせ》却《かえ》つて江戸を指す故郷

こと。

帰心は故郷に帰りたい気持ち。

咸陽は秦《しん》の都だが、ここでは唐の都・長安をさす。

無端は思いがけず。

桑乾水は桑乾河《そうかんが》のこと。桑の実の熟するころに川の水がなくなることから名づけられた。桑乾河は太原の北を東に流れ、北京では永定河《えいていが》、天津で海河《かいが》と名を変えて渤海湾に注ぎ込んでいる。

却は振り返って。

『枕草子』を彷彿させる四季の新しい美

顧愷之《こがいし》

五言古詩・上平声二冬の韻

神情詩

春水満四沢
夏雲多奇峰◎
秋月揚明輝
冬嶺秀孤松◎

神情詩《しんじょうし》

春水《しゅんすい》四沢《したく》に満《み》ち
夏雲《かうん》奇峰《きほう》多《おお》し
秋月《しゅうげつ》明輝《めいき》を揚《あ》げ
冬嶺《とうれい》孤松《こしょう》秀《ひい》ず

春の水は　四方の沢に満ち溢れ
夏の雲は　入道雲が多い
秋の月は　空高く光り輝き
冬の嶺には
松が一本すっくと立っている

奇峰は入道雲。
秀はスックと立っている状態。

顧愷之《こがいし》（三四五？～四〇六？）は東晋の山水画家です。字《あざな》は長康《ちょうこう》。小字《しょうじ》（幼名）は虎頭《ことう》。晋陵無錫《むしゃく》（江蘇省《こうそ》）の人です。詩賦にも書法にも巧みであり、そのうえ、絵画は精巧をきわめたため〈三絶〉（才絶・画絶・痴絶）の称があります。義熙《ぎき》（四〇五～四一八）の初め散《さん》騎常侍《きじょうじ》となり、虎将軍《こしょうぐん》になったことから「顧虎頭《こことう》」の称もあります。

この詩は陶淵明《とうえんめい》（一三一頁参照）の詩集に「四時歌」として載っていますが、もともと長編だったものを淵明が四句だけを選びとった（摘句という）ものだといわれています。

季節ごとの印象的な風景を独自な感覚で的確にとらえており、わが国の『枕草子』に似通う詠い方です。普通は春といえば、春宵や、花を連想しがちですが、顧愷之は冬の間凍てついた沢が、春になると雪解けの水で満ち溢れているのがいいと詠っています。

夏については『枕草子』は連想しがちな短夜をあげず、月夜、闇夜、それに雨の夜まであげて、夜であればどんな夜でもよいといっています。一方「神情詩」では夏の特色を真昼時から夕方にかけてモクモクと湧き上る入道雲ととらえています。

秋の季節を『枕草子』は夕方がよいととらえ、烏が三つ四つ、二つ三つと連れだってネグラに帰るなにげない風景の中に美を発見していますが、顧愷之は秋の空が澄みわたり、月がその輝きを増すというところに美を見出しています。

冬を『枕草子』は寒い早朝がよいと書き綴っていますが、顧愷之はすべて枯れ落ちる中にあってスックと立つ一本の松がすばらしいと見ています。冬は多くの樹木が葉を落としてしまい、冬でも葉の色を変えない松はどこから眺めても目立つ存在です。

『枕草子』はある特定な時間に美を見出し、それを黒と白、光と闇という世界を繊細な感覚で表わしています。顧愷之は四季それぞれもっとも特色のあるものを順に羅列したにすぎませんが、襖や屛風に描かれた墨絵のような趣があります。詩人というよりも画家の目で表現した古詩であると見たほうが面白いのではないかと思います。

左遷の境遇を忘れたかのような詠いぶり

白居易《はくきょい》

七言律詩・上平声十四寒の韻

香炉峰下新卜山居　草堂初成偶題東壁

日高睡足猶慵起
小閣重衾不怕寒◎
遺愛寺鐘欹枕聴
香炉峰雪撥簾看◎
匡廬便是逃名地
司馬仍為送老官◎
心泰身寧是帰処

香炉《こうろ》峰《ほう》下《か》新《あら》たに山居《さんきょ》を卜《ぼく》し
草堂《そうどう》初《はじ》めて成《な》り偶《たま》たま東壁《とうへき》に題《だい》す

日《ひ》高《たか》く睡《ねむ》り足《た》りて猶《な》お起《お》くるに慵《ものう》し
小閣《しょうかく》に衾《しとね》を重《かさ》ねて寒《かん》を怕《おそ》れず
遺愛寺《いあいじ》の鐘《かね》は枕《まくら》を欹《そばだ》てて聴《き》き
香炉峰《こうろほう》の雪《ゆき》は簾《すだれ》を撥《かか》げて看《み》る
匡廬《きょうろ》は便《すなわ》ち是《こ》れ名《な》を逃《のが》るるの地《ち》
司馬《しば》は仍《な》お老《お》いを送《おく》るの官《かん》たり
心《こころ》泰《やす》く身《み》寧《やす》きは是《こ》れ帰《き》する処《ところ》

日が高く上り　睡眠も十分にとったが
起きるのが面倒だ
重ねた蒲団に　くるまっていれば
小さな二階家でも　寒さは感じない
遺愛寺の鐘の音は
枕から頭を持ち上げて聞き
香炉峰の雪は
簾をはね上げて仰ぎ見る
廬山《ろざん》こそ俗世の名声・名利から
隠れ住むのによい場所だ
司馬という閑職は
余生を送るのに悪くない
身も心も安らかなら
これ以上　何を望むことがあるだろうか

故郷何独在長安◎

故郷《こきょう》何《なん》ぞ独《ひと》り長安《ちょうあん》にのみ在《あ》らんや

故郷と呼ぶべき場所は長安だけではないのだ

白居易《はくきょい》（七七二～八四六）は中唐の詩人です。字《あざな》の楽天《らくてん》はあまりにも有名です。号は香山《こうざん》居士とか、酔吟《すいぎん》先生といいました。李白（二一一頁参照）、杜甫（一九四頁参照）、韓愈《かんゆ》（一九八頁参照）とともに中国の四大詩人に数えられている白居易は、新鄭《しんてい》（河南《かなん》省）の生まれ

白居易に詠われた北香炉峰

香炉峰は北香炉峰。廬山《ろざん》には二つの香炉峰があるが、ここは北香炉峰をさす。

下はふもと。

新は～したばかり。

卜は方位や地相などを占って建てること。

草堂は茅葺《かやぶ》きの粗末な家。だが、白居易の草堂は東西の長さ約五・二メートル、南北も約五・二メートルあり、三室ある。草堂が完成したのは元和《げんな》一二（八一七）年三月二十七日で、白居易四十六歳

石を積み上げた草堂の土台

ですが、自らは太原《たいげん》（山西省）の人と称していました。白居易の先祖には疑問な点が多く、西域の出身ではないかともいわれています。曾祖父の白温《はくおん》の時から下邽《かけい》（陝西《せんせい》省渭南《いなん》市）に住みましたが、父、祖父とも明経科出身の低級な官僚で終わったのに比べ、白居易は二十九歳という若さで進士に及第し、その六年後には才識《さいしき》兼茂《けんも》明於《めいお》体用科《たいようか》にも及第し、盩厔《ちゅうちつ》県（陝西省周至県）の県尉《けんい》として高級官僚としてのスタートを切りました。左遷もされましたが、比較的順調に出世し、集賢校理《しゅうけんこうり》、翰林学士《かんりんがくし》、左《さ》拾遺《しゅうい》、尚《しょう》書司《しょし》門員外郎《もんうんがいろう》などを歴任しました。その後、杭《こう》州《しゅう》刺史《しし》を振り出しに、蘇州《そしゅう》刺史など地方の役人生活を送りましたが、太和《たいわ》元（八二七）年に中央政界に復帰し、刑部尚書《けいぶしょうしょ》にまで昇りつめました。死後、尚書右僕射《しょうしょうぼくや》を追贈されました。

白居易の詩文は「新楽府《しんがふ》五十首」や「秦中吟《しんちゅうぎん》十首」などの諷諭《ふうゆ》詩に代表されますが、民衆や

の時。
初成は完成したばかり。
猶は副詞で、まだの意味。
慵は面倒だ。
小閣は二階建の小さな家という意味。
衾は掛け布団。
遺愛寺は北香炉峰のふもとにあった寺で、遺址がある。
欹は頭をもち上げること。
撥は手ではね上げること。
匡廬は廬山のこと。
便是はこそ～であるという意味。
司馬は副知事で閑職。
心泰身寧は互文法《ごぶんほう》で「心身泰寧」に同じ。心身が安らかで

外国人にまで流行したのは「長恨歌《ちょうごんか》」や「琵琶行《びわこう》」などの感傷詩でした。多作家の白居易は三千八百首あまりの詩を残しています。

この詩は四首連作の三首目です。廬山の香炉峰下に山居を占って建て、草堂が完成したので、心ゆくまで東壁に詩を書きつけました。

前半の四句は「五架三間の新草堂」（「香炉峰下新たに山居をトし草堂初めて成り偶たま東壁に題す　其二」詩）で朝を迎えた作者の満ち足りた様子が描かれています。日が高くなるまでぐっすりと眠っていると、草堂の下にある遺愛寺から鐘の音が響き渡ってきました。そこで白居易は枕から頭を持ち上げて、耳を澄まして鐘の音色を聞き、ベッドの中から手をのばして簾を跳ね上げて、草堂の裏手にそびえ立つ北香炉峰に残る雪に眺め入るのです。実にのんびりとした暮らしぶりです。

後半の四句は左遷された境遇を忘れたかのような詠いぶりです。廬山は名声や名利から隠れて住むには最高の土地であるし、司馬《しば》という閑職も余生を送るにふさわしいのだと達観した詠いぶりです。ただ、長安だけが故郷ではないと結んでいるのは、実は長安に未練を残しているからです。

頷聯は『和漢朗詠集《わかんろうえいしゅう》』をはじめ、『枕草子』『源氏物語』『大鏡』などに引用されているので、日本人にもよく知られています。しかし、香炉峰の雪は白居易の草堂からは見ることができないのです。白居易の書いた『草堂記』という文章には、南側の窓には紙が貼られているとあります。この詩は、作者の心象風景を詠じているのです。

落ち着いていること。

帰処は落ち着くべきところ。

世俗を超越し自然と一体になる

司空曙《しくうしょ》

七言絶句・下平声一先の韻

江村即事

江村即事《こうそんそくじ》

罷釣帰来不繫船◎
江村月落正堪眠◎
縦然一夜風吹去
只在蘆花浅水辺◎

釣《つ》りを罷《や》め帰《かえ》り来《き》たって船《ふね》を繫《つな》がず
江村《こうそん》月落《つきお》ちて正《まさ》に眠《ねむ》るに堪《た》えたり
縦然《たとい》一夜《いちや》風《かぜ》吹《ふ》き去《さ》るとも
只《た》だ蘆花《ろか》浅水《せんすい》の辺《へん》に在《あ》り

夜　釣りを止めて戻ってきたが
船を岸に繋がぬままにしておいた
川べりの村に月が沈み
眠るにはちょうどよい
もし今晩風が吹いて
船が流されたとしても
アシの花咲く浅瀬あたりに
漂うだけだろう

江村は川辺の村。
即事は即興的に詠む詩。
繫船は岸に船を繋ぐこと。

司空曙《しくうしょ》（生没年不詳。一説に七四〇？～七九〇？）は中唐の詩人です。字《あざな》は文明《ぶんめい》（一説に文《ぶん》初《しょ》）。広平《こうへい》（河北《かほく》省）の人です。洛陽の主簿《しゅぼ》から左拾遺《さしゅうい》を経て、長林県（湖北省）の丞《じょう》に左遷されましたが、貞元《ていげん》年間（七八五～八〇四）には水部郎中《すいぶろうちゅう》、虞部郎中《ぐぶろうちゅう》に就いています。磊落《らいらく》で潔癖で、権力に媚びない人だったといわれています。〈大暦《たいれき》の十才子《じっさいし》〉の一人に数えられています。

この詩は制作年代も詠まれた場所もわかりませんが、自然に浸りきった悠々自適な生活を窺い知ることができます。この詩の着眼点は起句の「船を繋がず」にあります。これが後半の二句を導きだしているのです。

一日中釣り糸を垂らして楽しんだあと、船着き場に戻ってきたのは夜も更けてからでした。多分、三更《さんこう》（午前零時ごろ）より少し前ではないかと思います。三更の時分に沈む月は上弦の月です。月が沈んだので、作者は船のもやいを繋がずにそのままに眠ってしまったのです。

前半の舞台装置を承けて、後半が詠われています。もし仮に夜のうちに風が吹いて船が流されても、真っ白い穂を出しているアシに囲まれた浅瀬あたりに漂っていることだろうというのです。それはそれでよいという、作者の世俗を超越して悟りきった心境が詠われています。自然と一体になった味わいのある詩です。

〈大暦の十才子〉（『名数画譜　人』）

堪は～するによいという意味。
縦然はたとえ～しても意味で、譲歩した仮定を示す。
一夜は今晩。
蘆花はアシの花で、イネ科の多年草。

率直な表現で夫婦愛をほのぼのと詠う

袁凱《えんがい》

五言絶句・下平声七陽の韻

京師得家書
江水三千里
家書十五行◎
行行無別語
只道早帰郷◎

京師《けいし》にて家書《かしょ》を得《え》たり
江水三千里《こうすいさんぜんり》
家書十五行《かしょじゅうごぎょう》
行行《ぎょうぎょう》 別語《べつご》無《な》く
只《ただ》道《い》う早《はや》く郷《きょう》に帰《かえ》れと

長江の向こう　三千里の彼方から
届いた家族からの手紙は十五行
どの行にもほかの言葉はなく
ただ「早く帰れ」とあるばかり

京師は都。この時の都は応天府《おうてんぷ》（南京）。
家書は家族からの手紙。

袁凱《えんがい》（生没年不詳）は明代の詩人です。字《あざな》は景文《けいぶん》。号は海叟《かいそう》。松江華亭《しょうこうかてい》（江蘇《こうそ》省）の人です。元末、府の役人になりましたが、博学で才藻（詩文をつくる豊かな才能）に富み、しばしば議論して、その場の人を屈服させました。明の洪武《こうぶ》三（一三七〇）年に御史《ぎょし》になりましたが、洪武帝に疎まれて、退職して故郷に帰りました。

詩に長じ、楊維禎《よういてい》の詩酒の宴で、即座に白燕《はくえん》の詩をつくって名声を博しました。人々はそれ以来、〈袁白燕《えんはくえん》〉と呼びました。

前半は対句仕立ての構成になっています。「江水三千里」の長さと「家書十五行」の短さを対比させる素朴な対句です。「家書十五行」は便箋二枚だけの手紙ということです。「江水三千里」は誇張的な表現です。故郷から遠く離れているという気持ちが働いて、「江水三千里」と詠わせたのでしょう。つまり、心理的な距離を表わしているのです。

後半は「家書十五行」の内容です。手紙には「ただ早く帰れ」という言葉があるだけで、他の言葉がないというのです。その率直な表現がかえって、夫婦の愛情の深さを物語っています。

飾り気のない素朴な詩ですが、ほのぼのとした余韻が漂っています。この詩の技巧は蝉《せん》聯体《れんたい》といい、漢詩では前の句の終わりの語を次の句の頭に置いて、しりとりの形式で続けます。ここは「行」を三字連続させていますが、ただ単に、調子をよくするというばかりではなく、早く故郷に帰りたいという作者の強い思いが伝わってきます。

結局、袁凱は狂人だと偽って御史を辞して故郷に帰ってしまいました。

江水は長江。

三千里は千五〇〇キロ。ここは都と故郷・華亭《かてい》（江蘇《こうそ》省松江《しょうこう》県《けん》華亭《かてい》）の間を意味するが、実際の距離は二〇〇キロ足らずであろう。

十五行は便箋一枚が八行、だから二枚の手紙ということになる。

道は言う。

まさに「言い尽くした」作品

祖詠《そえい》

五言絶句・上平声十四寒の韻

終南望余雪　終南《しゅうなん》に余雪《よせつ》を望《のぞ》む

終南陰嶺秀　終南《しゅうなん》陰嶺《いんれい》秀《ひい》で
積雪浮雲端◎　積雪《せきせつ》雲端《うんたん》に浮《う》かぶ
林表霽色明　林表《りんぴょう》霽色《せいしょく》明《あき》らかに
城中増暮寒◎　城中《じょうちゅう》暮寒《ぼかん》を増《ま》す

終南山の北の峰は高く聳え立ち
降り積もった雪が雲の端に浮かんでいる
林の上には晴れた空が広がり
長安の町では日暮れの寒さが身に沁みる

祖詠《そえい》（六九九〜七四六？）は盛唐の詩人です。洛陽（河南《かなん》省）の人です。開元《かいげん》十二（七二四）年の進士で、駕部員外郎《がぶうんがいろう》になりましたが、河南省の汝水《じょすい》のほとりに隠退し、農耕生活を送っていました。王維《おうい》（四四頁参照）と親交がありました。

この「終南望余雪」詩は開元十二年の科挙の試験に出題された題目です。科挙は五言十

終南は秦嶺《しんれい》山脈の一峰。俗称を南山《なんざん》といい、別名を中南山、太乙《たいいつ》山、地肺山、周南山、秦山、橘山と

二句の排律をつくることを原則としていました。ところが、祖詠は絶句にして提出しました。試験官がその理由を問い質したところ、祖詠は「言いたいことはすべて言い尽くしている」と答えました。そして、この年の科挙に及第しました。

祖詠が自ら「言い尽くしている」というように、要を得たすばらしい作品です。前半の二句には「終南山」と「雪」という与えられた課題が詠い込まれています。遥かに離れた遠方には、ひときわ高くそそり立つ終南山の北嶺が見え、そこに降り積もった雪が雲よりも高いところにあって、白銀に照り輝いているのです。ここでは視点は高い北嶺に集中しています。

後半は対句仕立ての構成です。転句の視点は森林の上空の青く晴れあがった空を見つめています。そして祖詠の目は青く広がった空を見つめながら、結句の夕闇迫り、寒さの増す長安の市街に移動してきます。結句の視点は下に向いています。

遠近法や色彩の対比、それに立体感や触覚などを巧みに用いたみごとな作品です。

中央の高い部分が終南山

いう。
余雪は残雪と同じ意味。
陰嶺は北側の嶺、長安（陝西《せんせい》省西安市）から見えるのは北の嶺。
霽色は晴れ上がった空。
城は町。
暮寒は夕方の寒さ。

故事を多用して秋の愁いを詠む

王士禛《おうしてい》

七言律詩・上平声十三元の韻

秋柳

秋柳《しゅうりゅう》

秋来何処最銷魂◎
残照西風白下門◎
他日差池春燕影
祇今憔悴晩煙痕◎
愁生陌上黄驄曲
夢遠江南烏夜村◎
莫聴臨風三弄笛

秋来《しゅうらい》何《いず》れの処《ところ》か最《もっと》も銷魂《しょうこん》なる
残照《ざんしょう》西風《せいふう》白下《はくか》の門《もん》
他日《たじつ》差池《しち》たり春燕《しゅんえん》の影《かげ》
祇今《ただいま》憔悴《しょうすい》せり晩煙《ばんえん》の痕《あと》
愁《うれ》いは生《しょう》ず陌上《はくじょう》黄驄《こうそう》の曲《きょく》
夢《ゆめ》は遠《とお》し江南《こうなん》烏夜《うや》の村《むら》
聴《き》くこと莫《な》かれ風《かぜ》に臨《のぞ》む三弄《さんろう》の笛《ふえ》を

秋が来て　いちばん
感動を誘うのはどこだろうか
夕日が差し込み秋風が吹く
南京の西門あたりだろう
春に燕が飛び交っていたそこは
いまは葉を落とした柳に
夕靄《ゆうもや》がかかるだけ
道端で聞いた　唐の太宗《たいそう》が愛馬を悼んで
つくらせた曲に愁いがかきたてられる
江南の烏夜の村の幸運な話は
遠い夢のようだ
風に向かって笛が三曲吹かれても
聞いてはならない

玉関哀怨総難論◎

玉関《ぎょくかん》の哀怨《あいえん》総《すべ》て論《ろん》じ難《がた》し

玉門関の哀しみや怨みには耐えられないのだから

漢代の玉門関遺趾。唐代の玉門関は水没していて見ることができない

王士禎《おうしてい》（一六三四〜一七一一）は清代の詩人です。字《あざな》は貽上《いじょう》、号は阮亭《げんてい》、漁《ぎょ》洋山人《ようさんじん》です。諡《おくりな》は文簡《ぶんかん》です。本名は士《し》禛《しん》で、雍正帝《ようせいてい》の諱《いみな》（胤禛《いんしん》）を避けて士正と改めましたが、乾隆帝《けんりゅうてい》から士禎の名を賜りました。山東《さんとう》新城（山東省済《さい》南《なん》市）の人です。順治《じゅんち》十五（一六五八）年の進士で、国子《こくし》監祭酒《かんさいしゅ》、刑部尚書《けいぶしょうしょ》を歴任しました。

詩風は古語や典故を多用した「神韻説」を提唱し、王維《おうい》（四四頁参照）、孟《もう》浩然《こうねん》（九三頁参照）、高適《こうせき》（一三五頁参照）らの詩人を尊び、沈徳潜《しんとくせん》の「格調説」、袁枚《えんばい》（八〇頁参照）の「性霊説」

銷魂は心に深く感じること。

白下門は南京にある西門。

他日は過ぎ去った日。

差池は燕《つばめ》が羽を交錯させて飛ぶ様子。

祇今は現在。

晩煙は夕靄《ゆうもや》。

黄驄曲は鎮魂曲。黄驄は唐の太宗《たいそう》の愛馬の名。高麗《こうらい》遠征の折に死んだので曲をつくらせた。

江南烏夜村は東晋・穆帝《ぼくてい》の后の誕生の故事。西晋の宰相だった何充《かじゅう》の弟の準《じゅん》に娘と相対していました。
順治十四（一六五七）年八月、王士禛は大明湖《たいめいこ》（山東省）の西にある北渚亭《ほくしょてい》で会宴していました。その亭の傍らには楊柳が十株あり、その楊柳は黄ばみかけた枝を水際に垂らしていました。この風情に感慨を覚えた王士禛は「秋柳」四首をつくりました。ここに取り上げた詩はその第一首目です。

秋は郷試が行なわれる時期にあたっていました。済南の景勝地・大明湖には多くの文人たちが集まっていました。この「秋柳」詩四首にすぐに唱和した文人は数十人に達し、若き（二十四歳）王士禛の詩名はにわかに高まったということです。三年後、揚州府推官《ようしゅうふすいかん》として赴任するころには、全国に流伝していて、その唱和者は数百人にも達していたといわれています。

この詩には多くの故事が用いられています。神韻説を提唱した王士禛の詩には故事が多用されます。第一句の「銷魂」は江淹《こうえん》の「別れの賦《ふ》」詩。第二句の「残照西風」「白下門」は李白（二二一頁参照）の楽府《がふ》。

第三句の「差池」は『詩《し》経《きょう》』と沈約《しんやく》の「陽春曲」詩。

第五句の「黄驄曲」は貞観《じょうがん》十七（六四三）年十一月、唐の李世民《りせいみん》（太宗《たいそう》）が高麗《こうらい》に出征したとき、愛馬・黄驄《こうそう》を路傍で失い、楽人に命じて鎮魂曲をつくらせたという故事です。

第六句の「江南烏夜村」は東晋の穆帝《ぼくてい》の皇后の故事です。烏夜村は浙江《せっこう》省海塩《かいえん》県の南三里にある地名です。何準《かじゅん》に娘が誕生する夜、そしてその娘が穆帝の皇后になる夜に烏が群

がでさた時に烏が騒ぎ、のち、その娘が穆帝の后になった夜も烏が騒いだという。

三弄笛は笛を三曲吹くこと。王徽之《おうきし》の頼みで名手の桓伊《かんい》が笛を吹いて聞かせた故事。

玉関は玉門関《ぎょくもんかん》。

がって鳴いたという故事です。

第七句の「三弄笛」は東晋の将軍・桓伊《かんい》の故事を踏まえています。桓伊は笛の名手でもありました。船着き場の舟中にいた王徽之《おうきし》は、桓伊が岸辺を通りかかったことを知り、人を遣わして桓伊に笛を吹いてほしいと頼みました。桓伊はすぐ車から下りて三曲吹き、吹き終わると互いに一言も言葉を交わさずに立ち去ったという故事です。

第八句の「玉関」は王之渙《おうしかん》の「涼州詞」詩（一八八頁参照）を意識して詠み込んでいます。

神韻説・格調説・性霊説

明清の時代、詩について三つの考え方がありました（三詩説という）。

一つ目は神韻説で、清の王士禎（244頁参照）が唱えました。詩禅一致を理想とし、婉曲な中の余情を尊ぶ詩風です。

二つ目は格調説で、主に沈徳潜が唱えました。古文辞派（中国伝統文化への回帰をめざす）と神韻派の流れをくみ、風格のある雄大な表現をめざしました。

三つ目は性霊説で、袁枚（80頁参照）が主張しました。人間の自由な個性（性霊）を重んじ達意を尊びました。

自分と影とが憐れみ合うという発想の妙

張九齢《ちょうきゅうれい》

五言絶句・下平声一先の韻

照鏡見白髪

鏡《かがみ》に照《て》らして白髪《はくはつ》を見《み》る

宿昔青雲志

蹉跎白髪年◎

誰知明鏡裏

形影自相憐◎

宿昔青雲《しゅくせきせいうん》の志《こころざし》

蹉跎《さた》たり白髪《はくはつ》の年《とし》

誰《たれ》か知《し》らん明鏡《めいきょう》の裏《うち》

形影《けいえい》自《おのずか》ら相憐《あいあわ》れまんとは

かつて立身出世の大志を抱いていたが
挫折し
気づいてみれば白髪になっていた
誰も思うまい　鏡の中で
自分と自分の影とが
互いに憐れみ合うことになろうとは

張九齢《ちょうきゅうれい》（六七八～七四〇、一説に六七三～七四〇）は初唐の詩人です。字《あざな》は子寿《しじゅ》。諡《おくりな》は文献《ぶんけん》。韶州曲江《しょうしゅうきょくこう》（広東省）の人です。七歳で文を綴ることを覚え、十三歳で広州刺史《こうしゅうしし》の王方慶《おうほうけい》に文才を認められました。長安二（七〇二）年の進士で、校書郎《こうしょろう》、左拾遺《さしゅうい》、左補闕《さほけつ》、司勲員外郎《しくんうんがいろう》、中書舎人《ちゅうしょしゃじん》、中書令《ちゅうしょれい》などを歴任しましたが、開元《かいげん》二十四（七三六）年、宰相・

照は写すこと。
宿昔は昔。
青雲志は立身出世をしようという志。
蹉跎は失敗して時期

李《り》林《りん》甫《ぽ》の讒言《ざんげん》で、荊州《けいしゅう》（湖北省）長史に左遷されました。開元《かいげん》二十八（七四〇）年に官を退き、韶州曲江に帰り、そこで亡くなりました。

文章家としても知られ、詩においては張説《ちょうえつ》（一一八頁参照）以後の文壇の中心的な人物として活躍しました。ことに、自己の感情を吐露した連作「感遇」十二首は陳子昂《ちんすごう》（二六四頁参照）に連なるものとして注目されました。現存の詩は二百十八首です。

この詩は老人になって、立身出世の大志を果たすことができなくなってしまったのを嘆いた作品ですが、作者自身の嘆きの詩ととるべきではありません。作者は張説に見いだされて上位の宰相にまで出世した人ですから、詩の内容と一致しません。

詩題は「照鏡見白髪聯句」となっているテキストもあります。「聯句《れんく》」というのは一人一句、あるいは二句つくって詩を完成させるものですが、宋代の洪邁《こうまい》の『唐人万首絶句選』には、張九齢が四句すべてを聯句としてつくったとありますから、いまはこれに従っておきます。また、題詠詩という説もあります。

前半の二句は、若年と老年との対比を「青雲」と「白髪」というように色を対比させながら、詠っています。また、同じ響きを持つ詩語の「宿昔」（シュク・セキ＝入声《にっしょう》）と「蹉跎」（サ・タ）が相対するように用いられており、措辞《そじ》にも工夫が見られます。

後半の二句の「形」と「影」が憐れみ合うと詠ったところに妙味があります。

を失うこと。

明鏡はよく磨かれた銅鏡。

形影は鏡の前に立つ自分と鏡に写っている姿。

酔境の中、大声で李白を讃える

張問陶《ちょうもんとう》

七言絶句・下平声一先の韻

酔後口占　酔後《すいご》の口占《こうせん》

錦衣玉帯雪中眠◎
酔後詩魂欲上天◎
十二万年無比楽
大呼前輩李青蓮◎

錦衣《きんい》玉帯《ぎょくたい》雪中《せっちゅう》に眠《ねむ》る
酔後《すいご》の詩魂《しこん》天《てん》に上《のぼ》らんと欲《ほっ》す
十二万年《じゅうにまんねん》比《こ》の楽《たの》しみ無《な》し
大呼《たいこ》す前輩《ぜんぱい》の李《り》青蓮《せいれん》

錦の衣に玉帯を締めたまま
雪の中で眠ってしまった
しかし　酔境にある詩心は
天にも上る勢いで詩をつくれと促す
人類の歴史が始まって十二万年
これほどの楽しみはない
大声で
先達の李白の名を呼んでみた

張問陶《ちょうもんとう》（一七六四～一八一四）は清代の詩人です。字《あざな》は仲冶《ちゅうや》。船山《せんざん》と号しました。遂寧《すいねい》（四川省）の人です。乾隆《けんりゅう》五十五（一七九〇）年の進士で、翰林院検討《かんりんいんけんとう》、吏部《りぶ》験封司郎中《けんぷうしろうちゅう》などを歴任しましたが、嘉慶《かけい》十七（一八一二）年、役人を辞め、蘇州《そしゅう》（江蘇《こうそ》省）に隠棲しました。

酔後口占は酔って口ずさむこと。
錦衣玉帯は役人の正装をいう。
詩魂は詩をつくろう

張問陶は書画に長じ、詩をよくし、わが国でも幕末から明治の初めにかけてよく読まれました。

この詩がつくられた年代は不明ですが、正装の「錦衣玉帯」をしているので、まだ役所に勤めていたことがわかります。

酔って口ずさんだ作品ですが、酒の楽しみを詠い、酒と詩の二つをよくした李白（二一一頁参照）への賛歌になっています。

起句の「雪中に眠る」とは、すっかり酔っ払ってしまったことの詩的誇張です。韓偓《かんあく》（二一頁参照）が「午《ひる》を過《す》ぎ醒《さ》め来《き》たれば雪船《ゆきふね》に満《み》つ」（「酔著《すいちゃく》」詩）と詠ったのと同じ詠み方です。しかし、「眠る」という詩語から、昼間から長安の町中で眠っている李白が連想されます。承句は、酔境にあるのですが、詩をつくろうという旺盛な心意気だけはあるということです。これもやはり宿酔《ふつかよい》に苦しみながら、筆を持ってたちどころに、「清平調《せいへいちょう》詞《し》」詩をつくり上げた李白のことが意識されています。

後半の詠いぶりを見てみましょう。転句の「十二万年」は人類始まって以来という意味で使っているはずです。「十二万年」はもちろん実数ではありません。酔っ払いが口から出まかせに、大きな数字をあげただけです。李白が「白髪三千丈」と詠った手法と同じです。第一・二・三句のいずれの句も、李白が伏線として詠われています。そして、結句で尊敬する大詩人の李白先生の名を大声で呼んでいるのです。

とする心意気。

李青蓮は李白（二一一頁参照）のこと。青蓮は李白の号。

冬ごもりに入ったかのような静かな夜を詠む

孟郊《もうこう》

七言絶句・入声九屑の韻

洛橋晩望

洛橋晩望《らくきょうばんぼう》

天津橋下氷初結●
洛陽陌上人行絶●
楡柳蕭疏楼閣閑
月明直見嵩山雪●

天津橋下《てんしんきょうか》 氷《こおり》初《はじ》めて結《むす》び
洛陽陌上《らくようはくじょう》 人《ひと》の行《ゆ》くこと絶《た》ゆ
楡柳蕭疏《ゆりゅうしょうそ》として楼閣《ろうかく》閑《しず》かに
月明《つきあ》らかにして直《ただ》見る嵩山《すうざん》の雪《ゆき》

天津橋の下にはじめて氷が張り
洛陽の都大路を行く人もなくなってしまった
楡《にれ》も柳も葉を落としてまばらになり
楼閣も静まり返っている
上ったばかりの満月は明るく
私はただ嵩山の雪を眺めている

孟郊《もうこう》（七五一～八一四）は中唐の詩人です。字《あざな》を東野《とうや》といいました。湖州武康《こしゅうぶこう》（浙江《せっこう》省）の人です。洛陽（河南《かなん》省）の人という説もありますが、洛陽には一時居を構えただけです。科挙は落第ばかりでしたが、貞元《ていげん》十二（七九六）年にようやく進士に及第し、大喜びした様子を「登科後《とうかご》」詩で詠っています。五十歳で溧陽《りつよう》（江蘇《こうそ》省）の尉《い》に赴任した時には

洛橋は天津橋《てんしんきょう》のこと。

天津橋は洛陽市内を貫流する洛河に架かる橋で、皇城の端門《たんもん》

郊外に出て、酒を飲み、詩作にふけり、役所の仕事をしませんでした。そのため、給料を半分に減らされ官位を下げられたので、尉を退きました。その後、水陸転運判官《すいりくてんうんはんがん》を経て、興元《こうげん》（陝西《せんせい》省）の節度使《せつどし》に赴任しますが、病にかかり急死しました。

気難しく世渡りの下手な孟郊でしたが、韓愈《かんゆ》（一九八頁参照）とは生涯親しく交友を結び、〈孟詩韓筆《もうしかんぴつ》〉（詩の孟郊、散文の韓愈）と称されました。また、賈島《かとう》（一九〇頁参照）とともに詩風は〈郊寒島痩《こうかんとうそう》〉といわれました。

詩題は「天津橋からの夕暮れ時の眺め」という意味です。

前半は寂しい感じがします。「洛陽八景の一つ」である天津橋を詠うだけで華やかな雰囲気が漂ってくるのですが、初氷が張りつめる冬は行く人も絶えて寒々しい様子になっています。

後半ももの寂しい感じが漂っています。沈佺期《しんせんき》が「城中日夕歌鐘起こる」（「邙山」詩／二六二頁参照）と詠うように、洛陽は夕暮れとともに歌声や鐘の音が涌き起こるほどのにぎわいを見せるのですが、いまはその楼閣もひっそりと静まり返っています。町中が冬ごもりをしているような感じです。ただ、嵩山に降り積もった雪が明るい月明かりに照らされて浮き上がって見えています。爽やかな感じを抱かせる嵩山の雪山の景を天津橋から眺めているのです。

もの寂しい中にも、爽やかさの漂う詩です。

から南の定鼎門《ていけんもん》までの洛陽第一の大道に架けられていた。

陌上の陌は街路という意味。東西に通じるあぜ道を陌といい、南北に通じるあぜ道は阡《せん》という。ここでは、天津橋に連なる洛陽第一の大通りをさす。

蕭疏は木の葉が落ちてまばらになっているという意味。

月は、詩題に「晩望」とあるので、上ったばかりの満月。

直は助字で、「ただ」と読む。

嵩山は登封《とうふう》県の西北にある山。五岳の一つ。中岳。

すべて対句で構成された五言絶句

盧僎《ろせん》

五言絶句・上平声十一真の韻

南楼望　南楼《なんろう》の望《ぼう》

去国三巴遠
登楼万里春◎
傷心江上客
不是故郷人◎

国《くに》を去《さ》って三巴《さんぱ》遠《とお》く
楼《ろう》に登《のぼ》れば万里《ばんり》春《はる》なり
心《こころ》を傷《いた》ましむ江上《こうじょう》の客《かく》
是《こ》れ故郷《こきょう》の人《ひと》ならず

故里を離れて
遠く三巴の地までやってきた
南の楼閣に登って
万里の彼方まで続く春景色を眺めた
しかし　長江を行きかう
旅人の姿を眺めていると心が傷む
故郷の人はいないからだ

盧僎《ろせん》（生没年不詳）は初唐の詩人です。字《あざな》はわかりません。相州臨漳《そうしゅうりんしょう》（河南《かなん》省）の人です。中宗の景龍《けいりゅう》（七〇七～七〇九）前後に在世し、聞喜《ぶんき》（山西省）の尉《い》、吏部員外郎《りぶうんがいろう》を歴任しました。現存する詩は十四首ですが、この「南楼望」がもっともよく知られています。

詩題の「南楼望」は南楼からの眺望という意味です。作者は重慶《じゅうけい》に流されていたことが

国は国都。
三巴は重慶のあたりで、後漢の巴《は》、巴《は》東《と》、巴《は》西《せい》の三郡を総称して三巴という。

詩の内容からわかります。

前半の二句の構成は対句仕立てで、南楼からの眺めが詠われています。南楼からの風景はどこもかしこも春たけなわです。その春景色は万里の彼方の国都（長安）まで広がっており、きっと長安も春の盛りにちがいないと都を偲んでいます。

後半の二句も対句で構成されています。「傷心」「不是」は厳密にいうと、対の形は成していませんが、ゆるい対と見なされています。ですから、この絶句は全対格《ぜんついかく》（すべて対句で構成）ということになります。

転句の「江上客」をここでは長江を行き交う旅人という意味にとりましたが、長江のほとりにたたずむ人、つまり作者自身ととる説もあります。その場合、結句は「よそ者である私は眼前の春景色を見るのにふさわしくない」という意味になります。

この詩だけからではわかりませんが、盧僎はここで何度目かの春を迎えているのでしょう。今春も左遷されたまま重慶にとどまっているのです。早く長安に帰りたいという気持ちが伝わってきます。春の明るい風景とは裏腹に、作者の気持ちは暗く沈んでいます。春景色を巧みに詠いながら、作者の心情がみごとに詠じられています。

江上客は長江を行き交う旅人という意味。

哲学者らしい詩禅一致の境地を詠う

王守仁《おうしゅじん》

七言絶句・上平声一東の韻

泛海　海《うみ》に泛《うか》ぶ

険夷原不滞胸中◎
何異浮雲過太空◎
夜静海濤三万里
月明飛錫下天風◎

険夷《けんい》原《もと》胸中《きようちゅう》に滞《とどこお》らず
何《なん》ぞ異《こと》ならん浮雲《ふうん》の太空《たいくう》に過《す》ぐるに
夜《よる》は静《しず》かなり海濤三万里《かいとうさんまんり》
月明錫《げつめいしやく》を飛《と》ばして天風《てんぷう》に下《くだ》る

海路が危険だとか安全だとかには
こだわってはいない
それは雲が大空を流れすぎていくのと
同じことだから
今宵　はてしなく広がる
三万里の海上も波は静かだ
月の光のもと　天の風に乗り　錫杖《しやくじよう》を
飛ばすようなスピードで舟は進んでいく

王守仁《おうしゅじん》（一四七二〜一五二八）は明の哲学者であり、政治家です。字《あざな》は伯安《はくあん》、陽明《ようめい》の号は有名です。陽明学派の祖として知られています。余姚《よよう》（浙江省《せっこう》）の人。初め、祖母が神が雲の中から子供が下界に下された夢を見て、雲《うん》と名づけました。雲は五歳まで物がいえなかったのですが、守仁と改名した途端、突然、喋りだしたといわれています。

険夷は険しいこと（逆境）と平らかなこと（順境）。
原は元来。
何異は何も変わらな

陽明学の祖、王守仁の画

弘治《こうち》十二（一四九九）年の進士です。正《せい》徳《とく》元（一五〇六）年、宦官《かんがん》・劉瑾《りゅうきん》に逆らい、龍場《りゅうじょう》（貴州《きしゅう》省修文《しゅうぶん》県）の県丞《けんじょう》に左遷されました。龍場は王陽明の学説の出発点になった心即理説を悟ったところです。劉瑾の失脚後、再び召され、盧州《ろしゅう》（江西《こうせい》省吉安《きつあん》）の知事になり、右《う》僉都《せつと》御史《ぎょし》、副都御史などを歴任し、新建伯に封じられました。死後、建伯侯を贈られ、文成《ぶんせい》と諡《おくりな》されました。陽明学は良知良能を主とし、知行合一を唱えました。門人の徐愛《じょあい》が編した『伝習録《でんしゅうろく》』は語録です。

この詩は劉瑾の放った刺客の目をくらますため、銭塘江《せんとうこう》（富春江の下流）の逆流（銭塘潮という）に身を投じたと見せかけて、船で舟山《しゅうざん》群島に逃れた時につくったものと思われます。

前半の二句は、幾多の危難を乗り越えてきた作者の悟りの境地が詠われているようです。いかにも哲学者らしい詠いぶりです。

後半は、転句で「浮雲」や「太空」の心象風景を承けて、壮大な実景を詠い込み、結句にいたって『高僧伝《こうそうでん》』のスピード感溢れる故事を巧みに用いて、豪快な気分を添えています。詩禅一致の境地が詠まれているようです。

い。

太空は大空の意味。

海濤は海の大波。

錫は僧侶や道士が使う錫杖《しゃくじょう》のことで、『高僧伝《こうそうでん》』の故事を用いている。誌公という僧侶と白鶴道人が潜山（安徽《あんき》省潜山県）に住もうとしたが、白鶴道人が先に潜山に入ろうとした途端、空中に錫杖の飛ぶ音が聞こえ、誌公の錫杖が潜山に突き刺さっていたという。

松かさの落ちる音でいっそう深まる静寂

韋《い》応物《おうぶつ》

秋夜寄丘二十二員外

懐君属秋夜
散歩詠涼天◎
山空松子落
幽人応未眠◎

秋夜丘二十二員外《しゅうやきゅうにじゅうにうんがい》に寄《よ》す
君《きみ》を懐《おも》うは秋夜《しゅうや》に属《ぞく》す
散歩《さんぽ》して涼天《りょうてん》に詠《えい》ず
山空《やまむな》しゅうして松子《しょうし》落《お》つ
幽人《ゆうじん》応《まさ》に未《いま》だ眠《ねむ》らざるべし

五言絶句・下平声一先の韻

秋の夜
いま君を思いだしている
ぶらぶらと歩きながら
涼しい夜空の下　詩を詠じた
山中は人気もなく
松かさが落ちる音が聞こえるほど
世を避けて暮らす君も
まだ眠ってはいないだろう

韋応物《いおうぶつ》（七三七?～七九五以後）は中唐の詩人です。字《あざな》は不詳。京兆《けいちょう》長安（陝西《せんせい》省）の人です。若いころは任侠を好み、玄宗《げんそう》皇帝の近衛兵として仕えて、肩で風を切る勢いだったのですが、安禄山《あんろくざん》の乱（七五五）以降、心を入れかえて読書に励みました。代宗、徳宗に仕え、比部《ひぶ》員外郎《うんがいろう》、滁州《ちょしゅう》（安徽《あんき》省）刺史《しし》、江州《こうしゅう》（江西《こうせい》省）刺史、左司郎中《さしろうちゅう》、蘇州《そしゅう》（江蘇《こうそ》省）

丘二十二員外は丘丹《きゅうたん》をさす。二十二は排行（一族のうち兄弟、従兄弟など同世代の者を年齢順に並

刺史などを歴任しました。

　詩風は山水の世界を写し、清冽、閑寂な趣があり、自然詩人として、陶淵明《とうえんめい》（一三二頁参照）の流れをくみ、王維《おうい》（四四頁参照）、孟浩然《もうこうねん》（九三頁参照）、柳宗元《りゅうそうげん》（二〇八頁参照）とあわせて、〈王孟韋柳《おうもういりゅう》〉と呼ばれました。

　作者が蘇州《そしゅう》刺史《しし》をしていたころ、世を捨てて臨平山《りんぺいざん》に隠れ住んでいる友人の丘丹《きゅうたん》を偲んでつくった絶句です。

　転句は静中の動を描きだしています。人気がなく、静まり返っている山中で、静寂を破ってカサッと落ちる松かさのかすかな音、それによって静寂の世界がますます深まっていくのです。ただ単に「静かだ」と詠ずるのではなく、音を配することによって静寂の世界を詠い上げています。王維《おうい》の「鹿柴《ろくさい》」詩（四四頁参照）の「但《た》だ人語《じんご》の響き聞こゆ」と同じ手法です。

　この転句の「山空しゅうして松子落つ」の情景は、臨平山に隠れ住む丘丹の世界を詠じたものという説と、散歩をしている作者の世界を詠じたものであるという二つの説がありますが、松かさの落ちる音を聞いたのは作者自身ではないでしょうか。松は隠者のシンボルです。その松かさの落ちるかすかな音を聞いて、隠者生活を送る友人の丘丹をさらにいっそう強く偲んでいるのではないかと思われます。結句で友人を偲んで詩を結んでいます。なお、作者の韋応物と丘丹には数編の詩の応酬が見られます。

べる）で、二十二番目の男子。丘丹は戸《こ》部員外郎《ぶうんがいろう》となるが、辞職して臨平山《りんぺいざん》（浙《せつ》江《こう》省）に隠れ住んだ。
属はちょうど〜である。
松子は松かさ。
幽人は隠者。丘丹をさす。
応は再読文字。まさに〜すべし。きっと〜だろう。

戦争の悲惨なさまを詠った名品

曹松《そうしょう》

七言絶句・上平声七虞の韻

己亥歳　己亥《きがい》の歳《とし》

沢国江山入戦図◎
生民何計楽樵蘇◎
憑君莫話封侯事
一将功成万骨枯◎

沢国《たくこく》の江山《こうざん》戦図《せんと》に入《い》る
生民《せいみん》何《なん》の計《けい》あってか樵蘇《しょうそ》を楽《たの》しまん
君《きみ》に憑《よ》って話《はな》すこと莫《な》かれ封侯《ふうこう》の事《こと》
一将功成《いっしょうこうな》って万骨枯《ばんこつか》る

水郷の山も川も戦場と化した
人々はどうしたら木を切り草を刈るような生活ができるのだろう
手柄を立てて出世するなどと言わないで
将軍の手柄は多くの兵卒の死と引き換えなのだから

曹松《そうしょう》（八三〇？～九〇一？）は晩唐の詩人です。字《あざな》は夢徴《ぼうちよう》。舒州《じよしゆう》（安徽《あんき》省潜山《せんざん》県）の人です。若いころ、乱を避けて洪都《こうと》（江西《こうせい》省南昌《なんしよう》）の西山に隠棲していました。のち建州《けんしゆう》（福建省建甌《けんおう》県）刺史《しし》の李頻《りひん》のもとに寄遇していましたが、李頻の死後は放浪しました。天復《てんぷく》元（九〇一）年、七十余歳で進士に及第して、校書郎《こうしよろう》を授けられました。この年、七十過ぎの

己亥歳は「つちのと・い」の年で、僖《き》宗《そう》の乾符《けんぷ》六（八七九）年にあたる。
沢国は池や沼の多い

合格者がほかに四人もいたので、「五老榜《ごろうぼう》」（榜は及第者の名前を書いて立てる札）と呼ばれました。詩は賈島《かとう》（一九〇頁参照）に学び、一字一句に苦心して作詩しました。

山東省より起こった黄巣《こうそう》の乱（八七五）は南下して長江《ちょうこう》のほとりをも荒らしまわり、さらに南下して広東省に侵入しました、広明《こうめい》元（八八〇）年、北上した黄巣軍は洛陽、長安を占拠し、国号を大斉《たいせい》、年号を金統《きんとう》と改めました。この間、僖宗《きそう》皇帝は成都の北の新都《しんと》県（四川省）の大石寺に逃れ、行宮《あんぐう》を建てました。

この詩は、人民が日常最低限の生活も営むことができない戦争の悲惨なさまを詠ったものです。後半は若妻が夫に「大名になどならなくてもよい」と語りかけています。

結句は「一将」と「万骨」の対比がみごとです。独立して格言として口ずさまれるほどの名句であり、警句として知られています。

漢文・唐詩・宋詞・元曲

中国の文学史上、それぞれの時代のもっとも特徴ある文学は漢文・唐詩・宋詞・元曲です。

漢文とは漢代の文章のことです。

唐詩は唐代の詩です。唐代は近体詩（絶句・律詩など）のあらゆる詩形が完成し、すぐれた詩人が数多く輩出しました。

宋詞は宋代に盛んになった韻文で、一区の字数は一定ではありません。詩余・長短句・填詩ともいいます。

元曲は元の戯曲のことです。

それぞれ、後世に大きな影響を与えています。

水郷地帯。
戦図は戦地。
生民は民衆。
樵蘇は最低限の生活。樵は木を切ること で、蘇は草を刈ること。
封侯事は大名になること。筆耕で生計を立てていた後漢の班《はん》超《ちょう》が西域に赴いて活躍すること三十年、ついに定遠侯《ていえんこう》に封ぜられた故事を踏まえたもの。

静寂とにぎやかさの対比で無常を描く

沈佺期《しんせんき》

邙山　邙山《ぼうざん》

七言絶句・下平声八庚の韻

北邙山上列墳塋◎
万古千秋対洛城◎
城中日夕歌鐘起
山上惟聞松柏声◎

北邙山上《ほくぼうさんじょう》墳塋《ふんえい》を列《つら》ぬ
万古千秋《ばんこせんしゅう》洛城《らくじょう》に対《たい》す
城中《じょうちゅう》日夕《にっせき》歌鐘《かしょう》起《お》こる
山上《さんじょう》惟《た》だ聞《き》く松柏《しょうはく》の声《こえ》

北邙山の頂には
数知れぬ墳墓が並んでいる
それらははるか昔から
洛陽の町と向かい合っている
洛陽の町は夕方になると
歌声や鐘の音でにぎやかだが
北邙の山上では風に吹かれて
松柏の葉音だけがさびしく響いている

邙山は黄河の南、洛陽の北に横たわっている丘陵で、歴代の王侯貴族の埋葬の地。北邙山。

沈佺期《しんせんき》（?〜七一三?）は初唐の人です。字《あざな》は雲卿《うんけい》。相州内黄《そうしゅうないこう》（河南《かなん》省）の人です。上元《じょうげん》二（六七五）年の進士で、給事中《きゅうじちゅう》、考功郎《こうこうろう》、修文館直学士《しゅうぶんかんちょくがくし》、中書舎人《ちゅうしょしゃじん》、太子詹事《たいしせんじ》を歴任しました。

詩風は六朝《りくちょう》後期を承け、韻律を重んじた美しい詩を多くつくりました。宋之問《そうしもん》と並んで、〈沈宋《しんそう》〉と称され、律詩の形式を確立したことで知られています。

この詩は寂しい墓地が並ぶ北邙山《ほくぼうさん》と、歓楽でにぎわう洛陽の町とを対比させ、人生の無常を詠っています。

起句でいきなり「墳墓が多い」と詠いだして、読者をギョッとさせます。この一句にはもの寂しい雰囲気が漂っています。承句では、それらの墳墓は千年も万年も前から洛陽の町と向き合っていると承けています。

前半が視覚を使い、静寂の世界を描いているのに対し、後半は二つの音声（「歌鐘」「松柏の声」）を対比させ、巧みに人生の無常を詠っています。転句は現世の洛陽の世界です。洛陽は夕暮れとともに、歌声や楽器の調べが涌き起こり、大変なにぎわいを見せる華やかな世界です。それに対し、結句では死の世界が描かれます。生あるものには必ず死が訪れます。いつか死者となって松柏の葉音が寂しく響く北邙山にたったひとりで埋葬されるのです。それは孤独なものです。転句の歌声や楽器の調べがにぎやかであればあるほど、北邙山での孤独感やもの寂しさが強められ、さらに無常感が深められていきます。

リズム感を出すために、「城」の字を連続して使用したり、「山上」の詩語をくり返し使用しています。また、後半の二句は厳密ではありませんが、対句になっています。

墳塋は墳墓。墳は土饅頭《ど まんじゅう》。塋は墓地。
日夕は夕暮れ時。
歌鐘は歌声と伴奏の楽器。
松柏は松とコノテガシワ。柏は針葉樹の一種で、日本でいうカシワではない。松もコノテガシワも墳墓に植えられた。

感情をぶつけたような力強い詩

陳子昂《ちんすごう》

登幽州台歌

幽州台《ゆうしゅうだい》に登《のぼ》る歌《うた》

雑言古詩・上声二十一馬の韻

前不見古人
後不見来者●
念天地之悠悠
独愴然而涕下●

前《まえ》に古人《こじん》を見《み》ず
後《しりえ》に来者《らいしゃ》を見《み》ず
天地《てんち》の悠悠《ゆうゆう》たるを念《おも》い
独《ひと》り愴然《そうぜん》として涕下《なみだくだ》る

先に生まれた昔の人に
会うことはできない
はるか後に生まれ来る人々にも
会うことはできない
ただ　天と地だけが
絶えることなく続いていくことを思うとき
その悲しみにうちひしがれて
一人涙を落とす

陳子昂《ちんすごう》（六六一～七〇二？）は初唐の人です。字《あざな》は伯玉《はくぎょく》。梓州射洪《ししゅうしゃこう》（四川省）の人です。文明《ぶんめい》元（六八四）年の進士で、右拾遺《うしゅうい》になりました。武后《ぶこう》の万歳通天《ばんさいつうてん》元（六九六）年に武《ぶ》攸宜《ゆうぎ》将軍の参謀として契丹《きったん》討伐に従軍しました。聖暦《せいれき》元（六九八）年、故郷に帰りましたが、県令の段簡《だんかん》に財産をねらわれ、捕らえられて獄死しました。

幽州台は幽州（いまの北京市）にあった薊北楼《けいほくろう》のこと。当時の幽州は北京宣武区《せんぶく》の広安門外《こうあんもんがい》にある華北

六朝《りくちょう》風な華やかさのない、素朴で革新的な詩風を打ち立て、李白（二一一頁参照）や杜甫（一九四頁参照）などの盛唐の詩人の先駆けをなしました。

この詩は慷慨を詠った陳子昂の代表作の一つで、契丹との戦いに従軍していた時の作品です。唐軍は契丹との戦に大敗を喫しました。陳子昂は無能な武攸宜に、戦況を打開するため、軍律をきびしくし、味方の長をもって敵の短を攻めるべきであると献策しましたが無視されました。再度献策したことで武攸宜に睨まれ、地位を下げられてしまいました。失意の中、「先ず隗《かい》より始めよ」という進言で黄金台を築いた燕《えん》の昭王《しょうおう》に想いを馳せながら、薊北楼《けいほくろう》に登って鬱積した心情を詠ったのがこの詩です。五言二句・六言二句という古体詩の表現方法には、作者の激しい感情をそのままぶつけたような力強さを感じます。

なお、前半の二句は『楚辞』遠遊篇と阮籍《げんせき》（八二頁参照）の「詠懐詩《えいかいし》　其三十二」詩を踏まえています。

北京の白雲観。この西側に幽州台があった

最大の道教寺院・白《はく》雲観《うんかん》の西壁の外側にある小高い丘。

悠悠は長く続くこと。

愴然は悲しみ傷むこと。

涕は涙。

一人、すがすがしい味わいを知る夜

邵雍《しょうよう》

五言絶句・上平声四支の韻

清夜吟　清夜《せいや》の吟《ぎん》

月到天心処　月天心《つきてんしん》に到《いた》る処《ところ》
風来水面時◎　風水面《かぜすいめん》に来《きた》る時《とき》
一般清意味　一般《いっぱん》の清意《せいい》の味《あじ》わい
料得少人知◎　料《はか》り得《え》たり人《ひと》の知《し》ること少《まれ》なるを

月が大空の真ん中に上ったとき
涼しい風が水面を波立たせて吹きわたる
このような夜の景色には
清々しい味わいがある
世間の人々は
このすばらしい景色を知らないのだ

邵雍《しょうよう》（一〇一一〜一〇七七）は北宋の儒者です。字《あざな》は堯夫《ぎょうふ》。諡《おくりな》は康節《こうせつ》。本籍は范陽《はんよう》（河北《かほく》省）の人ですが、父に従って共城《きょうじょう》（河南《かなん》省）に移り住みました。三十代で洛陽の洛河南岸に居を構え、居室を「安楽窩《あんらくか》」と名づけ、自らを安楽先生と号しました。

詩風は情趣に乏しいといわれますが、道学を詩に持ち込んだことは特記されます。

天心は天頂。
処は〜の時の意味がある。
一般はある種のという意味にとればよ

前半の二句は作者が眺めている情景です。作者が目にするのは月が中天にかかり、涼しい風が川面を吹き渡っていく光景です。風が川面を吹き渡るとき、川面にはさざなみが立ちます。そのさざなみにさわやかな月の光が差し込み、キラキラと輝いています。

前半の二句の夜の光景は、転句の「一般の清意の味わい」にまとめられています。しかし、この光景を真に知り得る人々はほとんどいないだろうと嘆いているのです。

い。

料得は～と推量することができるという意味。得は動詞のあとについて可能を示す。

安楽窩にある安楽先生像

参考

この詩に着想を得た与謝蕪村の俳句を紹介しましょう。

月天心貧しき町を通りけり

前200　前100　0　100　200　300　400　500　600　700　800

前漢　新　後漢　三国　西晋　五胡十六国／東晋　北魏／宋　斉　梁　陳　北斉・北周　隋　唐

前二〇二　劉邦（高祖）、帝位につく
前一四〇　武帝即位
九　王莽、新を興す
二五　劉秀、漢を再興
一〇五　蔡倫、紙を発明
二二〇　曹丕、魏を建国
二六三　蜀、滅ぶ
二六五　司馬炎、晋を建国
二八〇　呉、滅ぶ
三一八　晋、建業（南京）に遷都
四二〇　劉裕、宋を興す
四三九　北魏が華北統一
四七九　蕭道成、斉を興す
五〇二　蕭衍、梁を興す
五五七　陳覇先、陳を興す
五八九　隋の文帝、南北統一
五九八　科挙始まる
六一八　李淵（高祖）、唐を興す
七一三　玄宗即位
七五五　安禄山の乱（〜七六三）
八七五　黄巣の乱（〜八八四）

秦
項羽（前二三二〜前二〇二）　42頁

前漢
漢の高祖（前二四七〜前一九五）　171頁
漢の武帝（前一五六〜前八七）　143頁

三国時代（魏）
曹植（一九二〜二三二）　154頁
阮籍（二一〇〜二六三）　82頁

東晋
顧愷之（三四五?〜四〇六?）　232頁
陶淵明（三六五〜四二七）　131頁

南朝宋
謝霊運（三八五〜四三三）　215頁

斉
謝朓（四六四〜四九九）　86頁

北斉
斛律金（四八八〜五六七）　26頁

唐
〈初唐〉六一八―七一〇
王勃（六四七〜六七五）　101頁
駱賓王（六四〇?〜六八四）　227頁
陳子昂（六六一〜七〇二?）　264頁
杜審言（?）　164頁
盧僎（?）　254頁
沈佺期（?〜七一三?）　262頁
蘇頲（六七〇〜七二七）　168頁
張説（六六七〜七三〇）　118頁
張敬忠（?）　50頁
張九齢（六七八〜七四〇）　248頁
〈盛唐〉七一一―七六六
王之渙（六八八〜七四二）　188頁
王翰（六八七〜七二六?）　90頁
賀知章（六五九〜七四四）　178頁
孟浩然（六八九〜七四〇）　93頁
祖詠（六九九〜七四六?）　242頁
王湾（?）　16頁
崔顥（七〇四?〜七五四）　146頁
王昌齢（六九八?〜七五五?）　157頁
王維（六九九〜七五九）　44頁
李白（七〇一〜七六二）　211頁
李華（?〜七六六?）　52頁
常建（七〇八〜?）　150頁
高適（?〜七六五）　135頁
杜甫（七一二〜七七〇）　194頁
岑参（七一五〜七七〇）　123頁

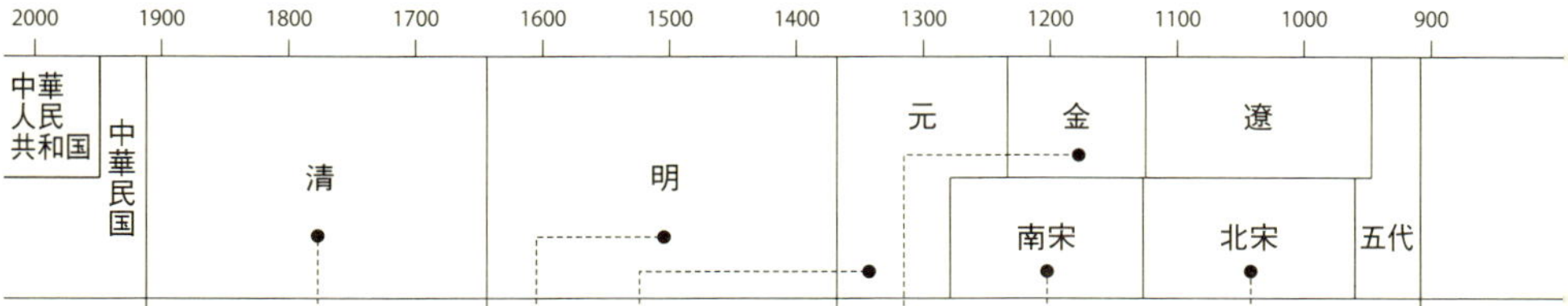

九〇七　唐、滅ぶ
九六〇　趙匡胤、宋を興す
一一二五　遼、滅ぶ
一一二七　宋、臨安（杭州）に遷都
一二三四　金、滅ぶ
一二七九　南宋、滅ぶ
一三六八　朱元璋（太祖）、明を興す
一四二一　北京に遷都
一六四四　李自成、清を興す
一六六二　康熙帝即位
一七三九　乾隆帝即位
一八四〇　アヘン戦争（～一八四二）
一八五〇　太平天国の乱（～一八六四）
一九〇〇　義和団の変
一九一二　中華民国成立
一九四九　中華人民共和国成立

北宋
林逋（九六七～一〇二八）67頁
欧陽修（一〇〇七～一〇七二）88頁
邵雍（一〇一一～一〇七七）266頁
王安石（一〇二一～一〇八六）120頁
蘇軾（一〇三六～一一〇五）18頁
黄庭堅（一〇四五～一一〇一）56頁
朱淑真（一〇八〇？～一一三三）186頁
李清照（一〇八四～一一五一？）98頁
戴益（？）54頁

南宋
范成大（一一二六～一一九三）112頁
朱熹（一一三〇～一二〇〇）183頁
楊万里（一一二七～一二〇六）104頁
陸游（一一二五～一二〇九）32頁
方岳（一一九九～一二六二）96頁
真山民（一二六五～一二七四？）201頁
文天祥（一二三六～一二八二）128頁
林升（？）24頁

金
元好問（一一九〇～一二五七）173頁

元
耶律楚材（一一九〇～一二四三）140頁

明
高啓（一三三六～一三七四）108頁
袁凱（？）240頁
王守仁（一四七二～一五二八）256頁
王世貞（一五二六～一五九〇）74頁
呉偉業（一六〇九～一六七一）192頁

清
王士禎（一六三四～一七一一）244頁
厲鶚（一六九二～一七五二）72頁
袁枚（一七一六～一七九七）80頁
張問陶（一七六四～一八一四）250頁

〈中唐〉七六七－八二六
張継（？）224頁
張謂（？）162頁
銭起（？）28頁
韓翃（？）116頁
耿湋（七三四？～七八七？）126頁
戴叔倫（七三二？～七八九？）160頁
司空曙（？）238頁
韋応物（七三六～八〇四？）258頁
劉皁（？）230頁
盧綸（七四八～八〇〇？）222頁
楊巨源（七七〇？～？）40頁
孟郊（七五一～八一四）252頁
柳宗元（七七三～八一九）208頁
韓愈（七六八～八二四）198頁
李益（七四八～八二七）218頁
杜秋娘（？）138頁
元稹（七七九～八三一）69頁
薛濤（七六八？～八三一？）30頁
張籍（七六八～八三〇？）206頁
王建（？～八三〇？）78頁
劉禹錫（七七二～八四二）203頁
賈島（七七九～八四三）190頁
白居易（七七二～八四六）234頁
李紳（？～八四六）106頁

〈晩唐〉八二七－九〇七
杜牧（八〇三～八五二）62頁
許渾（？～八五四？）66頁
于鄴（八一〇～？）152頁
李商隠（八一三～八五八）65頁
魚玄機（八四三～八六八）176頁
章碣（八三七～？）76頁
高駢（八二一？～八八七）14頁
韋荘（八三六～九一〇）38頁
鄭谷（？）59頁
韓偓（八四四～九二三）21頁
曹松（八三〇？～九〇一？）260頁
荊叔（？）48頁
趙嘏（八〇六？～八五二？）180頁

おわりに

私は、岳堂石川忠久先生に「詩跡の狩人」というすばらしいあだ名をいただきました。もう三十年、毎年二回ほど、二週間ばかり中国各地の詩跡を訪ね歩いています。

詩跡は、じつに多くのことを教えてくれます。

蘇軾が「湖上に飲す初めは晴れて後は雨降れり」詩で西湖を「晴れでも雨でも美しい」と詠ったのは、西湖のあたりが、一年の三分の一くらい曇り空だからです。そういう話を友人から聞いていたのですが、実際に杭州を訪れて、晴天と雨降りに新鮮な美を感じとった蘇軾の世界を追体験することができました。

旧版の『漢詩百人一首』を出版してから、すでに十五年がたちます。その間に、私が詩跡に佇立したことで、新しい発見がありました。それをみなさんと早く分かち合いたい、という思いで、本書の編集作業を進めました。

たとえば、柳宗元の「江雪」詩。この詩の舞台は永州（湖南省）です。これまで亜熱帯地方にある永州では雪が降らないという先入観があり、「江雪」詩は一枚の画幅に託して詠じたものであるとか、画に題してつくられたものだと考えられてきました。そこで、冬に永州へ行ってみたところ、三〇センチもの積雪に見舞われました。柳宗元のいた世界を追体験したことで「江雪」詩への見方が大きく変わりました。

李白の「峨眉山月の歌」詩では、詩が詠まれた場所を探してみると、これまで通説とされていた場所よりも一五キロほど上流の場所でした。「平羌江《へいきょうこう》」とは岷江《びんこう》のことだったこともわかりました。また、「半輪」とは山の端にかかって半分に見える満月であること、時間は午前四時ごろであったことも、現地に行ったことで明らかになりました。

平成二十三年からは、小中学校の国語教科書に古文・漢文などの古典が含まれることになると耳にしました。

これまでも、東京都世田谷区の小中学校では教育特区として「日本語」の教科を設け、朗読を重視した漢詩や「論語」の授業をしています。小中学校時代から漢詩の名作に親しむことは、日本語のリズムや語彙、表現を身につけるだけでなく、その後の人生をも少し豊かにするのではないか、と思っています。

漢詩には、人生の楽しさ、はかなさ、むなしさ、発想のおもしろさやユーモアなど、たくさんのものがつまっています。

この本が、多くの人が漢詩を楽しむきっかけになれば、それにまさる喜びはありません。

最後になりましたが、素敵な墨絵イラストを描いてくださったキタハラゆかりさん、いつも適切な助言をくださり、細かいところまで目を通してくださいました亜紀書房の木村隆司編集長および分部恭子の両氏に深甚なる謝意を表して筆を擱きます。

平成二十二年一月十八日記す

心遠亭散人　渡部英喜

著者紹介

渡部英喜（わたなべ・ひでき）

1943年、新潟県生まれ。二松学舎大学大学院文学研究科中国学専攻博士課程修了。盛岡大学文学部教授、二松学舎大学文学部非常勤講師。『心なごむ漢詩フレーズ108選』（亜紀書房）、『唐詩解釈考』（研文社）、『漢詩歳時記』『漢詩の故里』（以上、新潮選書）、『漢詩　四季のこよみ』（明治書院）、『長江漢詩紀行』『シルクロード漢詩文紀行』（以上、昭和堂）、『黄河漢詩紀行』『日本漢詩紀行』（以上、東方書店）など、著書多数。

心にとどく漢詩百人一首

2010年4月1日　第1版第1刷発行

著者	渡部英喜
発行所	株式会社亜紀書房 郵便番号101-0051 東京都千代田区神田神保町1-32 電話……(03)5280-0261 http://www.akishobo.com 振替　00100-9-144037
印刷	株式会社トライ http://www.try-sky.com
装丁	今東淳雄
墨絵イラスト	キタハラゆかり（www.sumimani.com）

Printed in Japan
ISBN978-4-7505-1004-0

著者別索引